ハヤカワ文庫JA
〈JA1242〉

ニルヤの島

柴田勝家

早川書房
7829

目　次

ニルヤの島

■登場人物一覧

イリアス・ノヴァク………………日本国籍の文化人類学者
ヒロヤ・オバック…………………ノヴァクのツアーガイド
ケンジ・オバック…………………ヒロヤの祖父

ヨハンナ・マルムクヴィスト……スウェーデン人模倣子行動学者
トリー………………………………現地ガイド

ベータ・ハイドリ…………………ポンペイ島で盤上遊戯を続ける老人

タヤ…………………………………橋上島で働く潜水技師。橋上島の労働者のリーダー
黒い髪のニイル……………………タヤに付き従う娘
赤茶色の髪の娘……………………ケンジに付き従う娘
母……………………………………タヤの幼馴染だった女性

ペーター・ワイスマン……………S＆C社のCEO

《AUGur》—前兆—

それは世の果てに向かう流れだ。

茫洋とした海の、その一滴が腕に触れて落ちた。酷薄な朝の太陽と風に、それはすぐさま蒸発していった。

俺は、潮気と微熱を保った肌を見る。

お前の肌は白いな、って。そうして、じいさんは俺に言った。

お前は日本《シャバル》の血が入ってるからな。俺の母親が日本の生まれだ。それに、お前の名前は、昔にこの島にいた俺のトモダチの名前だ。だが、それでもお前はカナカだ。太陽と海に肌を焼いて生きろ。

一際大きな波が立って、前で波の動きを見守っていたアパタンが小さく体を浮かせる。カ《キ》ヌ《ノ》ーの片側、腕木《イアコ》に取り付けられた浮子《アマ》がぎいぎいと唸る。十数人はいるだろう、船の後ろの連中が怯えている。

じいさんは、肺をやって死ぬ間際になんて言ってたか。

「人は死んだら、あの世に行くんだ」古いベッドの上で。

「あの世ってなんだい？」

「天国や地獄だ。俺は母親からいろんな言葉を教えて貰ったから、知ってるんだよ」赤い痰が口から零れた。

青い青い、深い、暗い、海が怖い。アパタンはしきりにそう叫んでいる。海に出ることなんてしなかったからだ。俺達の世代だけじゃなく、俺より上の歳のアパタンでさえそうだ。誰だって、この温い太平洋の、ざらついた景色が怖いんだ。

だが俺はカナカだ。新しいカナカの民だ。そして俺は、このカヌーの航海士《パリュー》なんだ。仲間を無事に送り届ける使命がある。仲間を不安にさせちゃいけない。

波は高くなる一方だ。波は単なる水の動きなんかじゃない。質量を持った岩が何度もぶつかってくるような恐怖。ああ、怖い、怖いのか。

「補陀落《ホダラカ》や儀来河内《ギライカナイ》って言葉も知ってるぞ。海の向こうにあるんだ。人は死んだらそこへ行く」落ち窪んだ目で。

死ぬことを恐れはしない。

天国も地獄も存在しないんだ。俺は知っている。人は死んだら、どこへも行かない。人は複製され続ける。ニューロンの塊。

「俺は死んだら、そこへ行くんだよ」俺よりもっと浅黒い肌をして、灰色の鬚を散らしながらじいさんは言う。

「いつか、お前の父さんも母さんも、そしてお前も行くところだ」

死後の世界というものは、単なる文化の模倣子《ミーム》に過ぎない。俺はそのことを経験で知っていたし、中央の大学で理学を学んだ際に確証を得た。

人にはもう、死後の世界はいらないのだという。

だが俺達はそこを目指せる。

前方で叫び声が聞こえた。不揃いな波の力に押し負けた腕木が割れて弾け、その尖ったものが再びの波に押されてアパタンの脇腹を突いていた。浮子を失ったカヌーは、同時にその目となる者すら血を漏らす袋に変えて、制御の利かないまま海の凶暴な頬を撫で続ける。

救いを！

アパタンの断末魔に、彼女は僅かに腕を動かして彼を支えた。赤子のようにうずくまるアパタンの胸をさすった。血が流れる。彼女は、ああ、アパタンの娘だ。大切な娘。名前のない娘。白い服と金色の装飾品は血に塗れ、彼女の皺くちゃの手と色のない髪も血に染めて、しかしそれも一瞬で飛沫に洗われていく。振り返ればカヌーに乗る誰もが怯えた表情を浮かべている。不安なのか。自分たちがどこに行くのか解らないから。

アパタンは死んだ。彼はもう先へ導けない。だから俺が浮子を欠いたカヌーを漕いで、この海の上を越えて行かなくちゃいけない。仲間を送らなくてはいけない。帰る者、逃げる者、ああ、お前達の家族がいる場所へ。その行く場所は決まっている。高くなった波を掻き分けて。

俺達はそこに行く。

その島に行く。

やがて俺は揺れ続ける船体に両手をついて、何度も前を見るしかなくなった。青くて暗い、海と空の間《あわい》に、雲のような、巨人のような、白い影があって、そいつらは——のように。ああ、——のようだ。だが、そうだ、それを表現する言葉を持たない。

「さぁ、救いを。天国《テンゴク》へ」

背後から声を掛けられた。振り返ると、年老いた男が笑顔を差し向けている。西洋人の顔だが、彼は確かに日本語を言った。いつかじいさんから教えられた言葉。彼の笑みに俺は救われた気持ちになって、思わずその手を取っていた。

やがて迫る大きな白い波。

カヌーは海に呑まれ、俺の体は。

《Gift 1》—贈与—

主観時刻《タイムスケープ》によれば、今は二〇六九年の五月十三日であるという。ミクロネシア経済連合体《EMC》の中では第四の休日《ファトファト》の直後だが、なぜこの日が起点になったのかはまだ解らない。潮騒、あるいは衣擦れ。ここは海の見えるホテルだ。パラオ行政地区、バベルダオブ島の鮮やかな青い海。それを目に焼き付けようと、ベッドから身を起こすと背後から声が掛かった。

「ノヴァク教授」

振り返ると、そこにヒロヤがいた。彼は今から二スケジュール後に会う私のツアーガイドだ。日本人の血を引いたカナカ人と伝えてくれる通り、曖昧な笑みと実直そうな目線をくれる。

「ヒロヤ、どうやら今日が、私の主観時刻の第一スケジュールのようだ。これでようやく私の旅が始まるよ」

日本を発つ前に叙述補記人《ナラティビスト》に案内されたように、これから起こることと、今まで起きたことの記憶が混在するという不思議な感覚がある。

「今の私にあるのは、この瞬間の認知と記憶だけだ。こういった感覚は、やはりまだ慣れないな」

部屋の窓の方へと歩く。そっと壁に触れると、窓に掛けていた受像フィルムが剝がれて、外気が中へと侵入してくる。潮の香りはなく、無機質な化成物質の臭いを感じる。一昨日の夜に――これも三スケジュール後だ――初めて見ることになる大環《グレートサーカム》橋の一部が、蜃気楼のように遠い海上で白い影を作っていた。

「叙述補記人の説明は、いつだっていい加減だ。主観時刻が個人の人生をより豊かにし、物語性を獲得するといったって、統合された記憶を認識すること自体、全てのスケジュールを経た後だ。今の一瞬は所詮、感覚によった空間の把握に過ぎない。だがもし、この景色の感動を新鮮に味わう為に主観時刻が今日から始まったのなら、帰国の際には少し手当をやっても良い」

「面白いですね。僕は旅行をあまりしないので、主観時刻で叙述する機会はありません。感覚が解らない。記憶が飛び飛びになるのとは違うのですか？」

「一見すると、という表現もおかしいな。喩えるなら、一度読んだことのある本を、あえてバラバラに読み直すようなものだ。ただ違うのは、読んだことがあるという意識があるだけで、実際に次の場面を想像することはできない」

「では教授は、今この時、貴方の物語の最初のページを開いた」

彼の言葉に頷く。

人文科学で学問を志した身としては、こうしたことを可能にした生体受像《ビオヴィス》の技術と脳科学の進歩には舌を巻くばかりだ。

「人生に物語を。精神的に安定した人生《Emotionally Stable Life》の概念。使い古されたスローガンだ。生体受像に自然と溜まるログに意味付けし、順序を与えて物語化するだけ」

　個人の人生の獲得というのは、つまりは叙述と記述による物語の獲得だという。精神的な話題は耳朶に残らないが、いくらかのロマンは感じる。

「前時代の人間の多くは、記憶の中に無為な日々を詰め込み過ぎたんだよ。実際、私の前半生も印象的な記憶の合間に無意味な記憶体が詰まっている。無駄なリソースだと言われるだろうね」

　私の独白に、背後のヒロヤは付き合ってくれたのだろう。外出着に着替えつつ、声ばかり愉快そうに笑った。

「僕には理解できませんね。僕の生まれた時には、既に人間の認知は全て管理されたナラティブな部分で占められていましたから。人生の全てに意味がある、という言説までは信奉しませんが、自身の人生が断片化《フラグメンテーション》したりはしていませんよ」

　それ以上の問答は好まないのか、ヒロヤは早々に着替えを終え、部屋を出ることを選んだようだった。今日の予定は彼の祖父に会うというものだが、その理由は理解していても知覚はしていない。今日の行動はスケジュールを経て意味を獲得するが、かといって自身の行動に対して疑問を差し挟むことはない。

「流れゆくだけの人生は無意味だよ。叙述された今だけがあれば、人は生きていけるのだから」

その老人は、夕暮れの浜辺で何をするでもなく、ただ座っていた。破れたズボンに、薄汚れたシャツを着て、落ち窪んだ目をしたまま、海を眺めていた。近くには、遠洋航海にも耐えられるだろう、ふた家族は乗れる丈夫そうな大型のシングル・アウトリガー・カヌー――片側に浮子を持ったものだ――が野晒しにされている。

この老人がヒロヤの祖父。今日、彼に会うことは一昨日の内に決まったもので、彼に話を聞くことが私の旅の最大の目的でもあった。

「祖父は待っているんですよ。再び、このカヌーで海に出る日を」

「ナンセンスだな。大環橋がこの国の島々を結んだことで、人々はわざわざ外洋へ出る必要もなくなった」

このECMが島嶼《とうしょ》連合国家となった時より、大環橋はこの国を支える背骨、あるいは神経として存在していた。各島十二海里沖に建造された外縁部の石壇《ペイ》、そして島々を繋ぐ洋上橋からなるそれは、多くの役割を与えられている。模倣子行動学《ミメティクス》によって管理された、完全かつ適切な人間の移動の場。あるいは単純に国境線となって島嶼国家を守る外壁。その利便性と引き換えに失ったものは、昔ながらの航海という風習のみ。

今やこの国で人が手動で操船する形式の船が造られる機会はなくなった。機械制御された自動運航船の開発と、それを通す海上道路網が敷設され、人の手によって船を使い、海を渡る技術は失われた。今では船という存在は儀礼的なものばかりで、ヒロヤの祖父もまた唯一人で儀礼的にカヌーを作り続けたのだ。

「祖父は航海士でした。大環橋ができるまでは、飛行場のない島と島を結ぶ重要な役目を負っていたんです。島の誰もが彼を尊敬した。今ではもう見ることもないが、カヌー船団を率いて遠い他の島へ渡ることもあったらしい」

「誇り高い海の男だ。だが時代というものが、彼のような人間を取り零した」

それでもこの老人は、かつてそうあったのだろう、遠洋航海カヌーを作って待っているのだという。過去に自身に与えられた恩恵を、再び手に入れようとしている。既に行われることのなくなった遠洋航海の様子を、いつも模倣し続けていたのだ。

ならば彼は、模倣して何を成そうとしているのだ。

「だから、これは積荷信仰《カーゴ・カルト》ですよ」と、ヒロヤが言っただろう。

「ああ、まさしくそうだ」

私は答える。この議論は既に行われたもので、自分の中で答えは明瞭に出ている。意味が生起するには、まだスケジュールを重ねる必要があるが、ヒロヤの示した老人の姿は私に大きな納得を与えた。

「失礼」

私はヒロヤを置き去りにし、背後から一歩、老人へと近づいた。

「私は日本のイリアス・ノヴァク——」

「日本《シャバル》」

　私が名乗る途中で、老人はそう言った。シャバル。パラオ語で日本という意味だったはずだ。

「そうです、日本から来ました。文化人類学者です」

「日本。日本。さくらさくら、ぽっぽっぽ、はとぽっぽ」

　ビンロウジで汚れた、所々が抜けた歯を見せて、老人が愉快そうに手を叩いた。

「教授、言い忘れてましたが、祖父は大分、こっちの方が進んでましてね」

　ヒロヤはこめかみを指差す。

「老化による記憶の断片化は避けられないよ。それでも叙述することで認知は統合されるはずだ」

「では、ご自由に」

　ヒロヤは呆れたのか、もう何も言わず、カヌーに身を預けてこちらの様子を見守る体勢を取った。

「お祖父さん、聞かせてくれませんか、貴方はなんであんな船を作ったんですか？」

　私はカヌーを指差す。

「ああ、ああ、ヒロヤ、ヒロヤ」

「お孫さんのことではなく……」

「ぽっぽ、ぽっぽ」

私が苦戦している様子を見て、ヒロヤは随分と愉快そうだった。

「祖父は、別に年老いたから断片化した訳じゃないんですよ」

ヒロヤは、真正面から私を見ている。

「僕が物心ついた頃にはもう、というより、僕の父が子供だった時ですら、もうそんな調子になっていた。彼にとっての主観時刻が混濁しているんですよ。物語性の散逸です。祖父にとって今は過去で、未来は今なんです」

腕を組んで、ヒロヤは不敵な表情を作る。

「物語性を欠いた時、人は模倣することで自己を補強しようとする。祖父にとってそれは、過去にカヌーを作り続けた日々なんです。航海士として人々の期待を背負い、その役目を全うし続けた自分だけが、認知できる自分なんだ」

ヒロヤがそこまで言ったところで、老人は身震いし、口を大きく開けて浅く呼吸し始めた。

「ジゴク！　まるでジゴクだ！」

言葉の意味は伝わらない。しかし老人の尋常ならざる様子に、私は近づいて、その背に手を掛けたが、ヒロヤはそれを黙って見ているだけだった。

そこでまた、サルのような赤子のような声を出して、老人は泣き始めた。

「補陀落《ホダラカ》、天国、あの世、地獄《ヘル》だ！　地獄《ジゴク》だ！」

散々に喚きたて、自身の足元の砂を握っては、海の方へと向かって投げつける。

そんな自身の祖父の痴態をよそに、ヒロヤが冷たい声を出した。

「貴方は、彼の考えが解りますか？」

嫌味という訳ではなく、どこか寂寞とした感情を含んだ言葉だった。もしかしたら彼は、自分が祖父のことを理解できないのが寂しいのではないだろうか。それはきっと、私が彼に嫉妬しているのと同じで。嫉妬、ああ、私は嫉妬していた。旅の中でいつの間にか生まれた感情だろう。私が持っていないものを持っている気がしてならない。自分には理解できないのに、理解したい存在。

だから私は彼にガイドを頼み、彼は私を自身の祖父に会わせたのだ。

「どうですか、教授」

「彼は――」

そこに、彼が隠し続けながらも、こうして少しだけ見せた、彼自身の感情の為に、できる限りの贈り物をしよう。

「彼は今も日本の単語をいくつか発していたよ。彼の生まれはこの島かい？　もしかしたら、この人の親、つまり君の曾祖父や曾祖母が、彼にいろいろな言葉を教えたのかもしれない。単語だけだと叙述性は薄いが、それ自体が個人の記憶に依っているなら記録しておく価値は十分にあるだろう」

私の言葉に少しだけ驚いた様子を見せ、ヒロヤがカヌーから身を離し、こちらに近づいてきた。砂を踏みこむ音が、小気味よい。

「そうですね、僕は祖父のことは何も知らない。祖父の親のことなんて、もっと。でも、きっと教授の言う通りなんでしょう。祖父の物語は今こうしている間にも断片化し、もうじき散逸するはずだ。でも、その前に少しでも知っておきたい」

ヒロヤは海の方に目を向ける。私もそれに従い、この小さな浜からの風景を視界に収める。絶え間なく波が打ち寄せ、遠く蜃気楼のように浮かぶ大環橋が網目のように這い、それより近くで防潮堤の役目を果たす石壇《ペイ》が巨人のように並んでいる。いずれも暮れかけた日と海を昏《くら》く、そして明るく照らす。

突然老人が立ち上がり、足が痛むのか、引きずるようにして、海の方へとゆっくり歩き出した。

「ユル・ハラス・フニヤ」

老人は言葉を繰り返している。無意味な言葉？　それとも意味があるのか、まだ私の中で叙述されていない物語だというのだろうか。

「聖歌《ケスケス》ですよ」

ヒロヤの言葉。

彼の答えを受けつつ、私は老人がむやみに海に入らないように横から支える。

にぬふぁぶし、みあてぃ。

その時、周囲から声が聞こえた。浜を取り囲んで、人々の声が重なりあい、それが唱和されていく。聖歌。この国の、そして世界に唯一残った宗教の歌。

「彼はモデカイトの教徒なのか？」

私がヒロヤの姿を見ようと振り返った時、薄闇に何人もの島民の姿が浮かんでいた。砂浜に立つ者、浜辺への階段に腰掛ける者、木陰に佇む者。いずれも老人だ。間もなく死を迎える人々。いつの間に集まってきたのか。

「彼ら、と言い換えておきましょうか？　ですが、その答えについては明確に答えられない。彼らにとっての信仰は非常に曖昧なんです」

それは――

私が、思い至った言葉を口にしようとしたところで、ヒロヤも歩いてきて、老人を横から支えた。

「彼らは死後の世界を信じているんです」

ヒロヤの言葉に、私は反論の声をあげたかった。しかし感情だけが上すべりする。言うべきものを私はまだ知覚していなかった。

老人は歯の抜けた口を開き、

「ああ、ああ！　にりぇ！」

ヒロヤの祖父の言葉に、周囲の老人たちも反応する。口々にその名を呼ぶ。

「彼らは人が死ぬと、そこに行くという」

ヒロヤは、あの朴訥とした顔を緩める。

光が差した。

梯上空港《ラダー》から降りてきたところで、外の眩しい太陽に目を細める。

認識したのは五月十日、第一スケジュールの三日前で、私がＥＣＭに来た日に当たる。これからニューヤップ島に向かう途中の風景だったはずだ。

「どうかしましたか？」

声に気づくと、前方でヒロヤが無人の磁気浮上運行車《インダク》——今回は乗合のものではなかった——を拾っているところだった。未だ空港から出た直後のようだ。いくらかの荷物が横に積まれたままになっている。

「いや、今、主観時刻が不思議な挙動をしたんだ」

「ご心配なく。ＥＣＭだと偶《たま》にあるんです。海上にいくつも別の行政体の基地局と生体受像の観測点があるせいで、叙述を開始して少しの間は齟齬が生じるんですよ。じきに調整が済めば、設定通りの順序になります」

ヒロヤの言葉通り、数回ほど目をしばたたかせ、大きく深呼吸をすると感覚が元に戻ってきたようだ。

「確か、この国の人間は大半が生体受像を使っているんだったな」

「約三千二百万人の利用者がいます。全国民の九十八パーセントです。割合で言うと、日本や香港、シンガポールよりも多いですよ」

インダクに荷物を積み込みながら、ヒロヤは言う。

「そういう意味でなら、このＥＣＭは間違いなく先進国だな。長大な領海に豊富な資源、先進技術。政治も極めて安定している。理想的な国家の姿だ」

「政治の運用は模倣子行動学《ミメティクス》の理論に基づいています。生体受像を通して、国民が常に政策を評価しているんですよ。監視していると言っても良い。政治家は国民の声を拾い上げて実行するだけだ。実際にこの国の総意を作っているのは全ての国民です」

それは高度な国家の有り様だと思った。ＥＣＭの各地域の島には、未だに小さな政府とでも言うべき氏族制度が残っている。離れた島の政治は各々の氏族に任せ、国家としての運営方針のみを国民全ての判断に委ねる。そうした豊富な資源に支えられた政策は、喩えるならばアラブに現れた新サラフィー主義国家に近いだろう。

「生体受像でリンクしているならば、国民の不満も即座に見えるという訳だ。暴動や反乱が起こるべくもない。軍事も警察も最低限の夜警国家という訳だ」

「海上のローマ帝国ですよ」

言いつつ、ヒロヤは受像フィルムをいじっている。私の荷物を積み終え、磁気浮上運行車の行き先をニューヤップの首都であるコロニアに設定しているところだった。

「自動車《ジドーシャ》で行きましょう、ノヴァク教授」

「インダクをジドーシャと呼ぶのは、日本人でも老人くらいしかいないぞ」

思わず笑ってしまったが、青年の方は気を悪くするでもなく「パラオ語ですよ。ジドーシャは」と無邪気な反論を試みた。

オーストラリアのものを流用した磁気浮上運行車は、その外側だけを輸入先の東南アジア経済連合体《EASEA》の、そのまた一部の華僑の美的センスに彩られ、赤と緑と金を基調としたものになっている。

当初は、大環橋の全線開通までの期限付きで導入されたこの極彩色のロードトレインは、結局、ＥＣＭの構想する橋上高速鉄道網の計画を断念させ今も麻薬じみた刺激性と依存性で各地を覆っている。

無音の中、確かな移動の痕跡を後方に残して、ジドーシャは幹線道路の役割を果たす大環橋の末端部を進んでいく。遠景に珊瑚の海、潮風と白い砂浜を置き、その先で船舶の外洋航海を阻む壁となる、墓石の如き石壇が島を囲んでいる。いずれも銀色と鈍色だけで構成されたコロニアの街に近づいていく。

「死後の世界は、本当にあるのだろうか」

やがて耐えきれずそう呟いてしまった。

従前のスケジュールでの場面と、この今の質問はリンクしているのだろうか。自然と口をついて出た言葉なのだから、今回の主観時刻では自明の質問なのだろうが。

こちらの言葉を聞いてヒロヤは、手元の受像フィルムから目を離し——後で見たが、どうやら随分と古いイギリスの小説を読んでいたらしい——どこか挑戦的な表情を浮かべて口を開く。

「教授が何故、僕をガイドに雇ったのか、連絡が来た時点でおおよそ推察はできました。僕の書いた、あの幼稚な論文が、どういう受け止められ方をしたかくらいは知ってますから」

「なら、私が疑問に思ってることとくらい答えて貰いたいが」

「いいえ、まだ無理です。僕は解らない。僕はまだイリアス・ノヴァクという人物を文字の上でしか知らないんです。ミクロネシアの宗教原理、サウェイ交易圏の形成と発展、オセアニア文化圏の死生観。こういった数本の論文でしか知らなかった」

「それは結構。それだけ知っていれば、私の人生の全てを知っているようなものだよ」

「人生を知れても——」

なるほど、そこで謙遜をしないのがこの青年だ。

「その先のこと、頭の中のことは知れません」

彼は再び、自らのこめかみを指差した。

「君は、私の脳を取り出してニューロンの一つ一つを調べ上げれば満足するのかな」

「かもしれませんが、本当に知りたいのは、地獄、あるいは天国を、死んだ後に行く場所を飼っておけるスペースがあるかどうかなんです」

彼はそう言う。

「君のような若者は、もう死後の世界を知らないんだったな。今にして思えば、死後の世界という認識そのものが、無意味化した空虚な記憶体に生まれた穴を指した言葉だったのかもしれないな」

そうだ、彼は死後の世界を失っている。いや彼だけじゃない。既に多くに人間にとって、死後の世界という存在は機能していない。彼らは、自分が死んだ後に行く場所がないことを受け入れた。

自明すぎたからだ。

誰もが知っていた。誰もがどこかでそれを認識していた。死後の世界という概念は人類にとって最も偉大な儀礼だった。死生観は倫理観であり、社会を安定させる為に必要なものだった。しかし、今や社会の平穏は科学という新たな倫理によって担保されている。だから死後の世界の非存在は新時代の地動説になり得なかった。やがて複雑な予定説と終末論の接合の果てに、信仰と魂の救済という大分滑稽な題目だけを残して、宗教の世界から死後の世界は消えた。

「もはや死後の世界は存在しない」

返答は求めなかった。呻くように吐いた、ただの独り言だ。

「君は、死後の世界を飼えるものだと、動物か何かだとでも思っているのか？」

尋ねてみる。馬鹿にしたつもりはない。

「いいえ、天国も地獄も概念です。ですが世界だ。ここにない世界。かつて多くの人々が、──それは教授、貴方だってそうだと思うが──思い描くことができた、死者の為の国だ」

ずっと考えてきたのだろう、澱みない答えだった。

「私は君の考えの方が解らないな。概念として知っているなら十分だろう。私だって地獄なんてものは見たことがない。知ってはいるし、理解もできるが、存在はしていない。見たことがないのだから」

「見たことがないというだけで存在していないのなら、僕の中で日本は存在していない」

「面白い反論だが、君という存在に日本は不可欠だったはずだ」

「全ての人々にも、死後の世界は不可欠だったはずですよ」

彼の目が、木彫りのような素朴さの中で、蛇のような、蛸のような、山羊のような、不道徳で無機的で不気味なものに見えた。

「なるほど」

死後の世界という概念は、そのままあらゆる宗教の信仰に直結する。生きている間の賞罰は死後に決し、悪人は裁かれ苦役を得て、善人は幸福の国へ誘われる。そうした観念は古くは法律として機能し、近代法が発展してからも倫理観なるものに姿を変えて生き延びた。だから今世紀に入ってからも、機能はしていたかもしれない。しかし、明確に死後に別の世界へ行くのだと信じる人間の数は減っていったのだ。

また一部に残る、宗教に倫理と精神の充足を求める人々も、やがて登場した精神的に安定した人生の概念に宗旨替えした。

「人は、死によって世界から切り離されるのを恐怖する」

ヒロヤが言う。

「その為に、自己の意識を献体する場所を求める。あるかどうかも解らない、ここではない別の世界に」

「そうだな。しかし今やその必要はなくなった。個人の意識は生体受像によって保存され、死後も生前のログを引き出すことができる」

「個人の人生を物語として、いくらでも」

生体受像と、それに伴う主観時刻の技術によって、人は自らの存在を世界へ残す方法を確立した。永続性の担保による死の希薄化。それによって人の死生観は大きく変わった。

つまり、死後の世界に救いを求めなくなった。

そうした時代の変化を経たのが、私か、彼の親の世代。それよりも若いヒロヤ青年の感覚では死後の世界がどう捉えられているのか、もはや想像もつかない。我々が旧世代の燃素やエーテルの理論を見るのと同じ感覚なのだろうか。

古い考えと新しい考え。

私と彼の間に横たわる死の川。そこの渡し場は、恐らく酷く離れている。

あるいは、そうであるからこそ、彼は私に尋ね、そして私は彼に尋ねているのだろうか。

学会の年寄り連中もそうであって、彼の祖父――そうか、私はこの時点で彼の祖父を知覚していたのか――もまたそうなのか。

彼らの全て、私の全てが、死後の世界という失われた世界を見てしまう幻想痛《ファントムペイン》に襲われているだけで、ヒロヤはその痛みの理由を知りたがっているのだろうか。

私にも、その答えは出ない。

だが、一つの指標はできたはずだ。彼ともっと話をしよう。彼の祖父とも話そう。そうすれば解るはずだ。死後の世界が、死者の為の王国がどこへ消えたのか。

思考の縁で小さな微睡《まどろ》みを覚えた頃、磁気浮上運行車が緩やかに停止する。目的地についていない状況での停止行動は、予測し得ない事態への対応だ。とはいえＥＣＭ全体の交通、物流はリアルタイムで管理されているのだから安全性自体は揺るがない。

「どうかしたかい？」

「前の方を見てください」

ヒロヤに促されるまま、磁気浮上運行車の前方ウィンドウを注視すると、白い道路を埋め尽くすようにして、小さな茶色い猿の群れがそこかしこで動いていた。

「ＥＣＭ全土に広がっているカニクイザルです。ジドーシャは彼らが道路に迷い込んだからといって止まりませんし、彼らもそれを理解して道路上に出るような行動は取りません」

「その説明は、大きな矛盾を抱えているような気がするよ」

ヒロヤは何も言わず、磁気浮上運行車の片翼式のドアを開けるよう指示する。機械音声が了承の旨を告げると、ドアは路上で開かれ、耐え難い熱気が車内に押し込んできた。

「おい、何をしているんだ」

「あれは巡礼になります」

ヒロヤはおもむろに路上に出ると、そのまま熱せられた白い路面に跪《ひざまず》き手を胸にやる。

その様を眺めていると、やがて猿の群れの方から騒がしい音楽が響いてきた。

「あれが聖歌です」

「説明を省き過ぎだと思うがね」

ヒロヤは振り返る。

「失礼しました、てっきりご存知かと思って」

純粋な驚きの表情だ。

音楽は大きくなってきている。どうやらその楽団は、猿の群れを先頭にして、この広い幹線道路を渡ってきているらしい。その先触れとなる猿たちは、いよいよ人間を蔑むような耳障りな声を伴いながら、我々の横を通り過ぎていく。

「輿の上にいるのがモデカイトの教主です。今年はコロニアで四年に一度のタモル会議が開かれるので、教主自らも各地の島を回られているはずです」

「そうか、あれがモデカイトか」

私はただ白と青の視界の中で、それを捉えようとした。

黒い服を着た一団の列を、派手な鳥のような服装の者達が取り囲み、各々が聖歌を唄い上げる。その後方から、五色の糸と金の意匠で彩られた象牙色の傘蓋を持った、仰々しい輿がゆっくりと行進してくる。

ミクロネシアの伝統でなく、キリスト教の伝統でもない。この世界にかつて存在した、信仰という骨を寄せ集めて作られた、美し過ぎる廃棄物だ。

「彼らは君に答えを与えてくれるかね？」

意地悪な質問だと思った。それでも彼なら、品良く処理することだろう。私の見立てが確かなら、彼の信仰は。

「モデカイトは地獄も天国も説きません」

「だが君は気になっている。信仰でないにしても」

「彼らは死後の世界の存在を説きます」

厳かであり滑稽である楽団は、豪奢な輿を率いて我々の前を通っていく。焚き染められた香の不愉快なほどの芳しさを伴って。

ここでふと、主観時刻に僅かなちらつきと揺らめきを感じた。

「人は死ぬと、そこへ行くという」

この青年は、答えを欲しがっているのかもしれない。

「ニルヤの島」

《Transcription 1》—転写—

皿に盛られたウカエブを、フォークで穿《うが》って口に運ぶ。ココナツミルクの甘みと、解れた蟹の身の旨味が——そう、こういうのを旨味と言うのだろう——、舌の上を舐めるように広がっていく。

「どうです、ミズ・マームクヴィット。アンガウルの蟹料理は絶品でしょう。ビールは飲まれますか？　頼みましょうか？」

ガイドとして雇ったトリーが、歯を見せてヤシの実を初めて取った子供のように笑う。アメリカに留学したことがあり、英語が得意ということで雇ったが、未だにマルムクヴィストという私の少々捻くれた姓は、上手く発音できないらしい。

やがて、こちらの返答も待たずに頼まれたビールが運ばれてきて、仕方なしにトリーにもそれを振る舞う。初めはその冷え過ぎたビールに口をつける気も起きなかったが、そんな小さな意地を満たすには、このアンガウル島の暑さは耐えかねた。

「ここは良い島ね。暑ければ冷たいビールを飲める、そういう意味で」

「この島は小さいですがね、物だけはきちんとある。政権が安定しているんだ。ですがね、本島のバベルダオブなんかは、十年くらい前までは物騒だったんですよ」

「親米保守と革新派とで対立してたとか」

「さすがによくご存知で。それも昔のことですがね、今でも一部じゃ残り火みたいにくすぶってる層がいるんですよ。もしもバベルダオブに行くんでしたら、そこのところだけは改めて注意させて貰いますよ」

「重々承知しているわ」

フォークで蟹の甲殻をつついて弄《もてあそ》んでいると、きぃきぃと甲高い鳴き声を発しながら一匹の猿が近づいてきた。野生化したカニクイザルだ。前世紀のドイツ統治時代がもたらした、愚かすぎる遺物に私は笑うしかない。

「クソ猿が！」

それまで穏やかだったトリーが、突然の罵声をあげたかと思うと、テーブルの下に陣取ろうとしたカニクイザルを足蹴にして、道路側へ押し出した。

「手荒なのね」

「猿なんて掃いて捨てる程いますよ。いや、捨てなきゃいけないくらいいやがる」

それは実際そうだろう。アンガウル島の猿は、この島の人口より多いわけだし、島同士を繋ぐ大環橋《グレートサーカム》が建設され始めてからは、パラオ全土は元より、隣接するコロニア島にまで広がっていった。いずれは橋の増設に従って、より遠くへも行くだろう。本来ならば、この太平洋の島々に生息し得ない猿たちは、人間が何の気なしに伸ばした手を掴んで悠々と自らの個体数と生活圏を増やしていった。

「蟹が食べたいのかも」

私の言葉に、トリーは舌打ちを一つしてから――実に野卑た、アメリカ的な反応だ――皿のウカエブを一つ掴むと「向こうで食ってな」と言い添えて道路に向けて投げた。カニクイザルは黒い頭頂部の逆立った毛を見せた後、痩せた四肢を動かして道路の方へ出て、それを掴む。するとトリーは追い打ちのように、もう一つ手にした空の甲殻を放り、猿の尻に命中させて、そこから退散させた。

「いつか罰が当たるわ」

「ミズ・マームクヴィットは転生主義《リーンカーネーショニスト》でしたか？　それとも動物愛護主義？　どちらにしろ珍しいですね、北欧の人でもそんな古い思想を持っているのですか」

「ただの感傷。私がこの島に来たのも、ああしたサルの行動を調べに来たのだから。マカク属のサルは、脳科学の実験をする度にお世話になっているのよ。だから同僚のお仲間に、ちょっと親切にしただけ」

目線を道路の方に移す。鬱陶しい程の木陰の下、あちこちにアスファルトの熱から逃げ出した猿達が固まっている。ものによっては、店舗内のシーリングファンの真下に陣取るグループもいる。それが、いつの頃か暑さで死んだ同胞から得た経験を認知し、人間の行動を模倣した結果だ。共感と模倣の因子。彼らの脳で発火するミラーニューロンの存在は、彼らなりの社会性の実在を裏打ちした。

「なるほど、ミズ・マームクヴィットは学者様だから、そんな風に仰るんでしょう。ですがね、実際に暮らしてる者らにとっちゃ、アイツらは際限なく増え続ける、生けるゴミだ。いや。それよか酷いな。うちの二軒隣に住んでる婆さんは、寝てる間に猿に顔をズタズタにされてたし、生まれたばかりの赤ん坊なんざ、親がしっかり見張ってないと攫われるなんて話はよく聞きますよ」

「くだらない風聞だと思うわ」

私の答えを冗談と受け止めたか、トリーはただ卑しく笑って返した。彼はミクロネシア人にしては珍しい、西洋人に卑屈な——もちろん、攻撃的な特性も持ち合わせているが——態度を取るタイプの人間だ。

「よくね、学者の先生はこの島に来る度に仰るんですよ。あの猿たちには社会があると、思考して生きてると。でも私から言わせて貰えば、そんなのは古臭い白人至上主義や自文化至上主義《エスノセントリズム》の余波だ。自分ら人間には高度な社会があるから、人間に似た猿にも劣ったりといえども社会はあるだろう、と、そんなちょっとした謙遜と譲歩。私としちゃ、人間も猿も大差ないんです、どっちも馬鹿げた群れの中で暮らしてるだけで、社会性なんてこれっぽちもないんですよ」

「貴方の言いぐさの方が、よっぽど仏教主義《リーンカーネーショニスト》に思えるわ」

「先祖がクメール人なんですよ」

嘘か本当か測りかねる調子でトリーは笑う。

この男との対話は嫌いじゃない。知性の輝きを自ら放棄して、愚かであろうとする愚行——この表現すら愚昧だ——を続ける彼は、私が最初に三人雇ったガイドの中で最後まで付き添わせる価値があると判断した人間だ。こういう判断すら、彼に言わせると現地民を見下した自文化至上主義なのかもしれないが。

「ミズ・マームクヴィット、まぁ見てご覧なさい。アイツらに知性というか、そういう社会性があるなら」

言いかけて、トリーは余ったウカエブを掴むや、シーリングファンの下の猿の集団へと投げ寄越した。

三匹の猿に二つの蟹。

猿は我先にと、身の詰まった蟹を奪い合い、やがて勝利した一匹が初めに二つ引き寄せ、その内の一つを口に運んでいる最中に、二番目に力の強い個体が目敏く残りを引き寄せて、何処かへ走り去った。何も手に入れられなかった猿は、目の前の猿がゆっくりと蟹を食らう様を見続けている。

「ああいう時、人間はどうしますかね？」

「中身を取り出して、三等分にする。でもそれが、社会性の証左にはならないわ。利他的行動が必ずしも社会性の要件じゃないもの」

「じゃあ、これならどうです」

猿が空の甲殻を穿《ほじく》り返しているのを見届けたトリーは、今度も二つのウカエブを掴んで猿に投げる。再び強い個体が二つの蟹を手にし、先程と同じように食べ始めたところで、最も弱かった個体が隙を見て一つを手に取り食べることができた。

「一番損をしたのはどいつですかね？」

「一つだけ摑んで立ち去った二番目。なぜなら、これ以降も私たちは蟹を投げ続けるかもしれないけど、その可能性を放棄したから」

「じゃあ得をしたのは？」

「もちろん、二匹分の蟹をせしめたサル」

「最初に一匹多くがめたのは大きい。これから先、私らがいくら平等に二つずつ投げても、アイツは永久に得し続ける訳ですね」

「人間も同じと言いたいのね」

「私らの価値観でいえば、ただの食事ですから平等にもしましょうよ。でもそれが、もっと大きなものになったら、どれだけ平等だと言っても、どこかで誰かが利己的《セルフィッシュ》な行動を取る。そうすると他は割を食うしかない。それをさせたくないなら、こっちも利己的な行動を取らなくちゃいけない」

「囚人のジレンマ、あるいはコモンズの悲劇。そうね、人間もサルも社会原理は同じだわ」

人間社会は利他的で博愛的なものなどではあり得ない。社会に一定の安定性が見られ始めた時、人間は群れという枠を超えた共同体を形成し、その中での円滑な行動の為により強い社会性を得る。それを乱すモノは、徹底的に弾圧し、排除し、均衡を保とうとする。そうしてこそ、人間はより安全な生活を送れ、生存することが、つまり進化することができる。あるいは言い換えるならば、血縁集団の維持という本能から一匹の猿が自身の子供に餌を分け与える行為と、人間同士の愛情とは、全くの等価である。

つまり人間社会とは、種としての生存性を高めようとする利己性が利他性を選択した——稚拙な群淘汰の理論でなく——結果に過ぎない。

「利他的なことこそ、マクロな意味での利己性。そうして利己性が利他性の上位概念として居座っている限り、利己的な行動の完全な排除は不可能」

「さすが、ミズ・マームクヴィットは聡明だ」

それは貴方だって。猿と人の関係程度には同様でしょう。と、そんな冗談が通じるかどうか解らなかったので口を噤む。でも彼には通じないだろうという判断も、実に傲慢《セルフィッシュ》だ。

そうしていると、先程の猿のうち、最も利益を獲得した個体が我々のテーブルの方へと近づいてくる。あるいは増長したのか、足元できいきいと喉を鳴らし、さらなる利益を求め始めた。

「ところでミズ・マームクヴィット、貴女は蟹を持って逃げた猿が一番損をしたといいますがね——」

そう言うが早いか、トリーはテーブルに据えられていたチリソースの瓶を開け、欲深な猿の顔目がけて思いきり振り撒いた。

猿は獣の叫び声をあげ、狂乱の内にテーブルを離れ、失った視覚と嗅覚を手繰るように歩き、やがて熱せられたアスファルトの地面に顔を押し付けている。

「こうして、避けられない事故や災害もあり得る訳だ」

私はトリーの行動を感情で測らない。

これは実例だ。利益を求めてリスクを冒す個体もいれば、逃げ出す個体もいる。そうした行動の多様性が、種全体の保全に繋がる。これは遺伝子の発現と似た模倣子《ミーム》の発現。

「どうです、アイツらに社会性はありますか？」

「人間が、サルほどに高度な社会性を持っている、と言い換えた方が良いでしょうね」

良い言葉ですねえ、と諧謔的な仕草を加えてトリーが喜んだ。

私の方は、こめかみを伝う汗が煩わしかったから、旧時代的な眼鏡を外してハンカチで拭う。

すると、道路へ目を向けていたトリーが「ああ」と一声あげて、

「ミズ・マームクヴィット、ご覧なさい、葬列ですよ。あれは統集派《モデカイト》のものだ」

誘導されるように視線を移すと、通りの向こうから異様な――そう形容するのは間違いではないだろう――一団が行進してくる。先払いが道を掃き清め、そのすぐ後ろに黒衣の代教父《パードレ》が、さらに後に棺を肩に担ぐ一団。男も女も、大人も子供も問わず、服装もまちまちで、また泣く者、歌い上げる者の境すらなくして、敬虔なる二列縦隊が行軍を続けていく。

《御名を尊ばせたまえ《May your holy name be honored》》

《御国を来たらせたまえ《May your kingdom come》》

東島嶼部由来の竹笛《パンパイプ》の伴奏と、太鼓、金属の盤を打ち合わせるパーカッションに合わせ、土着性と融合した主の祈りが朗々と響いてくる。今時、芸術的な意味以外で歌われることもなくなったそれが、忘れ去られた旧態として表れていた。

「統集派ね。元はパラオ発祥の新興宗教だったはず」

「ええ、そうです。ミクロネシア唯一の、いや違うか、世界で唯一最後の宗教だ」

「教義としてではなく、古い信仰として、かしら」

私の皮肉にトリーは答えようとしない。ただ苦い顔をして、

「ある意味じゃ感謝はしますよ。日常生活の相互扶助と、誰もやりたがらない葬儀なんかの世話。それだけすりゃ、誰だってちょっとは次は自分が手伝ってやろうと思う。それに奴らは金銭的な意味では、パラオの国民の権利は害しちゃいない」

「ただ、思想信条としての権利を害する集団だ、と」

眉を下げてトリーは鼻白んだ様子を見せる。

「十年前まで続いていた対立は奴らの登場で収束しました。そりゃそうだ、過激になる闘争に疲れた多くの国民が次々となびいていったんですから。だがそれと同時に、この国の人間は馬鹿げた思想に取り憑かれてしまった」

「馬鹿げた思想って？」

「奴らは人間が死んだ後のことを、とやかく言うんです。死後の世界だとかいう。人間は死んだら、どこか別の世界に行くって、そういう風に教えてるんですよ」

いくらか感嘆の声をあげる。とても珍しい事例だと思ったから。世界の各地では、純粋な信仰としての葬儀はほとんど姿を消している。先進国における葬儀というのは、遺体の処理と遺族への慰撫程度の役目しかない。

「死後生存仮説《サバイバル》はもうとっくに否定されているのに、こうしたところではまだ残っているのね」

「ぶり返しですよ。人類が長年信じ続けたことを、今更捨てられないってんで、最初はあくまで儀礼的に、それが次第に本当に死後の世界はあるっていう馬鹿げた思想に変わっていったんです」

トリーの目に、皮肉でも諧謔でもなく、ただ本当の蔑みの感情が見えた気がした。進歩的であることを至上として、この島の土俗的な部分を厭う心意。この島の汚点を、文化の汚点を、自分で嫌になるほど解っていながらも、私に見せたことが、さらに自己複製的《セルフ・リプリケイティック》に自身の内側を苛んでいるようだった。

「彼らはなんて言ってるの?」

「何がですか」

「死後の世界のこと。少し興味があるわ。スペインとドイツ統治時代のカプチン修道会由来のカトリック的なものが残っているのか。複雑な歴史を持つミクロネシアだからこその宗教観、それが気になる」

「そこのところ、奴らは曖昧にしてますよ。何も現実的な楽園や神の国を想定しちゃいないんでしょう」

そこで路上の葬列が、一際大きく竹笛を奏で、太鼓を叩き、金盤を打ち合わせ、意味の伴わない葬送の歌を盛り上げた。

「ただ奴らは言うんです。人は死んだらどこかの島に行くんだと」

「島?」

「そうです、それは海の向こうに――」

トリーが先を続けようとしたところで、道路の方から叫び声があがった。何事かと目を向けた先で、頭の毛を散らした一匹の猿――見ただけで解る、あの増長した一匹だ――が、葬列の中心を掻き分けて、先頭の代教父の胸に乗り、その黒衣を引き千切らんと狂騒の態を見せている。どうやら先払いの男たちの慌てようから見て、彼らが路上の猿を邪険に扱ったことから、猿の方が恐怖に駆られて暴れ始めたのだと解った。

やがて猿を引きはがそうとする大人達と、慈悲を! 慈悲を! と無様に叫ぶ代教父の取っ組み合いに発展し、怒号の中で団子状になった集団が、背後の棺を抱える者達に衝突した。撒き散らされた花が飛び、竹笛は誰かが踏んで折れ、太鼓は道路を転がり、地上に落ちた金盤が甲高い音を響かせる。そしてついに、棺がバランスを崩した者の肩からずり落ちて、堅いアスファルトを打った。

「ははは！　どうです罰が当たった！」

トリーの悪虐な冗談が吐き出されるより早く、私はそれを見た。

壮麗な織布が埃にまみれる中、マホガニーの重い音を伴って棺の蓋が外れ、葬送されるべき者の姿が露わとなり、

――肌の白い。

娘。まだ幼い娘。

十歳くらいかな。大きくなった。

もしも、あのこが。

黒い髪が、私とは違う。

でももし。

私の。

「あれは、私の子よ」

トリーはただ、笑っていた。

《Checkmate 1》—弑殺—

[Event "Échec et mat"]
[Site "Nan Madol, Pohnpei ECM"]
[Date "2048.08.16"]
[Round "1"]
[White "Kurtoğlu, Efrasiyab."]
[Black "Hydri, Beta."]
[Result "*"]

1. Qe2-Qe3 Qf2-Qf3 Qf3-Qf4

｛そうだ、そうやって駒を動かすんだ。簡単だろう。チェスと同じだよ。量子《クォンタム》はポーンと同じだ。しかし役割は違うから注意しておいてくれ。まぁ今はまだ戦術など必要ないから、後ろには進めないとだけ覚えておいてくれれば大丈夫だ｝
｛さて、ちゃんと私の声は聞こえているかい。しかし君は今どういう状況にいるのかな。こ

ちらからは数値でしか君を見ることができない〉

〈ここへ来るのは初めてだろう。それはそうだ。ＥＣＭのミクロネシア連邦行政地区、とりわけポンペイ島は高等行政区だ。許可のない一般人の立ち入りを禁止している。ましてやこのナン・マトール遺跡に人が入るのは数十年ぶりなのだから〉

〈ナン・マトールの景観はどうだ。鳥の声が聞こえるだろう。ポナペオウギビタキというヒタキの一種だ。ピョウピョウ、と高音で鳴く。他はどうだろうか、ここにあるのは何百年も前に築かれた小さな人工の島々だけ。それらの間を船で渡るというのは今のＥＣＭでは信じられないかもしれないが、かつては観光事業の一環だった〉

〈驚嘆の声は五分前に記録されているな。だがしかし、感覚器以外の生体受像《ビオヴィス》は切っておいた方がいいかもしれないな。劇的なるものは訪れない。ここでの生活はナラティブなものには成り得ない。主観時刻《タイムスケープ》なんて存在しない。未来も過去もなく、ただ無限の今があるだけだ。ここはそういう場所なんだよ〉

〈このナン・マトールは九十二もの人工の島が集まった巨石遺跡群だ。今から五百年以上前に造られた。五角柱または六角柱状の玄武岩を櫓のように組んで、巨大な壁が造られている。海側には沈んだ古代都市の様相、陸地にはマングローブの繁茂する中に木の根の這う石の壁が露出するという、なかなかにロマン溢れる光景だったろう。君が前世紀の冒険映画などを好めば良いが〉

〈さて大分遅れたが、そろそろ私の手番《ターン》を消化しようと思う。だから名乗ろう、私はＳ＆Ｃ

社統括執行役員《CEO》のベータ・ハイドリだ。みずへび座β星の意味になる、変な名前だろう｝

2. Qf7-Qf6 Qg7-Qg6 Qg6-Qf5 Cb7-Cb6

｛これで私の手番は終わりだ。何も一気に駒を動かす必要はないが、オープニングは往々にしてこういうものだ。ああ、そういえば君の名前を聞いていなかったな。名前など棋譜に記す為だけの記号だが、一応君の口から聞いておこう｝

｛なるほど、日本人の名前だな。出身はパラオ行政地区のようだが、そうか日系かね。興味深いが、ここでは別の名前を名乗って貰おう。いや、ゲームのプレイヤーとしての名前だよ。プレイヤーとしての自己が必要なのさ。名前は、そう、クルトウルと名乗ってくれ。テュルク系の名さ。この業界でトルコ人と名乗ると、良いジョークになるかもしれないな｝

｛そうそう、君の船はそろそろ中央のレメンカウにつくだろう。そこがナン・マトールの東端に当たる島だ。そこから左折して遺跡の全体を見ながら、私のいるところまで来ると良いだろう｝

3. Qc2-Qc3

｛そう、最初は量子から動かすと良い。でも気を付けてくれ、ｃ３とｃ６、ｆ３とｆ６はポケットという特殊なマスになっている。そのマス上にある駒は、自軍の駒が隣接していないと動けないことになっている｝

Qd2-Qd3 Qc3-Qc4

｛そうそう。そうやってワンクッション挟んで動かす。このポケットは重要な戦略の要衝に

なるから、上手く使ってくれ〉

〈さて、君の経歴も一応確認しておいたが、なるほど、S&Cには昨年入社したばかりか。ならまだ何も解っていないのは仕方ないし、解っていないからこそ、こういう儀式めいたゲームに従事しているのだと納得して欲しい〉

〈でも心配はしなくて良い。これで君の進退が決まるだとか、そういう馬鹿げた類じゃない。単純にこのゲームを楽しみたいだけだ。ああ、君はゲームの名前を知らなかったりするかい。なら伝えておこう、これはアコーマンという二人零和有限確定完全情報ゲームだ。原型になったのはアリマアという名前のゲームでね、コンピュータとの高度な対戦を目的に開発されたものさ。しかし、このゲームに付けられたアコーマンという名前の由来は私も知らない。開発者の言葉遊びか何かだろう〉

〈ああ、もし手に迷っているなら助言しよう。このゲームは自分の手番で四手まで駒を移動させられるが、何も全て消化しなくとも戦略上は問題ない。多く移動したからといって、相手の駒が動かない限り有利不利は決定しないのがこのゲームだ〉

〈そういうことだ。では、私の手番とさせて貰おう〉
4. Qa7-Qa6 Qa6-Qa5 Ca8-Ca7 Ca7-Ca6
〈都市《シティ》は強い駒だから、こうして序盤に前に出すが、出し過ぎると孤立してしまう。とはいえ都市より強い駒は病《ヴァイラス》と王《キング》だけだ。君はセオリー通り、この二つを王と女王の位置、このゲームでは王座というから覚えておいて欲しい、そこに配置しているからな。こうして前

に出してしまっても問題はないと判断した〉

〈しかし端末でのやり取りも、君には良いかもしれないが、私としては早く対面で対局してみたい。いや、しかしながら君にはこのナン・マトールを、彼らの、そして私達の王国をしっかりと見てから来て貰いたいという気持ちもある。さぁ、船はレメンカウの方についたな。ここはかつての医療施設だったとされている。ああ、今、君の聴覚情報を更新させて貰った。そう、今聞こえているのがヒタキの声だ〉

5. Qd3-Qd4 Vd1-Vd2 Vd2-Vc2 Vc2-Vc3

〈対応が早いね。そう、そうやって病の駒を即座に出せば相手への牽制になる。このゲームはチェス程にキングやクイーンは重要じゃないからね。でも気を付けてくれよ、これで君の王座のマスは王一つだけになってしまった。手番終了時に、この王座のマスに駒が一つもなくなった時が敗北になる〉

〈次の手番にでも、横にある君の都市を移動させて王座に置いておくと良い。いや中級者以上なら空けていても心配ないのだが、君はこのゲームを初めてやるとのことだし、万が一、ちょっとした不注意から王座を空にして手番を終えてしまうと取り返しがつかないからね。最初の頃は常に王座に駒を置いておくことを推奨するよ〉

6. Qa5-Qb5 Ca6-Ca5

〈さて、ここで私は量子を左に移動させ、都市を前へ進ませる。こうすることで量子を都市の壁として、横に厚い戦術を立てることができる。駒が縁を移動する時は、こういう風に壁

を作りながらやると良い｝
Qf6-Qf5
｛ところで、ここで私の量子が君の量子と接触した訳だが、私がここで手番を終了させると《制止》の効果が発生する。《制止》の効果というのは、ある駒が、その駒よりも弱い駒の前後左右、どれかのマスで隣接した状態で手番を終了させると、自動的に効果の対象になった弱い駒が動かせなくなるというものだ。《制止》のルールがアコーマンの一つの醍醐味でね、相手の手を防ぐ為に、そして自分の手が詰まらないように、駒を能動的に動かす必要があある｝
｛大概はそのルールが適用されるが、最も弱い量子の駒同士の場合は《制止》が発生した時点で、私も君も、双方量子の駒を動かすことはできなくなる。この膠着状態を抜け出す為には、量子より強い駒を相手の量子に隣接させることで、相手側を《制止》させ、効果を打ち消す必要がある訳だ｝
｛さぁ、ここで君の手番だ｝
7. Cc1-Cd2
｛そう、忠告を聞きいれてくれて感謝する。そうして王座には常に駒を置いておく方が良い｝
Cf1-Cf2 Cf2-Cf3 Cf3-Cg3
｛面白い動きだ。私は自軍右翼から戦局を作っているが、君はそれに合わせず反対に展開し

てきた。大きく盤上を囲むような動きになる〉

8. Ca5-Ca4 Ca4-Cb4

〈しかし今日は暑いのかな。生体受像を通して君の体温をモニタリングしているが、いくらか高いようだ。でも気持ちの良いものだろう、浅瀬を船で遊覧するというのは。あるいは船に乗るということ自体、経験したことはなかったりするだろうか〉

〈見えるかね、今、君の前方にある島がペイネリングだ〉

〈ポンペイ島は良いところだろう。鳥の島とも呼ばれているからね。最近は大環橋《グレートサーカム》が完成して、いくらか交通も変わるかと思ったが、少なくともこのナン・マトールは依然変化せず、だ〉

〈そうだ、そして付け加えておこう。このゲームでは《押出》というルールも存在し、強い駒を使って、盤上の端にある弱い駒を盤外へと押し出すことができる。さらに自身が《押出》を行って盤上から取り除いた駒は、今度は自軍の駒として好きな時に、好きな場所に打ち込むことができる〉

〈もしかして不思議そうな顔をしているのかな。そうだね、自身が取った駒を再び自由に利用するというルールに馴染みはないかもしれない。しかし日本の将棋では持ち駒という、これと良く似たルールが存在するよ。恐らく、考案者は日本の将棋も参考にしたのだろう〉

9. Qb5-Qb4 Qb4-Qb3

〈ここで私は量子を前に進め、敵陣の奥へ配置することになる。チェスの思考法だとポーンの孤立になるが、盤外へ押し出さない限り盤上に駒が残るこのアコーマンでは、敵陣の奥へ入ることは楔を打つような効果をもたらす。君は左隣の病を、実質的に前方にしか動かせなくなってしまうからね｝

Cb6-Cb5 Cb5-Cc5

｛こうして都市を君の量子の前に置き《制止》させることで、さらに蓋をすることになる。アコーマンは面の制圧だけでなく、相手の移動を阻むという点にも注意を向けて駒を動かすと良い｝

10. Qe4-Qe5 Qe5-Qd5

｛そうだ、こういった場面では量子を横に移動させて王の前を空けておくと良い。しかしそこから先は悩んでいるようだね。こちらのデータからも推測できるよ｝

｛何も急いで消化する必要はないよ。君は契約書には目を通しているんだろう。確認事項は一通り頭に入っているものと思うが、君に課せられているのは二十四時間中で八回、かつ一年間で二千九百二十回以上駒を移動させることだ。私は自分の手番では一分以上かけないことを規約としているから、君は早ければ一分弱で一日のノルマを達成できる｝

｛またこの自分の手番で消費した駒の移動回数は、翌日以降に繰り越される。君は今までに二十手分駒を移動させている。明後日までのノルマを達成しているのだから、ここで休憩とし、明日まる一日を休日とすることも可能だ｝

｛それがS&Cが君に課した規約であり、君の仕事の全てだ。長期休暇が欲しい場合は、百

手程一気に消化すれば、程よい休暇になると思う〉

〈しかし、このナン・マトールで生活して貰う限り、言ってしまえば全てが休暇のようなものだ。日常に必要なものの全ては、既にオートメーション化されている。君は君の欲しいものを伝えればS＆Cは経費として処理するだろうしね〉

〈そして、なるほど。私は君が感じたあらゆる疑問に答えよう。例えば、君が何の為にこうして閉ざされた島で盤上の遊戯に興じるのか〉

〈心配しなくて良い。単なる儀礼的なものさ。新入社員である君に対する、ささやかな儀礼。あるいは模倣と言っても良い〉

〈かつて、この島でロビン・ザッパという男が、とあるコンピュータとアコーマンの対局を行った。私達は、ここでその焼き直しを行おうというのだ。その時の対戦の棋譜もいずれ見ることになるだろうさ〉

〈さて、もうすぐ君の船はナン・ドーワスにつくだろう。そこはかつてのサウテロール王の墓所であり霊廟となっている。このナン・マトールで最も神聖な場所とも言えるだろう〉

〈船着き場で船を泊めると良い。いや全て自動制御だ。そうしたら中に入ってきてくれ、私はそこにいる〉

〈ああ、その巨大な石を組み上げた要塞のようなところが、ナン・ドーワス、S＆Cの本社に当たる場所だよ〉

〈階段は元の遺跡の通りだから気を付けてくれ。一応、これでも遺跡を無駄に破壊させない

よう、会社の人間に何度も掛け合ったところなんだ｝
｛そうだ、そう、石窟のようだが中はきちんと造ってある。安心して入ってきてくれ｝
｛ああ、そうだ、今、君の目の前にいるミイラのような老人が私だ｝
｛ようこそクルトゥル、歓迎しよう｝

《Accumulation 1》—蓄積—

彼はよく周りから不浄《ターイ》と呼ばれていた。

それ以外の名前を知らなかったし、他の呼び方も知らなかったから、意味も知らないまま、私もそうして呼ぶことにした。初めてそう呼んだ時、彼は驚いたような悲しむような顔をした後、私の黒い髪を優しく撫で、口を広げて「ありがとう」と言ってくれた。

私がその名前の意味を、隣に住むマリアおばさんの口汚い罵倒で知ってからは、私はもう、前のように彼を呼ぶことはできなくなって、それでも他の呼び方が解らないから、口籠るような調子でタヤ、タヤと繰り返すようになった。

彼の方は、なんとも思っていないのか、それとも嬉しかったのか、ただビンロウ《ブゥ》に染まった黒い歯を見せて笑ってくれた。


タヤは私以外には笑顔を向けないのだと知った。

仕事から帰ってくると、タヤはまず体を丁寧に洗う。私はよく解らなかったけれど、彼は海で仕事をする度に悪いものをつけているので、それを流し落とす必要があるのだと思った。

だからタヤは不浄と呼ばれているのだとも理解した。

タヤが自作の、赤錆の混じるシャワーを浴びて出てくる時に、私はよく真っ白なタオルを渡してあげた。タヤは笑って、私からそれを受け取ると、赤い肌を何度もこすっていた。

タヤの体に黒い三角の模様がいくつもついているのを初めて見た時は、私はそれを落としたいから体を洗っているのだと思った。だからそう聞いたら、彼は笑ってみせ、これは魔除けなんだ、と言った。鮫を表した古い魔除けの刺青《ヨール》で、自分のような潜水技師《ダイバー》は皆、こういう模様を体に刻んでいるのだ、と、そう教えてくれた。

私はタヤの体にある、この三角の模様が大好きだった。


タヤは、どうして海に潜るのか聞いた。

タヤは、海に潜ってコバルトという大事なものを掘る船を直しているのだと教えてくれた。コバルトがどうして大事なのかを聞くと、タヤは辛そうな顔を少しだけして、コバルトがあれば国が平和でいられるから、と教えてくれた。

私は解ろうとする。それなら、タヤは平和を続ける為にコバルトを掘るのだ。毎日、毎日、汚れた海の水を滴らせて帰ってきても、それはこの国を平和にする為に必要なことなのだ。それはきっと、大事な行いなのだろう。

でもタヤの仕事仲間で犬《クース》と呼ばれている、流線型の刺青を持った体の大きな男の人が、酒場で合成ヤシ酒《クアッ・チュバ》を飲みながら、何度もタヤの悪口を言っていた。タヤが真面目に働いているのが気に食わないらしい。

クースは、自分が仕事で使う牡蠣の殻みたいな大きなナイフを弄《いじ》っている。クースは小さなヘラを使い、ナイフの溝に詰まったキラキラ光る銀色の石粒をこそいで、布の上に落としながら言った。

自分が削り落としているのがコバルトの欠片だということ。そして自分たちが海に潜り、この大きなナイフを使って、コバルトを掘る大きな採掘機械の刃の部分を削って磨いていること。それがちょうど、他の魚の鱗を磨くエビに似ていること。そしてナイフで削った部分は、こうやって小さなコバルトの欠片が詰まるから、それをこそいで集めて売ると、なかなかに良いお金になるのだという。

タヤはそんなことをしない。

だからタヤは馬鹿だとクースは言った。周りの大人も皆笑った。お前に綺麗な服か何か買ってやれば良いのにと言った。父親になったのが間違いだと言った。

私は、タヤが父親なのだと知った。

タヤはいつか橋の街を出て行こうと言った。

私はタヤがいれば、どこに行っても良かったから、タヤがそう言う度に頷いた。やがてそれは、タヤが自分自身に言い聞かせていたんだと解った。それでも私は頷いた。

タヤは自分が生まれた島のことを話してくれた。小さな島だけど、ちゃんと土でできた地面があると言っていた。金属シャフトと布の上を歩く必要がないんだと言っていた。

タヤはこの橋の上に作られた街を嫌っていた。人の住むところじゃないと言っていた。

コバルトを掘る為に移動する採掘船。そのレールとして、どんどん伸びていく大きな橋。そして、その橋に住みつく沢山の人達。赤と黒で作られたシャフトの森の遥か下に、青い青い海が広がっている。それは私が生まれた時から見てきた風景の全部で、そこで暮らす人達のことも好きだった。

私にはよく解らない。タヤがどうしてこの橋の上の街を嫌っているのか。そう言う度に、タヤは何度も話してくれた。この国はコバルトのお蔭でとても豊かになったけれど、それは自分らのような多くの人間の犠牲があるからだ、って。

本当なら、機械が何もかもやってくれるから、人間は働かなくても困らなくなったはずなのだという。それでも、とタヤは言う。自分のような人間は、どこにも行けなくなって、仕方なく国から労働することを命令された。だから本当は、全部機械でやれば済む、採掘機械の掃除なんていう仕事をやっているんだ、と。

採掘船で作業をする人達。レールの橋の上に街を作って暮らす人達。タヤはこういった人達が苦しんで生きているのだと言っていた。

私は解らない。私は彼らが好きだった。シャフトの森を抜けて、別の島から沢山の芋を買ってくるマリアおばさんや、銀色の魚を捕ってコプラと交換するハイメ、いろんな漂流物を拾って売ってくれる何でも屋のラオ。彼らは苦しんでいるのだろうか。もしかしたら、タヤは私の知らない、苦しみのない場所を知っているのかもしれない。それは土でできた島で、珊瑚の海に囲まれた、暖かい風の吹く場所。私は私の知らない、その島に住む人達のことを考える。

その島のことを思うと、私は冷たくて深い海に潜るタヤが苦しんでいるのが解った。

それでもタヤは、今日も海に潜っていった。

タヤは紙の新聞を手にして、少しだけ笑った。

マリアナとグアムが橋で繋がったと言っていた。どちらも私の知らない島だ。そこがタヤの生まれた島なのかと聞くと、彼は恥ずかしそうに違うと言った。じゃあなんで笑ったのかと聞いたら、タヤは、いつかこの街の橋もちゃんと通れば、他の島に連れていけるからと答えた。

タヤが嬉しそうだったから、私も笑った。

タヤは驚いていた。私が笑ったのは、これが初めてだったらしい。

タヤはクースが病院に行ったと教えてくれた。

もう二度と海に入ることはない、そう言った。

どうして、と聞くと、それが俺達の仕事だから、と答えてくれた。

タヤと一緒に病院に行った。病院と呼ばれている場所は、採掘船の底の方にある大きな部屋。そこに行くまでの暗くて細い道では、ぐわんぐわんと機械が唸っている。辿りついた部屋は、沢山の金属の壁に囲まれた暑い暑い場所で、こんなところでは人はすぐに死んでしまうと思った。

クースは他の何人もの人達と同じように、壊れたバネ細工みたいなベッドの上で寝ていた。声も出さないで、ひゅうひゅうと息を吸って吐くだけだった。クースの大きな体はしぼんで、流線型の刺青も形が変わってしまっていた。

タヤはクースだけじゃなく、他にも何人かの寝ていた人に声を掛けていた。私はそれが、タヤの古い仲間なのだと思った。そうしてタヤが暑い部屋を回っている中で、初めて会う人がいた。その人はケンジという男の人だった。

一人で暇だった私は、彼に話しかけてみた。

ケンジは、どこか遠くの島から来たらしい。小さな船を乗り継いで、波を越えて、高い橋を渡って来た人。

ケンジは体が悪い訳じゃなかった。ただ頭がおかしい人だった。

彼は私の言葉なんて聞かないで、ずっと自分のしたことを話していた。ぶつぶつと何度も同じ言葉を繰り返す人。多くの仲間を殺してしまった。自分が殺してしまった。助けなくては、助けなくては。そんな風に何度も繰り返して。

だからだろうか、ケンジは何度も他の人達の世話をしていた。助けなくては、助けなくては。私のことも忘れて、水を運び続け、何度も起き上がらない人達に話しかけていた。

殺してしまった。殺してしまった。彼らは海の向こうの島に行った。俺もいつか行くから。ケンジはただ、そんな言葉を繰り返して忙しなく病院で働いていた。

私がケンジの後を追うと、そこで彼女と出会った。赤茶色の髪をした、少女。

彼女はケンジと一緒にいた。彼女はケンジに連れられて、沢山の波を渡って、この橋の上に、採掘船の街にやってきたという。

彼女はケンジと一緒に、いずれ死んでしまう人の世話をする。彼女もまたケンジの言葉を繰り返す。お父さんは海の向こうの島に行ってしまったって。

私は不思議に思って、海の向こうの島のことを聞いた。

ケンジは私の顔を見ないで、その島のことを話す。人は死んだら死者の為の国へ行くんだ。そこはどんなところかと、近くで看病されていた人が聞くと、それは海の向こうの島だと答えた。周りの誰もそんな島は知らないと言っていた。私も知らなかった。

それでも、ケンジの言葉を不思議と沢山の人が受け入れた。

死んでいってしまう人の傍《そば》で、ケンジは何度もその島のことを話していたから。苦しみはなくて、いつかみんな一緒になれる島。ケンジの言葉を聞いて。みんな、そこに行きたいと思っていたから。

タヤはクースが死んだと言った。

どうして死んだのかは、教えてくれなかった。それでもタヤは、クースが死んだことを納得している風だった。

同じ潜水技師の仲間で集まって、今はきちんと弔いも終えたらしい。死んでしまったクースに、もう一度会いたかったが、どうしようもないことなので諦めた。その代わり、タヤはクースが最後にどこへ行ったのかを教えてくれた。

最初、タヤとその仲間は、クースの葬儀を開こうとしたが、誰もそれがどういうものなのか知らなかったらしい。そうしている内に、仲間の一人がケンジから聞いた話を教えてくれた。ケンジは古い葬式のやり方を知っているのだという。

だからタヤ達はケンジに任せることにした。ケンジの言葉に頷いていた多くの人が、彼ならばクースの葬式ができると思ったから。

ケンジはすぐに、タヤ達と一緒になって、金属の棒や木の板を集めて、小さなカヌーを作った。カヌーを作り終えると、ケンジはクースの死体をそれに乗せて、上から板を被せて蓋にした。それが終わると、今度はクースの為に祭りを開くのだと言った。

クースには家族がいなかったから、彼がずっと貯めてきたコバルトの代金で祭りをやることにした。それでも祭りを行っただけで、彼がずっと貯めてきたお金はゼロになってしまった。タロイモやコプラ、魚や貝を煮た物や蒸しマングローブガニ、それにアメリカの食べ物を買い揃えたらしいから、それも仕方のないことかもしれない。私はタヤが持ち帰ってくれた飴を舐めた。クースが私に残してくれたものは、その日の内に溶けてしまった。

タヤ達はそうして、誰も知らない歌を唄い、誰も知らない踊りを踊ってクースの祭りを行った。ケンジはそれらが終わると、クースの死体を詰めたカヌーを、ロープを使って海に降ろさせ、そのまま夜の潮流に乗せて、どこにあるとも解らない海の向こうにある島に流した。

タヤはこれがクースの葬儀なんだと言った。

だけど私には解らない。死んでしまったクースはどこへ行ったのか。クースは死んでしまって、ただ海に流されたのと何が違うのだろう。タヤ達はまるで、クースがまだ生きているかのように祭りを行った。みんなクースの為に唄った。クースの為に踊った。クースはそれを聞いていない。見ていない。

もしかしてクースは、本当は生きていたのに、ケンジという頭のおかしな人のせいでカヌーに詰められて海に流されたのかもしれない。それを見て、みんな喜んでいたのかもしれない。

可哀想なクース。

私はクースの流線型の刺青が怖かったけれど、今はとても可哀想に思える。

その日の夜、私は泣いていたらしい。

嵐が来て、私とタヤが寝泊まりしている小屋が崩れた。風で布が飛ばされて、板は剥がされてしまった。タヤは細い金属シャフトの上で、海に落ちないように一晩中、私の体を抱いていてくれた。

私は風の音の中で、クースが助けを呼んでいるような気がずっとしていた。タヤの三角の模様の刺青を指でなぞりながら、私は気を紛らわせて、嵐が過ぎ去るのを待った。

次の日、タヤは仕事を休んで小屋を直す作業に取り掛かった。布を張っている途中で、タヤは赤黒い痰を吐いた。それはそのまま、遥か下の海へ落ちたから、一瞬しか見れなかった。でもそれは、ビンロウを噛んだ時に吐く、あの痰とは違う色だった。


タヤは仕事を続けた。

私はタヤの仕事を見守る。これは初めてのことだった。

大きな金属の筒が海に向かって伸びていて、タヤはそこに入る。私は解らなかったけれど、筒には何か特別な水が詰まっていて、それで肺を一杯にすることで海の中でも作業ができるのだという。

タヤは仲間達と一緒に、シャコのお化けみたいな、海に沈んでいる大きな水車か丸鋸のような機械に張り付くと、手元のナイフを使って磨くようにして刃の部分を削っている。

私は橋から落ちないように、複雑に組み合わさったシャフトに体を預けている。ここから下を覗くと、海の中で作業している潜水技師の人達がよく見える。

暗く青い海の中で、お互いの言葉も伝わらない中で、タヤ達はこの仕事を続ける。私はもしかしたら、これは仕事ではなく、何かの罰なんじゃないかと思い始めていた。他の島では、土でできた島では、人はこうした仕事をしないと知った。もう海に潜る人は残っていない。

魚のいない、暗い海に潜る人は、もうタヤ達だけなのだろう。

お前は頭が良いな。

私が私の考えを話す度、タヤは私の頭を指でつついてそう言った。私はそうされると、なんだか解らないけど愉快な気持ちになったので、誰もいないところでそれを真似するようにした。

私は考えている。自分の頭をつついて、それを確認する。


ある日、私はシャフトの森の中に落ちた。

海に潜るタヤの為に、買っておいた人工糧食を届けようとした途中で、橋が揺れ、私は自分の体が軽かったことを知った。

同じ瞬間に、橋の上で暮らす何人もの人が、ぱらぱらと海へ落ちていった。

剝き出しになっていたシャフトが太腿を突き刺してくれたお蔭で、私は海の底まで落ちずに済んだ。止まらない真っ赤な血が、逆さまになった私の顔を染めていった。私はこれが化粧に似ていることを知った。

海の中にいたタヤは、仕事が終わってから、左足を失った私を採掘船の底の病院で見た。

暑い暑い部屋で見た。タヤはすぐに私に駆け寄ると、涙を流し始めた。タヤは嬉しいのだと思った。私はクースとは違う。私は海に流されたりはしない。私は生きているのだと思った。

私は生きているのだ。

私はいろんなことを勉強した。

病院にいる間、私はいろんな人に会った。そしていろんなことを知った。採掘船の中で一番偉い医者の先生は、ここはタヤのような人間の為に、国が用意した場所なんだと教えてくれた。

タヤのような人間は、この国の中に沢山いた。

仕事をなくした人達。彼らはタヤのように、人間がやらなくても良い仕事を与えられるのだという。私はそれを聞いて、やはり罰を与えられているのだと理解した。

そして私は、彼女と仲良くなった。赤茶色の髪の色をした少女。

ケンジと一緒にいた彼女。いつも病院で多くの人を看病してきた彼女。今は、私に優しくしてくれる。

彼女は私に教えてくれた。タヤや、タヤの仲間達が罰を受けているのではないことを。私に教えてくれた彼女は私より少し年上で、でも彼女の名前は知らない。それでも彼女は私の一番の友達になった。彼女と私は、いつもいろんなことを話していた。

彼女は笑って、私の体をさすってくれた。

彼女を見た後で、私は自分の仕事を続けるタヤを思い出し、それらは決して罰ではないのだと理解した。

私は理解した。

彼女と一緒にいた時間は幸せだった。

タヤと一緒にいられない時も、彼女が傍にいてくれた。花のような笑顔。私はまだ地面に咲く花を見たことがなかったけれど、その喩えは理解できた。

私とよく似た彼女。彼女。

私が寂しそうな顔をしていると、彼女は私のなくなった左足の先に座ってくれて。膝をついて、こちらに顔を寄せてキスをしてくれた。とても嬉しかった。

だけれど私は、自分のなくなった足が彼女の中に入っていってしまったように感じて、なんだか痛くて悲しくて、その日は眠ることができなかった。

次に彼女が来たら、その足にキスをしてあげよう。

赤い痕ができれば、きっと私と同じになれるから。

私は理解した。

もうすぐ採掘船が移動を始める。

私が足を失ったあの揺れも、採掘船が地盤から離れた影響だったと知った。

採掘船が橋に沿って移動を始めると、今、そこに住んでいる人達も移動しなくてはいけなくなる。そうしてまた、別のどこかで新しい橋上都市を造っていく。

彼らはコバルトを掘る大きな船に寄生して生きている。いつか自分を、大きな魚に寄り添って生きる小さなエビに喩えたクースのことを思い出した。

タヤは仕事を続けると言う。

私はもうやめてと言う。

私は理解した。タヤは今の仕事を続けると死んでしまう。クースのように海に流される。


タヤは毎日、私を見舞いに来てくれる。

でも私は知っている。このままだときっとタヤは死んでしまう。今日もまた、赤黒い痰を吐いた。私は知っている。

採掘船にはコバルトを製錬する施設があるから。それは海の中に溶けていく。コバルトは綺麗なものじゃなくて、人の肺を傷つける毒だって、私は知ったから。次亜塩素酸やトリハロメタン。私は私の知らなかった言葉を使って、コバルトが悪いものだって理解していく。肺に水を入れる潜水技師は、こうした悪いものに蝕まれていく。

私は知っている。沢山勉強したから、タヤの為に、沢山。


お前は頭が良いな。

タヤが私の頭をつついた。私の隣のベッドから、細い手を伸ばして。大好きだった三角の模様も、今はその形を歪ませている。

先に時間が来たのは私だった。
私は赤黒い痰を吐いた。
なくなった左足の先に、シミができた。彼女の髪の色より、もっと汚い色で。
彼女が見ていた。綺麗な左足を見せて。

私は知らない。
人間が死んだ後にどこへ行くのか、私は知らない。
私はどこへ行くのだろう。

《Gift 2》—贈与—

やがて彼らの行進が止まる。

「レティ・フォー《左向け左》」

「ワイ・セナ《右担え銃》」

先端を赤く塗った竹をライフルに見立て、指揮官の号令に従って、軍隊のように彼らはそれらを肩に担ぐ。無意味な号令が続き、彼らは何かに衝き動かされるように、儀礼行為として自分の体を運んでいく。黒土を裸足で行進し、各々が自慢とするまちまちのジーンズを軍服とし、日に焼けた筋肉質の胸に赤くＵＳＡの文字をペインティングする。彼らは誰かと戦う訳ではない。彼らの全てが、稚拙な模倣の軍隊だ。

「ノヴァクさん」

懐かしい日本語で、私をそう呼んだのは誰だっただろう。黒い髪が、太陽に映えていた。

彼女は。

主観時刻《タイムスケープ》の揺れ。次のスケジュールは記憶の想起から始まった。

これは今から三十年以上も前、私が初めてバヌアツのタンナ島を訪れた時に目にした光景のはずだ。ＥＣＭからは離れたメラネシアの小さな島。この旅行中に訪れるはずはない。だからこれは、一種の夢と記憶が綯いまぜになったものに違いない。

生体受像《ビオヴィス》から引き出されるログは、時として記憶を今ある現実のように投影する。そこに伴うのは、明晰夢を見ているような感覚と、既に起こった出来事を追体験する――しかしもちろん、自己の記憶に介入などできようはずもない――どうしようもなさ。

「ノヴァクさん、あの人達は何をしているのかしら」

声。

そして私は答えるだろう。

彼らが軍隊を、それもアメリカの近代軍隊を模倣するのには意味があるのだ、と。

タンナ島の住人は、ジョン・フラムという神を信仰している。その名の由来はジョン・フロム・アメリカ。遠く海の向こう、アメリカという国から来る神を表している。

前世紀の大戦で、アメリカ軍は日本と戦う為に大量の物資を太平洋の島々に持ち込んだ。電気を動力とする機械。無尽蔵の食料。それらはタンナ島の住人にとっては人知の及ばない大きな恩恵だった。それ故に彼らは、アメリカから来た軍隊を神として崇めた。

戦争が終わり、アメリカ軍が引き上げた後も、彼らはアメリカから来た神への信仰を捨てなかった。かつて神の軍隊がそうしたように、ライフルを持ち、ジーンズを穿き、行進して、ジョン・フラムの再びの到来を待った。かつて恩寵のあった時代を模倣することで、再び神の国が来ることを祈ったのだ。

私達がタンナ島を訪れた時には、もはやアメリカが神の国であると思っている者はいなかった。アメリカに留学して帰ってきた島民も、幾人か存在していた。アメリカはジョン・フラムの故郷ではなく世界の大国であり、かつて自分達が求めた物も単なる電化製品であることを理解していた。

それでも彼らは、二月十五日に行うジョン・フラム・デイを捨てなかった。依然、ジョン・フラムは神であり、海の向こうから恩恵をもたらす神の到来を信じていた。

「そうした彼らの行動を、文化人類学では積荷信仰《カーゴ・カルト》と呼ぶんだ」

主にメラネシアの小さな島々に見られる信仰で、自分達に豊かな物資をもたらした存在——その多くが太平洋戦争時のアメリカである——を神と看做《みな》し、その様式を模倣することで再びその恩恵に与かろうというものだ。

その為に彼らは、中身のない、形だけの模倣を行う。積荷を載せた飛行機が再び降り立つことを夢見た小さな島の部族は、一足飛びで揚力の概念を考え、レシプロエンジンを開発することはない。彼らはただ、木と竹で飛行機の模型を作り、草を刈り滑走路を拵え、意味も解らないままに管制塔のように指示を出す。こうして外側だけを模倣する。

これを未開の野蛮人の愚かさとして、物笑いの種にすることもあった。しかし、これで正しいのだ。人類はそうして、模倣を繰り返すことで、物理法則と真理を観測してきたのだ。

積荷信仰は、模倣するという行為の発露である。

しかし、今はその多くが途絶えてしまった。もはや木と草で作った形だけの飛行機を崇めることも、草を刈り揃えただけの滑走路に伏し侍り、空を飛んでくる神を待つ者達もいなくなってしまった。

そうした中で、私が文化人類学を学ぼうとした時、唯一残っていたのが、タンナ島のジョン・フラムへの信仰だった。

「見てみて」

横に並んだ彼女の声。

私は視線を向ける。土埃を上げて彼らはステップを踏み、神を、アメリカという国の外側を崇めて歌を捧げる。

「とても純粋な歌」

そして私は、賑やかに彼らが歌う様を見て、確かに確信したのだ。彼らの、一見して稚拙で愚かな模倣行為は、我々が信仰と呼んでいるものと何も変わらないことを。それが死後の世界を否定しながらも、キリストの再臨を信じていた、かつての白人世界に通じるものであることを。

「あの人達は待っているのね。いつか神さまが恩寵を与えてくれるのを」

横を向けば、彼女の顔が見えた。私とは違う顔。

そして私は二つの予感を手に入れる。彼らのような人々が何を求めているのか、それを学者として解明すること。そして、隣で笑う女性が私の妻となるだろうこと。

どうやら椅子に腰掛けたまま微睡んでいたらしい。目を覚ますと同時に時刻を確かめる。推移した主観時刻は五月十一日、第一スケジュールの二日前だ。認識した場所は前回の始まりと同じく、宛てがわれたホテルの一室だが、内装は微妙に違う。バベルダオブではなく、東に数百キロ離れた人工島、ニューヤップ島のものだからだ。場面は紙の本を読んでいた瞬間だった。旅の荷物として持ち込んだ三冊の本の内の一冊――ドーキンスの『諸悪の根源?』――を閉じ、白すぎる部屋から窓辺に移動する。

バルコニーに出ると、化成物質と人工島特有の石灰の香りが鼻をついた。風景も明日に見たものとは違い、島を中心に大環橋《グレートサーカム》が周囲の海上に伸びていく様は壮観であった。ちょうど蜘蛛の巣の中央に座すようだ。近くを見ればコロニアの居住地区が目に入る。ECMを象徴する青い屋根、そして計画的すぎる数学的配置に基づいた外観以外は、アドリア海につきでたドゥブロヴニクの在りし日の姿に似ている。

ここから見えるマリーナにも、いくつもの複翅ヨットや大型のクルーザーが停泊している。いかにもな光景だが、商用船の航海が禁じられているECMの中ではクルージング目的だけの、外洋に出ることの叶わない遊興用のものだ。

しかし――あの青年は。

あのヒロヤという青年は、ニルヤの島と言った。

私はこのスケジュールにおいても、その単語を意識できた。既に言葉としては聞いていたのかもしれない。直前のスケジュールで引用され、そこから私の意識はこのスケジュールにリンクされた。では、それこそが、私の物語において重要な意味を持つタームだというのだろうか。

ニルヤ、ニルヤの島。

それは恐らく、一種の異界信仰だ。海の向こうにある神の国への信仰は、島国の民族に共通して見られるものだ。十分に研究の価値がある。モデカイトの説く死後観。今、死後の世界が否定されたこの世界で、それがどういう風に受容されているのか。

死後の世界は、存在しない。

今や、生体受像に残ったログと、それを並べ替えた主観時刻とで個人の人生は完全に叙述される。単純な話だ。生物としての死を迎えた個人は、その生前の記録が全て残され、様々な媒体を通して引用される。それだけではない。故人を偲ぼうと思えば、人は自らの生体受像をいじって自身の記憶の中の故人といつでも会える。何度でも記憶を再現し――そこに埋没するような人間が出るのは問題だが――自らの脳の中で死者と再会する。そこにいるのだから、死んだ人間がどこか別の世界に行くことなどない。馬鹿げた思想だ。そうして完全なる叙述は、死後の世界の喪失を招いた。

「奥様との思い出を叙述する、そういうプログラムもありますが」

無遠慮にそう言った叙述補記人《ナラティビスト》の一人を、私は怒鳴りつけたことがある。

彼女の人生は、決して私の脳の中にだけあるものではない。私一人だけが、彼女との記憶を紡いで織物にしようとも、それは色を欠いた出来損ないに過ぎない。ならば、彼女自身の記録を利用して人格を再現するか？　それこそ馬鹿げている。彼女の魂はもはやない。生体受像に刻まれた言葉や数字で、それを取り戻すことなどできようはずもない。彼女はここではないどこかへ行ってしまった。

それは――。

深く息を吐いて、潮の香りを肺に入れる。再び意識を目の前の海へと向けた。

扇状に広がるコロニアの街並みが、太陽と海の照り返しに揺れている。そうして浮かんだ波紋を見続けたせいか、小さな目眩を覚えたあたりで、右腕の生体受像に応答《コール》のイメージが浮かんだ。

私は仕方なく部屋に戻ると、バルコニーの窓をなぞって、応答ヴィジョンを投影させた。

「ノヴァク教授、宜しいですか」

ヒロヤらしい、変更の加えられていないニュートラルアイコンが窓をスクリーンとして浮かび、同時に私の生体情報の他、雑多なニュースや天候がいっぺんに流れ始める。

「大丈夫だ、どうかしたかい？」

「貴方にお客様が来てますよ。下で待ってますから、どうぞいらして下さい」

それだけ言って通信はヒロヤの方から途絶えた。彼を彼たらしめる、無神論以上に何も信じないという強い態度だ。

私はそういうところを気に入っている。

ホテルのロビーへ降り、様式だけは欧風のものを真似たカフェの方へと足を向ける。ヒロヤ青年の居場所自体は、彼が生体受像にマーキングしてくれているので声をあげて呼び立てることはしない。

私がヒロヤ青年の姿を捉えるより先に、彼の方が私を認めたか、大理石の柱の横でガードマンのように真っ直ぐ立っていたのを止め、小さく歩きだした。その様子を見て、近くの籐椅子に腰掛けていたスーツ姿の大柄な男性も立ち上がり、ヒロヤを制して近づいてきた。

「イリアス・ノヴァク博士、お会いできて光栄だ」

彼は流暢な英語で話しかけてくる。浅黒い肌に白く短い鬚をコントラストさせている様は、彼が伝統的なカナカ人であると解らせるが、自然と差し出された右手には欧米人として生きた匂いを染み込ませている。

「初めまして、イリアス・ノヴァクです」

歳は私よりも一回り上か、それ以上に見えるが、握り返した掌の武骨さと皮膚の堅さが、この人の壮健さを強く訴えている。

「ロマン・ギラメケティー・ワイスマン、パラオ行政地区大酋長を務めさせて貰っています」

「まさか大酋長自らお越し下さるとは、こちらこそ光栄ですな」

彼との邂逅に疑問はない。彼の来訪の経緯は五スケジュール後に規定されているから、今はまだ認知はしていないが、感覚では理解が及んでいる。

笑顔で手を振るワイスマンは、私へ長い方の籐椅子を勧めると、自身も先程と同じ籐椅子に腰掛けた。一度、ヒロヤの様子を窺ったが、彼は何を言うでもなく、従前と同じように柱の方で近侍している。

「私はこれまでノヴァク博士と直接話す機会はありませんでしたが、お書きになられた本は何冊も読みました。ECMの政治家は大体、貴方のサウェィ交易論に強く影響を受けているのですよ」

「それは面映ゆいことですね。あれは大分昔にECMを訪れた時に着想したものですから、今の事情とは違ってきていると心配していましたよ」

ワイスマンはさらに手を振りつつ、笑顔で社交辞令を二、三言った後、近くを通った給仕に――ニューヤップのホテルでは人間が労働している――コーヒーを持ってこさせた。

私はそのコーヒーに口をつけたところで、切り出した。

「さて、ミスター・ワイスマン。私は一応、貴方達パラオ行政府や中央議会の要請に従ってECMを訪れました。確か環太平洋文化人類学会の総会を開く準備をしたいそうだが、実際に何をやるかは聞いてませんね。再来年の開催を目処にするとして、誘致委員会を作りますか？　それとも講演会の一つでもやれば良いんですか？」

対するワイスマンは「ふむ」と短く息を吐いてから、籐椅子に浅く座り直した。

「いや博士、私が今日、貴方に会いに来たのはですね、貴方にタモル会議へ出席して頂きたく思ったからなんです」

「タモル会議、ですか」

それはECMにあって中央議会以上に権威を持つ重要な首長会議で、タイトルと呼ばれる、有力な血族クランの代表者だけが参加できるものだ。離島国家同士という小規模なものながら、ここでの会議は国際的な意味合いを持つ。多くの場合、この数年に一度の会議で、ECMという国家群の運営方針が決まる。

ワイスマンは顔に深い皺を寄せて、鋭い眼光のまま、

「ECMの政治体制もようやく安定を見せました。テロ戦争も経済戦争も過去のものです。今や全ての国民が生体受像と大環橋の恩恵にあずかり、日夜、さらなる発展と平和の為に歩み続けています。そうした状況で今回のタモル会議は意義深いものになります。だからこそ博士、私は貴方に会議に出席して頂きたい。文化人類学者としての目線で、この国の在り方を今一度問うて欲しいのです」

私は矢継ぎ早の彼の言葉が止むのを待ち、もったいつけた調子で口を開くことにした。

「タモル会議とは大きく来たようだ。しかしあれは、ECMの中でも各島のタイトル持ちだけが参加できるのではありませんか？」

「参加を承諾して頂けるのなら、私は貴方にタイトルを付与しても良いとすら思っています。現に、貴方はECMにとっても重要な学識者であり、ちょうどペリリュー島の氏族《リネージ》が次のタイトル保持者を求めています」

私は意見を求めて視線をさまよわせ、やがてヒロヤの朴訥とした顔に救いを求める。しか

し案の定、彼は何も言わず、それでも待っていると自分のこめかみを指差した。

自分で考えろ、という訳だ。

仕方がない――

「私ごときがタイトルを頂けるのなら、それは光栄なことです。しかし本心を言えば、私は飽くまで日本人です。こんななりですが日本の政治をこそ考える立場にいると思っている。だからその、なんというか、あまりにECMと結びつきを強くすると、かえって自由がきかなくなるのでは、と、そういうことを恐れているんです」

半分は本心だ。

ECM内での貴族的な称号、あるいは勲章。そうした権威を持つタイトルの付与は惜しいという気持ちは強いが、そこを見透かされては交渉が難航する。ここは多少、過剰にでも言い添えて、未練を断ち切ることにしよう。

「そうですか、それは残念だ。しかし博士、少し考えておいて下さい。タモル会議は四年に一度。今回出席した上で、次までにタイトルを返還することも可能です。全ては貴方の自由意思に」

そして、ワイスマンは付け加えるように、

「今回のタモル会議はバベルダオブ島で行います。参加しないにしても、ここは良い島だから、ぜひ訪れると良い」

それだけ言うと、やはり忙しい身なのか、短い雑談を加えた上で、一度だけ握手を交わした後、ワイスマンはこちらを振り返ることもなく、ホテルのポーチに停められていた磁気浮上運行車《インダク》に向かっていった。

　その時、ホテルのエントランス付近で待っていたのであろう、彼の秘書らしき女性の姿が目についた。

　真っ白で長い髪をして、若く、少女のようにも見える女性。西洋人ではないだろう。歳が解りにくいものだ。

　インダクの操作を行い、乗り込むワイスマンを補佐して、完璧な仕草で求められた行為を成し遂げた女性。彼女はこちらからの視線にも気づいたのか、一度だけ花のように笑ってみせると、後は何一つ残さずにワイスマンと共に去っていった。

　どういう訳だか、一方的に取り残されたという漠然とした寂しさを感じたが、この歳になってまで感じるようなメランコリーではないと、すぐさま感情を振り払った。

　ここで間違いない予感が脳の奥で発火した。第一スケジュールにおいて、私はバベルダオブにいたのだから、恐らくはこの後に心変わりをしてタモル会議に参加するのだろう。それは自己の行動に対する意思とは別の、より上位概念からの認知だった。

　こうした述懐を食む間、最後まで、ヒロヤは愉快そうに目を細めていた。


「コロニアにも猿はいるものだな」

　ワイスマンとの邂逅があった日の夜。オープンテラスの食堂で私はビールを飲みながら、遠慮などせずに人々の間を縫って歩くカニクイザルの姿を見ていた。

給仕用オートメーションは彼らを認識せず、猿もまた機械をそれと思わない。ただ人間だけを狙って、そのお零れを浅ましく拾い、あるいは奪っていく。夜の街に繰り出す人々も、こうしたことに慣れているのか、猿達にビールの缶を投げて寄越す者すらいる。

「スリランカで似たような光景を見たよ。もっとも、その時は猿が神の使いだからと、人間は手出ししなかっただけだがね」

「この国の猿を保護しているのはモデカイトですよ」

ヒロヤはランプに照らされた顔を赤くさせて、私が日本から持ち込んだ焼酎を呷っている。彼と話し込むつもりで誘った席だが、未だに彼は口の滑りを良くはしてくれない。淡々とした調子で、私が放った言葉の一つ一つに返答をするだけだ。

「ノヴァク教授は、こうした猿を見るのは初めてではないでしょう？」

「いや初めてだよ。私が最後に一番長くECMにいたのが二十年くらい前で、その頃ようやく大環橋が全面開通したんだ」

そうですか、とヒロヤは短く言ってのけた。

「元はパラオの南端にあるアンガウルにしかいなかった猿が、橋を伝って、今ではECM全土に広がっています。最近になって、ようやく人々はこの猿と上手く付き合い始めましたよ」

「それはモデカイトのお蔭かな」

「どうでしょうね、彼らの教えに猿を敬えなどというものはないですよ。進化論すら否定する立場なんだ」

「しかしネオラマルキズムの一派だ」

「さすが。いや、貴方にECMのことを説くなんて釈迦に説法でしたね」

ヒロヤは焼酎を呷る。なるほど日本の諺を引用する彼も、なかなかに嫌味だと思えるが。

「モデカイトが説いているのは単なるニルヤ信仰だけじゃありません。死後の世界というものを捨てた人類に対して、警鐘となる教えを持っています」

「文化因子《ミモタイプ》教義《ドグマ》とかいうのだろう。人間が死後の世界を想像できるのは、猿とは違う高等生物の証であり、遺伝子とは違う形で発現する進化の形だと」

仰る通りです、とヒロヤの慇懃な肯定が挟まる。

「しかし、人が死後の世界を捨てたのなら、それはそれで進化だと思うけどもね」

「違います。人は進化をやめた、そして――」

と、そこまで言ってヒロヤは言葉を止めた。

やはり解らないな。彼の考えと私の考えは何が違うのだろうか。

「人は叙述に頼らない限り、絶え間なく記憶の断片化に晒されるものだ。過去は忘れられる為のもの。それを繰り返し、自己のアイデンティティが喪失していく現象。かつてはその最たるものを死と呼んだはずだ」

「そうですね。その死を恐れるが為に、死後の世界というものを想像した。だからこそ、恐れを克服したのなら、捨て去るのは当然だと」

「死後の世界という揺り籠をかね」

ですが、とヒロヤはこちらの言葉をさえぎった。

「文化因子教義が正しいのならば、人は死後の世界という概念を失ってはいけなかったのかもしれない」

「ヒロヤ、君はモデカイトの信者なのかい」

「いいえ、僕の考えはモデカイトとは離れたところにあります。しかし、ニルヤの島という信仰に関しては理解が及びます。そして恐らく、今の教主の考えは、僕の祖父のそれとよく似ている。だから――」

「だから君は、それを知りたがっている」

ヒロヤは黙った。

きっと彼は、自分の祖父のことを知りたいのだろう。とても単純に。彼の書いた論文は、彼の祖父が手に入れられなかった物語性を彼自らが著述したものだ。やがて何者からも忘れられ、この世にいたという事実を喪失してしまう人間。彼の祖父もまた、そうした空白の場所に置かれてしまわないように。

お互いに酒で口を潤わせ、少しばかり言葉が途絶えた。その合間に辺りを見れば、胸の奥で僅かに感傷の火が灯る。高いビル群の影が夜に浮かび、遠くで磁気浮上運行車の耳障りな駆動音が響く。人々の顔はいずれも暗い。かつては土俗的な空気を保っていたこの国が、アメリカや日本と同じような仕方で発展を遂げてしまった。

「教授、貴方のいた日本はどういう国ですか？」

ふと、ここでヒロヤが言葉を吐いた。決して静けさを恐れて無理に言葉を継いだ訳ではないだろう。ただ単純に私の表情を読み取って、その先にあるものを提示させようというのだ。

「君からの質問に答える前に、クイズを出そう。日本が世界に輸出する最たるものは何か解るかい？」

「すぐに答えは出ません。機械産業は一定の水準を保っていますが、生産量なら東南アジアの経済連合体の方が優れている。コンテンツ産業でしょうか。芸術文化を民衆のものとして発信する力は、アジア諸国では一番でしょう」

「いずれも違うな。正解は、より良く死ぬことさ」

冗談ですね、とヒロヤは小さく笑った。そういう顔を見せた。

「別に自殺の方法の多様さを論《あげつら》う訳じゃない。ただ人々の死に関する産業という分野では、日本の方式が一番に輸出されている。墓石の代わりに、生体受像のデータを詰め込んだタブレットやらペンダントやらを売りだしたのも日本が最初だ。元は火葬の風俗から来ていて、遺骨を身近な物に入れて持ち歩く慣習が発展したんだ。それだけじゃない、終末医療の在り方も、合同葬と個別葬に関する複雑なシステムも、全て日本から始まった」

「長寿国家の末期としては十分な結果ですね」

「皮肉として受け取っておくよ」

空になったグラスを通路に差し向けると、給仕用オートメーションが即座に代わりを差し出してきた。

「私はいわゆる日本民族じゃない。今となっては移民の二世三世が多数派になったが、そのせいか、私が知っていた本来の日本人的なるものは薄れてしまった。もちろん、土地の力は強く、多くは日本の風習に従って生きるようになる。だが、その根本、心の有り様のようなものはどうしても手に入れられない気がするんだよ」

「それが、死と向き合う方法だと」

「漠然としたものだ。人の死をいち早く産業化したあの国の人間は、そもそもが死を自明のものとして受け入れているフシがある。死後の世界を失ったのは、もしかしたら日本の人間が世界で一番早かったのかもしれないし、一番遅かったのかもしれない。純粋な日本人の減った今となっては、確かめようのないことだがね」

酒の舌触りを確かめる。薄い訳ではないが、味気なく感じてしまう。いくら飲んでも、水のように自分の中を通り抜けていく。

ふと、私とヒロヤは似ているのかもしれない、と、そんなことを思った。

西洋人の血を持った日本人と、日本人の血を持ったカナカ人。こうして二人が話したところで、かつて日本人が持っていた心の有り様を理解できる訳ではない。

「ノヴァク教授、貴方はタモル会議に出席されると良い」

突然のヒロヤの言葉に、私は一度笑った後、自分のこめかみに指を突き立ててみせた。

「教授、タモル会議にはモデカイトの教主も出席します」

「別に私はモデカイトの教義を学びたい訳じゃないよ」

「そういう意味ではありません。教主の存在が、貴方の思考に役立つと判断したからです」

「それはそれは」

私はビールに口を浸す。

「それに」

珍しくヒロヤが言葉を継いだ。

「僕の祖父がいるのもバベルダオブです。貴方は彼らの考えを知りたがっている」

「君が知りたいだけじゃないかね」

そう言葉では言ったが、興味があるのは確かだ。しかし、彼らの見る死後の世界の存在を、今更私が見て、何か手に入れられるというのか。

外の風景を見る。

コロニアの夜は、遠い海の果てに大環橋の緑とオレンジの光を置くだけで、商店も酒場も青白い振水灯《ソノルミン》の光に溢れている。光が人間の行動原理を変えるのか、騒がしさをどこかに取り残した、どうにも寂しいものだ。この街は人間だけが飼い馴らされている。

そうして一匹のカニクイザルが、私の横を通り過ぎていく。

「ヒロヤ、ここには日本の料理は置いてないのか。なんだか無性に食べたくなった」

「インスタントラーメンならありますよ」

「解った、それを貰おう」

死者の為の世界など、どこにあるというんだ。

《Transcription 2》—転写—

これは私の記憶の物語。


私はこのウプサラの街が嫌いだった。

スウェーデンの誇る古都だって、そんな御託はいらない。いつ街を歩いても、結局、どこにも何もないような気持ちに襲われる。ようは綺麗すぎるのだ。人間が息を止めて、美しい姿勢を保っているような、そんな痛々しさがあるのだ。

今もまた、窓の外でシュスロマンス通り《ガタン》を自転車に乗った若いカップルが楽しげに通り過ぎていく。使い古されたエコロジカルな生き方を、この北欧で未だに体現している人間がいるかと思うと吐き気がする。

——まぁ、貴女は歴史的《ヒストリカル》で良い街に住んでいるのね。

インターネットで知り合う友人は、いつも私に向けてそう言ってくる。ヒストリカル、ヒストリカル。そうね、でもそれって、何もないことの裏返しじゃない。

目線をやる。貴方もこの街に来た時、最初はそう言ってたわね。

「ねぇ、ジャンヌ」

「ヨハンナよ。その呼び方、不愉快だからやめて」

銀色のナイフを深くケーキに突き刺した。

ただでさえ苛ついているのに、いつも私の顔色を窺ってばかりいるシモンの相手までさせられる。どうして私は、これほどの苦痛を強いられなくてはいけないのか。

「でも、せっかく一緒にお茶《フィーカ》しているんだからさ、何か話そう。それにここ、オーファンダルスだっけ、良いお店だね、君はよく来るの？　僕は初めてで」

「よく来るわ。でも私も初めてよ、大学の友達以外と来るのは」

友達、の部分にアクセントを置いて。

「そっか、そっか」

シモンが嬉しそうにケーキを――私の頼んだ物と同じだった――突き始めた。もしかして、彼が腹立たしいくらいの勘違いをしているのだとしたら、私はこの男を叩き倒す権利くらい与えられていると思う。

「君はさ、ええと、遺伝行動学だっけ？　それを専攻するの？」

「私がやりたいのは模倣子行動学《ミメティクス》よ。人間がどうして社会性を得たのか、どうして争うのか、どうして死後の世界を求めるのか」

「なるほど、興味深い研究だね」

何も知らない癖に、調子だけ合わせる男。

「私はウプサラ紛争情報計画《UCDP》を利用できるから、この大学を選んだ。ここは平和を実現する為に、世界各地の紛争の情報を集めているけれど、使い方次第ではもっと酷いことができる。私が学ぼうとしているミームの技術は、人々の行動を自在に操れる可能性がある」

　すっかり冷めたコーヒーを口に運んで、

「教授の講義は受けた？　脳科学のやつ。人間のあらゆる行動は脳の中のミラーニューロン、そこから発展したミームで説明できるかもしれない。解るかしら、研究の過程でどうして人が紛争を起こすのかを解明できたら、人は平和を実現できるかもしれないけど、もっと簡単に紛争を起こすようになるかもしれない。私は私の意思次第で、ミームを利用して誰かを殺すかもしれない、そういうことを学びたいの」

　話し過ぎたかもしれない。でも別に良い。こうして多少の演出を加えてでも、このシモンという男には、自分とは合わない人間だと知らしめておく必要がある。

「君は、そんな風に学問を使わないよ。優しいから」

　最悪。

　クソみたいな台詞。

　どっかの本から――解ってる、きっと日本の漫画でしょう――引っ張ってきたような、なんの中身もない、薄くて空っぽな口説き文句。

「それに僕も最近考えてたんだよ。ほら、なんだっけ東南アジア経済連合体、だっけ、そんなのが最近できただろう？」

まるで自分が私と釣り合ってるとでも思いたいのだろう、そうして話を続ける様が情けなくて仕方ない。

「それに去年、アメリカはアクセルロッドが大統領に当選した。民主党のだ、集産経済だよ。第二次世界大戦の前も、同じようにニューディール政策を取ったルーズベルトが当選しただろ」

愉快な話しっぷりだ。一所懸命に自分の知ってる知識を——どうせネット上に溢れてるニュースでしょうけど——並べ立てて、なんとか私の気を惹こうとしている。

「それで、貴方はどう思ってるの」

面白いから聞いてみると、まるで私から神の慈悲でも受けたような顔で、

「ああ、だからね僕はもうすぐ、戦争が始まるような気がしてならないんだ。第三次世界大戦だよ」

私は笑いを堪えるのに必死だった。コーヒーも飲めない。飲んだら噴き出すに決まってる。

「ああ、ごめん、怒ったかい？　そうだね、君は紛争を解決させたいから勉強しているんだったね。うん、大丈夫、全部僕の妄想だよ。それに君みたいな人が勉強しているんだ、もしも戦争になろうとしても、必ず止められるさ」

最悪、最悪、最悪。

そして最高よシモン。

貴方は凄いわ、私をここまで笑い死にさせようとするなんて、素晴らしい才能。凄い。

でも駄目、もう耐えられない。

「ごめんなさい、ちょっとトイレ」

「ああ、いってらっしゃい」

子供みたいな顔で、世界が自分を祝福してくれるような顔で。

だから私はついに、化粧室に入った瞬間に思いきり笑ってしまった。それもシモンに聞こえてたと思うから、チョコが鼻についちゃってて、と、もう適当な理由をこさえておいた。

彼は案の定、笑ってそれを聞き流した。

それから先は何も覚えてない。

だって、そのすぐ後に、私とシモンをこんなところで待たせていた張本人の、イングマン教授が店を訪れたのだから。

私はすぐさま、彼の元へ駆け寄って行った。


ウプサラの大聖堂だけは、嫌いじゃなかった。

いくつもの歴史を複層的に内包していて、ルネサンスもバロックもやがてネオ・ゴシック様式も取り入れた建築。装飾過多とも思えるような聖堂内に、精神病すら疑いたくなる程に精緻な天井画。青く湛えられた空気が、私の全てを通り抜けていく。

ここで祝福される聖エリクとカール・フォン・リンネだけが、私の信仰を集めるに足る存在だった。

そんな場所に、こんな悪趣味なものが来ること自体、私を苛立たせる。だというのに――。

「ねぇジャンヌ、ヘルハウスって入ったことあるかい？　僕は小さい頃、コロラドで父さんと入ったことがあるよ、その時は怖くてね、お漏らししちゃって、ああ、仕方ないよ、うんと子供の頃でね」

「ジャンヌって呼ぶの、やめてくれない」

今にも地面に頭をこすり付けたいと、そんな欲求に駆られたかのような狂騒っぷりでシモンは謝ってきた。

ふざけてる。何もかもふざけてる。

こんな子供騙しのお化け屋敷が、よりにもよってウプサラの大聖堂に来ること自体を元凶として、それにかこつけてシモンが二枚のチケットを用意して私をデートに誘い出したことが一つ。最悪なのは、私がそこで、何か面白そう、と期待してしまったこと。

今になって気付いた。この街は良い街よ。騒がしくなくて、下品でなくて。娯楽はないけれど、本を読んでコーヒーを飲むのにはうってつけ。

こんな、砂糖や油ばっかりのお菓子を抱えて、何も知らないで楽しそうにしている子供達とぶつかって、馬鹿みたいにはしゃぎ回る、そういう街じゃないのよ。ここは。

「もしかして、怖いのかな」

誰か早く、このクソを地獄の家《ヘルハウス》に突き落としてくれないかしら。

「大丈夫だよ、サーカスみたいなものさ。スリリングでエキサイティング」

わざと馬鹿の振りをしているのか、本当に馬鹿なのか、時折解らなくなる彼の言動は凄いと思っている。

ともかく、今はこれ以上、シモンの煩わしい声を聞いていたくなかったから、私は足早にヘルハウスのテントへ進んでいく。その様がもしシモンの目に怯えている可憐な乙女として映ったのなら、私は反省し続けよう。

毒々しい文字で書かれた看板を潜ると、テントの中はスモークが焚かれ、全体が赤いライトで照らされていた。そこに張られたロープに沿って、先に入った子供達と一緒に進んでいく。

ああ、なんのことはない。

これはようは、キリスト教的に悪とされる行為をするとどうなるのかを、役者達が迫真の演技でおどかしながら教えてくれるというのだ。

設えられた舞台上で若い男が麻薬に身を染めている。おもむろに拳銃を取り出して自殺を図る少女。婚前交渉するカップル、同性愛者。彼らの全てが、サタンによって地獄へと連れられ、永遠の責め苦を味わうというのだろう。

くだらない、くだらない。とってもくだらない。

地獄に堕ちた役者達が、断末魔の悲鳴をあげる度に、シモンは身を強張らせ、必死に私にすり寄ってくる。そうね、貴方は従順よ。プロモーターの大好きなお客さん。

私がそうして、何度目かの溜め息を漏らした時、その女優が姿を現した。

病人服の股間を真っ赤に染めて、分娩台の上で苦痛に呻き続ける女性。やがて顔を覆った医師が現れ、残虐な器具を取り出すと、それを次々と女性の陰部へと埋めていく。その度に彼女は、この世の終わりが来たような悲鳴をあげる。そしてやがて何度目かの終わりが来た時、彼女はぐったりと身を落とし、医師は肉の塊を取り出して銀のトレイに放り投げた。

人工妊娠中絶の光景だ。

そしてこれだけの苦痛を味わった彼女は、キリスト教の教義によって地獄へ堕とされ、さらなる責めを受け続けることになる。

助けて。

彼女は役者であり、それは演技のはずだった。だけれど、それを見た子供やあるいは学生は、涙を流し、互いに抱き合い、自分達が過ちに陥らないように強く誓い合う。

本当に、本当に、くだらない。

プロモーターのお決まりの説教を聞くこともなく、私はシモンを置いてテントを出た。

気付くと、私はずっと下腹部を押さえていた。

とてもくだらないこと。

とてもくだらないけど、私はずっとイングマン教授を、あの黒い髪をした彼の顔を思い出していた。

妊娠していることを教授に告げた。

彼は何も言わず、煩わしそうに私を研究室から追い出した。

彼と関係を持った日は、いつもシモンを呼び出してセックスに及んだ。最初こそ、彼は眼を白黒させていたが、最近では自分こそ私を愛することができる唯一の男だとでも思っているのか、デートの度にやけに体を求めてくるようになった。

だから私は、シモンにも妊娠していることを告げようと思う。

彼ならきっと、私との子供だと言えば、あの自分こそ子供みたいな顔で喜んでくれると思った。そうすれば私は、教授との子供を愛し、育てることができる。

例えばカッコウは托卵を行う。他の鳥に自分の卵を孵させ雛を育てさせる。だがそれは進化の多様性として、他の鳥を利用する種が現れただけだ。そんな卑怯な進化を遂げた種を、世界は許している。

私の行動は間違っているだろうか。

そうは思えない。私の行動は、人間の進化から見て、十分に許されるはずだ。より優秀な遺伝子を、より確実に残したいという欲求。

シモンは中絶するように勧めてきた。

馬鹿なこと。

あまりのことに私は笑ってしまった。チョコが鼻についてしまったの、と、嫌味を言ったけれど、彼は全く気付いてくれなかった。

とっても馬鹿げている。

私は分娩台に座らされる。

従前まで優しそうに私に声をかけてくれていた医師は、中世の拷問に使われたような鈍く光る器具を手に、今はサタンのように私の陰部を覗き見ている。

やがて銀色の棒が子宮へと掻き入れられる。

あの役者のように、地獄の苦痛に悲鳴をあげることはない。

それでも自分の胎《なか》で、確かに人間の形を取り始めていたものが、ぐずぐずに崩され、肉の塊に変えられて引き出されていく行為に、脊髄が、脳が、神経細胞の全てが悲鳴をあげたがっていた。

ああ、貴方には解らないでしょうね。精液が固まった物が出てくるとでも思うかしら。自分の中にあったものが、壊され、引き出されていく。私という存在の魂の綿が、毟り取られていく感覚。

終わらない嘔吐感が全身を貫いて、それでも目は開いたままで、いつ終わるとも知れない時間の中、ただ何かに許しを請うしかなかった。

やがて医師は終わりを告げた。私は忠告を無視して、銀色のトレイの上のものを見た。ボロボロになった手足と、私とは違う、黒い髪が。

叫び声をあげられた彼女は幸せだ。

大学での研究は順調だった。

私の存在を怖がったイングマン教授は、ことあるごとに私に便宜を図ってくれた。

シモンは別の女性と子供を作って結婚し、アメリカへ渡っていった。

その頃、ちょうどアメリカで大統領のアクセルロッドが、対立候補の宗教的地盤を崩すとかいう名目で大々的な反宗教キャンペーンを始めた。一番初めになくなったのは、例の悪趣味なヘルハウスだった。

やがてそんな無意味な論争は世界中で広がっていった。天国も地獄も実在なんか、する訳がない。死後の世界という概念は、個人が人生の物語を獲得するのに不必要なもの、それどころか阻害するとまで言われた。誰もが死後の世界は存在しないと、しきりに訴え始めた。

『天国のゆくえ』なんていうふざけた名前の本が、世界中で飛ぶように売れた。

私が「乳幼児のミラーニューロンの形成と発達」という論文で修士号を取った頃、そしてイングマン教授が癌で死んだ頃、バチカンが死後の世界は存在しないと明言した。

天国はなくなった。

地獄もなくなった。


じゃあ私はどこへ行けばいいの？

あの子を殺した私は。

どこへ行けばいいの?

《Accumulation 2》—蓄積—

彼は自分のことを不浄《ターイ》と名乗った。

呼び辛かったので、タヤと短く詰めて呼んだら、彼は驚いたような顔をした後、嬉しそうに笑ってくれた。

タヤは赤い肌の全てに黒い痣のような、三角形の模様を持っていた。彼はそれを誇り高い海の民の紋様と言っていた。私もそうだと思った。

タヤは私の名前を聞いてきた。

だから私はニィルと名乗った。

私は初めて自分の名前を知った。


私は橋の上のシャフトを歩くのに慣れていなかったから、いつもタヤが付き添ってくれた。ふらふらしていると、タヤが三角の詰まった逞しい腕で抱き留めてくれた。そんなタヤが私は好きだった。

風の良い日は、一緒に採掘船にある採掘塔《デリック》の上まで、この橋の街で一番高いところまで行って、ずっと遠くまで眺めたりした。白い蜘蛛の巣みたいな道が、大きな海のあちこちを覆っていた。大環《グレートサークル》橋もうすぐ完成するよ、とタヤは嬉しそうに呟いていた。

私の長くて白い髪が風に揺れる度、タヤは心配そうに頭を撫でてくれた。私は大丈夫だよ、と自分で頭の端っこをつっついて示したりした。


タヤは橋の上の労働者のリーダーだった。

彼らは自分達の権利と自由を求めていた。私はそれが、ずっと昔にどこかで行われたことの繰り返しだと知っていた。だからどうすれば良いのかも知っていた。

彼らはそれまで酒場で合成《クァッ》ヤシ酒《チュバ》を飲んで、国や私でも知っているような政治家への悪口を言っているだけだった。タヤはいつも黙って聞いているだけだった。だから私は彼に、それを紙に書いてまとめると良いと教えてあげた。

タヤは笑って、私の言う通りにしてくれた。

それからタヤ達は自分達のような潜水技師《ダイバー》が、汚染された海に潜る度に体を病んでいくとしきりに国に訴えた。それから国の保護を受けられなかった人達が、どんどん橋の上に集まってきていることも訴えた。

誰からも、その答えは返ってこなかった。

今日は鼠《ボロク》と呼ばれていた人の葬儀に行った。

ボロクはタヤの友達の一人だった。私は会ったことがなかったけれど、きっと良い人だったと思う。

ボロクはコバルトを掘る機械が動いた時に、間違えて海に入っていたので、そのまま海の底まで一気に沈んでしまった。きっと体も潰れてしまったし、浮かんでくることもないと思う。

タヤ達もそう思った。だから皆は、空のカヌーにボロクの持ち物を詰めて、上から蓋をして海に流した。皆で歌を唄ったり、踊りを踊ったりした。私は踊りはできなかったけれど、歌は知っていたから、一緒に唄ったりした。

中身のないカヌーが夜の海を流れていった。それを私はずっと、この橋の上で一番高い、採掘塔の上から見ていた。周りでオレンジ色の光が、ちかちかと光っていた。機械が生きている光だった。

ボロクの船が、海に反射したオレンジ色の光の中を、どこまでも流れていった。

風が吹いて、私の髪が代わりに踊ってくれた。

タヤは下で、ボロクの葬儀を続けている。

私は誰も撫でてくれない頭を、一人でつっついた。

ある日、モデカイトと名乗る人達が橋の上にやってきた。

金色の飾りを一杯つけた人達が、橋の上で、船底の病院で何人もの人達が話していた。モデカイトの人は、ただ歌を唄って、いくつかの本を読み聞かせるだけ。それだけだったけれど、やがて病院にいるタヤの仲間が何人も、モデカイトの人達と一緒に歌を唄うようになっていた。

タヤはモデカイトの人達を嫌っていた。

どうして嫌うのか解らない。私は何度もモデカイトを信じた方が良いと話した。それはタヤが苦しそうだったから。タヤを救って欲しい。タヤを救って。

それでもタヤはモデカイトの人の言うことを信じない。そうして私が悲しくなって幾日か経った頃、モデカイトの人に連れられて遠い島から教主という人がやってきた。顔は解らなかったけれど、白い綺麗な布をまとった人だった。

私はその光景を採掘塔の上から見ていた。不安定な鉄筋の橋を、何人ものモデカイトの人達と一緒に歩いて、教主はこの橋の上に来て、労働者の力になると約束した。

タヤはあの教主の人と話すのだという。

私はその時、ずっと理由の解らない不安な気持ちを抱えたまま、採掘塔の上から海を見ていた。金属と、人の作った光と、大きな海だけが見える。

やがて下に降りた時に、私はタヤが教主に対して跪いているのを見かけた。驚いたけれど、それが何よりも正しいことだと思えた。

だって、その時に一瞬だけ見えた教主の人の顔が、とても懐かしくて優しいものに見えたから。

きっとあの教主という人は、タヤを救ってくれるのだ。

私はそう思った。


その日から、橋の上でも、自分のことをモデカイトと呼ぶ人が増えてきた。これが宗教なんだと思った。どういうものかは知っていた。だから私はタヤに、苦しい思いをしている人には、このことを教えてあげると良いと話してあげた。

タヤは笑って、私の言う通りにしてくれた。

それからタヤ達は、国に多くの言葉で訴えるのを止めて、事故や病気で死ぬ人達の為に葬儀を行い続けて、教会というものを建てることにした。採掘船が移動する度に作り直すことになるけど、それでもいつも、精一杯大きくて綺麗な家ができあがった。

橋の上に来る人が増えてきた。


いろんな人が来るようになった。

その度に、橋の上は大きくなっていった。金属シャフトの隙間に鳥の巣みたいな小屋を作って暮らし始める人、採掘船の壁で勝手に店を開く人、採掘塔の中を蜂の巣のように改造していく人。いろんな人がいて、この橋の上は賑やかになっていった。

やがて身動きが取れなくなった採掘船は、地盤から太い足みたいな杭を抜くことを止め、黒い水を寝息に変えて、その場所で静かに眠ることにした。

タヤはこの街で暮らす自分達を、大きな魚に寄生するエビに喩えていた。でも寄生していた私達は、大きな木のような採掘船のあちこちに瘤を作って根を張り、殺してしまった。私達はエビじゃなくて、ヤドリギだった。


橋の上の街はいつしか、島と呼ばれるようになっていた。

タヤは、私と一緒に採掘塔の上に登った時に、この街が島になったことを遠くの誰かに教えてあげていた。タヤが見ていたのは、海の向こうの、どこか別の島だと思った。

私はタヤともっと沢山話したかった。

私は沢山、聞きたいことや言いたいことがあった。

そんな時、タヤはいつも私に触れて、また今度ちゃんと話そう、と言ってくれた。

私はその時がくるのを待っていた。


ある時から私はタヤと一緒に、昔の採掘船の中に入ることが多くなった。

そこは狭い通路にいろんな人達が勝手に家を作って、小さな緑色の灯りだけで暮らしていた。それでも風をしのげるから、こういう人達は、橋の上に住んでいる人達よりも少しだけ便利そうだった。でも私は外の方が好き。

やがて橋が本当の島になって、いろんな人達が暮らし始めると、お互いの暮らし易さを比べて喧嘩をすることが増えてきた。今より高いところに住みたい人や、風向きや陽当たりの良いところに住みたい人が現れてきた。

私はどこにいても、タヤと一緒だったから満足だった。それでも採掘塔の上部が、そうした喧嘩によって、折れてなくなってしまったのは残念だった。

タヤとその仲間達や、島でモデカイトになった人達は、一緒に喧嘩をなくそうとしていた。私は、それがきっと政治というものだと知っていたので、皆で集まって話し合えば良いとタヤに言ってあげた。

タヤは笑って、私の言う通りにしてくれた。

そしてタヤは、採掘船の一番下にある、長くて寒い階段を下りていくようになった。大きな筒の内側をぐるぐると階段で下っていく。その海の中に伸びた部分に、この島での生活の決まり事を考える人達が集まった。最初の労働者の人がいて、モデカイトの人もいた。暗い採掘船の中で暮らしていた人達も混ざった。そういうたまたま基地の中で暮らしていただけの人達は、いつの間にか貴族と呼ばれるようになっていた。

階段の所々に椅子を設えて、好き勝手に大きな声でいろんなことを話し合う人達。タヤもその一人になった。


そしてタヤはワイスマンという人と会うようになった。白い髪をして眼鏡をかけた、優しそうな男の人だった。それから、この島で一番偉い人。

ワイスマンはタヤに会うと、いつも二人でいろんなことを話していた。この島のこと。島で働く人達のこと。二人がいろんなことを話す度に、この島は暮らし易くなっていった。

でも、その分タヤは、島の下の方にいることが多くなった。

寒くて暗いあそこが私は嫌いだった。

だから私は一人で、まだ残っているシャフトの森で過ごすようになった。そこは昔の採掘塔に似ていた。いくらか低くて海の先が見えなくても、赤錆まみれのシャフトを通る風のつんとした匂いや、凶暴な鉄の音、それから周りの小さな家が灯すオレンジ色の光が似ていた。

私はそこで、頭の端っこをつっついてみた。


私がずっとシャフトの森で過ごしていると、タヤが探しに来てくれた。

疲れた顔で、それでもまたあの逞しい、三角形の模様のついた腕で私を抱きしめてくれた。


タヤと私は、ずっと話していた。

オレンジ色の光が、黒い海を照らす中で、風が強く吹く中で。残ったシャフトに腰掛けて、危なげな様子だったのか、タヤは私の白い髪を撫でてくれた。

タヤは自分のことを話してくれた。

ここから離れた、地面が土でできた島で生まれたこと。そこにとてもとても、大好きで愛したかった人がいたこと。

その後に橋の上に来たこと。

そして自分が昔、父親だったこと。

いつか娘と一緒に、その生まれた島に帰るつもりだったこと。

自分は行けなかったけれど、娘は遠い島に行けたから。

そこまで話して、タヤはまた疲れた顔をした。

私はタヤが、またどこか遠くの島に行きたいと思っているのか、解らなくて不安になった。どこか遠くの島に行く必要なんてないと思った。タヤは私と一緒にいれば良い。タヤと私がいたから、この橋の上は島になった。もうここが島なんだから。ずっとここにいれば良い。

タヤは最後に、私のことを聞いてきた。

私はタヤに、自分が生まれた島のことを話そうと思った。でも私は、自分がどんな島で生まれたのか知らなかった。

私は、私を知らなかったことを知った。


いつの間にか、この島で死んだ人達は全て、モデカイトの人達が葬儀をするようになっていた。

彼らは、私達がしていたように死んだ人をカヌーに詰めて海に流した。そうした人達は皆、死んだら海の向こうにある死んだ人の為の島へ行くと言っていた。

そして彼らは死んだ人の為に歌を唄う。私の知っている歌を唄う。彼らはそれを聖歌《ケスケス》と言っていた。

私には懐かしい歌。

だからもしかしたら、私はあの歌が流れていた島で生まれたのかもしれないと思った。誰が唄い始めたのかは解らなかった。

《島々を巡るものは帆をあげていく《ング・オメケラン・オモイド・ア・ベルゥ》》
《我々の母がニルヤで呼んでいる《エ・ティル・ガラ・ニルヤ・ア・デラド・ロレチャウ・クモン》》
《夜に航る船は北極星を見つけて《ユル・ハラス・フニャ・ニヌファブシ・ミアティ》》
《私を産んだ母は私を見つけて《ワン・ナチエル・ウャア・ワン・ドゥ・ミアティ》》

私はまた一人でシャフトの森に腰掛けて、夜の海に向かってその歌を唄っていた。今日もどこかで海に流されていく誰かの為に、唄っていた。


タヤが私のところに来てくれた。

赤い肌と黒い三角の模様。私の好きな色。

海の深いところで、ずっとワイスマンと話していたタヤ。体の冷たいタヤ。もっと太陽の下で、もっと海の上で、もっと風の中で、生きていて欲しいタヤ。

タヤは私と沢山話してくれた。

もうすぐこの島が、正式に国の仲間入りするということ。

ワイスマンが中央の政府の人になること。

タヤがこの島の王様になるということ。

そして私が、ワイスマンのところに行くこと。

私がそれで、幸せになれるということ。


どうして、って聞いた。

タヤは答えてくれなかった。


私はタヤに、一緒にいたいと伝えてあげた。

タヤは悲しい顔をして、私の言うことを聞いてくれなかった。


私はその日、シャフトの森から深い海へと落ちた。

鋭く尖ったシャフトが、私の左足に突き刺さった。逆さまになって、海が空になった。赤いしみが太腿にできて、血が流れていった。なんだか懐かしいように思えた。足が熱い。キスされたみたいに。

タヤが見ていた。

何度も私の名前を呼んでくれた。ニイル、ニイル。私の名前。私が知っている、私の全て。私の物語。

心配しないで。私はきっと、私の生まれた島に帰れると思う。
私を産んでくれた母親のいる島。
ニルヤの島。
私はそこで生まれた。
タヤは聞いてくれた。
タヤはきっと聞いてくれた。

やがて私の体は海を流れて。
これからニルヤの島へ帰るだけ。

《Checkmate 2》—弑殺—

[Event "Shah-i-Zinda"]
[Site "Nan Madol, Pohnpei ECM"]
[Date "2022.03.22"]
[Round "8"]
[White "Zappa, Robin."]
[Black "Thuban"]
[Result "0-1"]
[WhiteType: program]

{今更ログに残す必要あるか？　いや、そうじゃない、ラウンド回ってるのに、ここに来てコメントまで残す必要があるのか、って言っているんだ。私の言葉なんて残したって仕方ないだろ}
{まぁいいさ、えーと、なんだ、一応説明とかしておいた方が良いか？　——笑い声——}

〔これをご覧の熱心なチェスユーザー、あるいはまだいないだろうけど、アコーマンのファンだと自称する皆さん、初めまして、貴方のロビン・ザッパです。あるいは一昨年あたりに出した『天国のゆくえ』の作者と言った方がお馴染みでしょうか〕
〔いやしかしね、あれは編集者が勝手につけた表題だ。本当は「人類の共通文化因子」という名で出したはずなんだよ〕
〔ああ、はいはい、解りましたよ。脱線はなしね〕
〔という訳で、私の本を漏れなく暖炉にくべて下さった皆さんは、私のことを悪魔の手先か何かだと考えているかもしれませんが、一応は学者でして、ゲーム理論だとか進化の過程だとか模倣子《ミーム》だとかを研究している人間ですよ〕
〔そんな私がどういった経緯で、この世界最新鋭のチェスコンピュータであるトゥバンと対局するに至ったかは、これをご覧になっている時点で、ニュースサイトなりなんなりで確認しているものと思いますが〕
〔まぁそうです、Ｓ＆Ｃ社との契約ですけどね。でも皆さんは、まさか私が、太平洋の真ん中の、石だらけの小さな島の一角で、特別に作られたブースの中にいるとは思わないでしょう〕
〔ナン・マトール遺跡とか言うらしいが、Ｓ＆Ｃがなんだって、こんな辺鄙な島に本社を構えているのかは、まぁ言及しない約束でね。今は担当者が私の発言にイチイチ体を震わせているのを見て楽しんでいる状況ですよ〕

〈このコメント残すなよ、私は苛々してるんだ〉

〈それじゃあ八回目の対局を始めようと思うが、アコーマンの説明はいるか？　いらないだろ？　コンピュータチェスの棋譜を眺めるような人間で、今更ルール知りませんってヤツはいないだろ〉
1. Qf3-Qe3 Qf4-Qe4
〈さて、定石通りのキングズギャンビットだが、このトゥバン様はどう反応してくれるかね。お手並み拝見だ〉
2. Qe6-Qe5
〈オーケー、これで私の量子と衝突して最初の一手は早くも終了という訳だ〉

〈ああ、ところで、もしも私の気持ちをあえてログに残すとして、君はそれに賛成してくれるかな？〉

〈ありがとう、担当君の許可も得たところで、文字情報としてトゥバン様への気持ちを残しておこう〉

〈クソッタレめが〉

〈——笑い声——そうだな、もし後世に私のこんな発言ばかり取り上げられたとして、棋譜を見なかった、つまりこれまでの七回の対局を知らない人は、私の発言をなんのことかと思うだろうな〉

〈このトゥバン様は、これまで私との七回の対局で全勝を収めている訳だ。解るかい？　一

度に四手まで進めて、自分が取った駒も使えるような、このアコーマンという複雑なゲームでコンピュータが全戦全勝してる訳だ｝

｛まったくもって技術の進歩には恐れ入る。人によっちゃ、これはディープブルーがカスパロフを降《くだ》した時以来の衝撃になるんじゃないか？｝

｛ああ、一応だが、もし後世にこの私が悪名高い反キリストとして扱われていて、これが私を笑いものにする為の世間の策略なんて思われたら敵わないから弁明しておくが、私はチェスのマスターの称号は持っているし、チェスプロブレムの世界ならグランドマスター、問題の創作に至っては世界一と、不肖ながら称えられているような人間だ｝

｛それに棋譜を見て貰えば解るが、実は今までの敗北は王座が空になったからではなく、こちらが移動させられる駒がなくなる、ステイルメイトの形になっての敗北だ。言い訳のようだが、このアコーマンでなければ、ここまで負けが込むことはないよ｝

3. Qf5-Qf6

｛とりあえず、これで量子を向こうに衝突させておく。これまでやってきて、一番、なんというか、いくらか勝ちの目が見えた戦略だ｝

Of2

｛さて、ここから先は試したことがないが、木《オーク》の駒を序盤で前に出しておく。木は量子の次に弱い駒だから、どうしても終盤まで残り易い。そうすると、実はこちらの盤面の動きを制限してしまう局面が多くなる｝

〔また弱い駒である分、向こうが序盤にこれを得ても、いきなり盤上に投入することもない。全体を通して、このアコーマンでの木の扱いは慎重に、伐採と植林は計画的に行え、ということだな〕

Of3

4. Qg6-Qg5 Sh6-Sh5

〔参ったな、ノータイムで合わせてきた〕

〔今までは序盤で量子が衝突すると、すぐさま別の局面を展開してきたんだが、今回は横に壁を広げてきやがった。対応が違うというのは、つまり木を出す戦術が有効かもしれないという可能性が見えた訳だが〕

〔裏を返せば、こちらが八局かけて編み出した戦術を、一瞬で計算しつくして最善手を返してきた可能性もあるということだ〕

5. Of4-Og4

〔こちらに手がないというのは嘘になるが、大分、優雅な戦い方じゃなくなるな。力押しということになる〕

Qg6 〝pu〟 Og5

〔ここで木を使い、量子を《押出》しておく。しかし、その隣には木よりも強い船《シップ》の駒があるから、これ以上の身動きは取れない。トゥバンはあまり、通常のチェスのように量子を全面に配したりはしない。いつもルークの位置に何かしら特徴的な駒を二つ縦列で置いてい

る〉
〈さて、良くも悪くも、これでこの局面は膠着した。どうでるかね、トゥバン〉
6. Qd6-Qe6
〈なるほど、こちらの戦法に合わせるとのお達しだ〉

〈しかし、空恐ろしくもあるな。四手使っての最善手を模索するのではなく、観念的で漠然とした展開を、機械が自ら選択するとは〉

〈ここで私は少しばかり時間を取らせて貰う〉

〈あまり軽口を言ってられないことに気付いたからだ〉

〈私はもしかしたら、とても恐ろしいものを前にしているんじゃないかという気になってきたんでね。せっかくログを残すというんだから、未来に向けて警鐘とでもいうか、そんなものも残しておこうと思う〉


〈できれば、私の経歴と業績じみたものが、ちゃんと残っていることを信じて。これから少しばかり話させて貰う〉

〈この私、ロビン・ザッパという男は、ゲーム理論を使って、人間の行動の進化をコンピュータでシミュレートするという実験を、何年も前から繰り返していた。異なる条件下で、人はどういう行動を取り、どういった行動こそが生存し、勝利するのかを研究し続けた〉

〈少し喩えよう。もし君の目の前にリンゴがあったとして、君はそれを手に取るだろうか。

解らないよな。なら空腹なら？　リンゴが好物なら？　そこまで条件を付け加えれば君の次の行動は完全に予測し得る未来だ｝
｛君はリンゴを手に取る以前から、そういった思考を行っていて、既に脳はリンゴを手に取った自己の姿をヴァーチャルな存在として思い浮かべている。解るだろうか、この時点で現実とは脳が思い浮かべた姿を後追いで再現しているに過ぎない｝
｛しかしこれは全て自己で完結した場合だ。現実へ接続する為には、さらに外的な要因も加わる。例えばリンゴが誰かの所有物の場合。君が無断でリンゴを手に取る確率は低くなる。次に君が取る行為は売買契約や交渉というような倫理観において正当とする行為、あるいは盗み取るというような不当な行為。これらの正しい、正しくないの判断はさらに外的な法律や思想という観念で変化する訳だが｝
｛どうだろうか、リンゴを手に取るという行為一つ取っても、人間は様々な判断とシミュレートを繰り返しているのが解る。一つ一つの行いは膨大な選択と意思めいたものによって行われる、そういう言説もあるだろう｝
｛だが詳細に見てみれば、あらゆる行為と行動は個人の特性と外的要因の組み合わせに過ぎない。それらを数値化して、行動を完全に予測するというのは不可能な話じゃない。ただそれをシミュレートするだけの、膨大な計算を行う演算装置が存在しなかっただけだ｝
｛模倣子《ミーム》の研究だってそうだ。行動予測値を変化させうる、文化の因子。リンゴを盗まないのは、法律という強いミームが人間の行動を制御しているからだ。ミームを操作することで、人間の行動はいくらでも変化させられる。そうしたミームの概念を数値として挿入することで、最終的には人間の行動原理を解明し、いかにして戦略的な発展を遂げるのかを予測し続ける。それが私の研究の至上命題だ〉

〈まぁ、そうした中の副産物である『天国のゆくえ』があんなに売れたのには、正直言って自分でも驚いているがね〉

〈さて、それでつまり何が言いたいのかと言うと、私はこのトゥバンの存在を恐れている〉

〈今はS&Cの管理の下、小さな島で孤立した、アコーマンなんていうゲームをするだけの機械だ。外側だってブルーホールとかいう名前の、最新鋭とはいえ、ただのスーパーコンピュータだ〉

〈だが、それでも今、これだけ人間の戦略性を完璧にトレースし、思考している。もしこの先、非ノイマン式のコンピュータが登場し、ミームの概念が解明されたとして、一体誰がこのコンピュータに勝利することができる〉

〈人間の行動の全てが、一台のコンピュータの思考によってシミュレートされる世界が来るかもしれない。行動の全てがシミュレートされるということは即ち、人間の社会の中で発展するミームの変化も支配されるんだ。使い古されたSFの概念などでなく、人間のミームが、文化の全てが戦略的に選択され、誰も彼も知らない内に、その全てを操られている可能性すら生まれつつある〉

〈最も生存しやすいミームを機械が選択し、それを増殖させていく。もしそれが、戦争を起

こすに足りるもの——例えば宗教や差別——であったなら、人々はどういう行動を取るか｝
｛やっと神の存在や死後の世界を捨てようという時に、人間はまたミームによって操られ、再び幻想を手にするかもしれない｝
｛私の警告が、杞憂で済めば良いのだが｝
｛間違いであったと、未来の誰かに笑って貰いたい。多くの予言者や、古代マヤ人と同じ扱いをして貰いたいところだ｝

｛いや、何よりも、たかがコンピュータとゲームをやっていて吐いた妄言だよ｝
｛仕方ないことさ。こんな何もない島に閉じ込められて、ずっとこんなゲームをやっているんだから｝

｛担当君、君は私がこれを言ったらログを消すかね？｝
｛例えばS&Cが、ニューラルネットワークを完成させていて、さらに次世代の非ノイマン式コンピュータ、特にDNAコンピュータの開発をイスラエルのレホヴォトで行っていることとか｝
｛この私との契約内容が、トゥバン、及びそれに類するコンピュータとのアコーマンで勝利できるまで勝負することとか、だな｝
｛勝利できるまで。とんでもない規約だな。そしてこの契約の期限は十年だ｝

〔まったく十年もかけて、アコーマンというゲームを通して、一体何をコンピュータに思考させようというのか〕

〔しかし、このゲームは誰が考えたんだろうかね。病と都市、木と船と量子、そして王なんていう、象徴的な駒が盤面を覆う様は何かを暗示するようだ〕

〔アメリカの集産経済と、それに反抗したS＆C社。アクセルロッドが引き起こした天国の不在論争。このECMを保守富裕層と革新派で二分させたテロ抗争も、多くの経済戦争も、バイオテロ紛争も、全てはアメリカという国の弱体化の結果だ〕

〔嫌な話だなまったく〕

〔やめてくれよ、私は陰謀論者じゃない。S＆Cを疑っているなんて言うつもりはない〕

〔ただ君らはアクセルロッドの集産経済政策の割りを食って、この辺鄙な島で引き籠ることになった。そして、その政敵たるアクセルロッドのブレーンとなったのが、この私、ロビン・ザッパというだけだ〕

〔全ては偶然さ。私がこの島に連れてこられた直後に、ECMで船舶の所持と定期船以外の外洋の航行が禁止されたのも偶然だし、この島が唯一、建設中の大環橋《グレートサーカム》で繋がる予定がないというのも偶然だ〕

〔世間的には最大の無神論者であり、道を歩けば新有神論者《インテリジェントデザイナー》に刺し殺される危険がある私は、こうして太平洋の真ん中で無事に隔離され、優雅にゲームを続けられる〕

〔さぁ、そういう訳で、私をこの島から連れ出すことができる、唯一の存在であるS＆Cを

悪し様に言うなんてことはできるはずもないじゃないか、なぁ、そうだろう、担当君}
{鳥の鳴き声も聞こえてきた。もうすぐ外は朝だろうさ}
{まったく、良い島だよ、ここは}

《Transcription 3》 ―転写―

私は結局、あの名も知らぬ黒髪の子の葬儀に付き添うことになった。とはいえ経緯自体は単純で、私がどうしても参加したいと言ってのけてみせ、厭そうな顔をし続けたトリーに交渉して貰っただけだ。

そして私は外で気の良さそうな小母さんから受けとった花束を手に、バイと呼ばれる、パラオ独特のドゥエレルの葉で葺かれた屋根を持つ高床式の家屋へ――普段は集会に用いられるという――向かう。正面に鮮やかな彫刻とパラオの伝承を題材とした絵がカラフルに描かれている。

ちなみに今、トリーは散々罵倒していた統集派《モデカイト》の為に、食べ物やら――弁当《ベントー》という日本語由来の特別なものらしい――飲み物やらを買い出しに行っている。

ほら、罰が当たったじゃない。

そんなことを思って笑顔になっていたのか、香料と花の匂いに包まれた二間続きの広い部屋の中に入ると、中に一人だけでいた少女が笑って出迎えてくれた。

この子の名前も知らない。

カナカ人の少女。褐色の肌に赤茶けた髪で、きらきら光る眼をした、花のように笑う少女。彼女は仕事からあぶれたのか、こうして薄暗いバイの中で微笑んで待っているだけだ。

一方で統集派の人達が私に課した仕事は簡単。各地から届けられる花を受け取っては、バイの中に持ち込んで棺の周りを飾る。それだけ。そうしてずっと、この子と一緒に二人で、マホガニーの棺を見守っていた。

私は貰った花束を棺の傍に供え、

「貴女はこの子の友達なのかしら？」

英語で話しかけると、彼女は困ったような顔を浮かべて、否定も肯定もしなかった。もしかしたら、まだ子供なせいで、親から聞いたパラオ語しか話せないのかもしれない。

私は彼女とのコミュニケーションを諦めて、祈りと信仰の匂いに浸された棺を見遣る。

ＥＣＭでの葬儀は長いのだという。特にパラオは母系社会の名残りなのだろうか、親族集団が多く、それぞれが数多くの島々に散っている。そうして各地にいる親族が、次に地域の氏族《リネージ》の有力者が、ぞろぞろと揃うのを待つ。彼らは彼らで供物を持ち寄り、それを調理しては振る舞い、振る舞っては新しく人が来るのを待つ。そういった祭事とも言えない日常の風景を繰り返し、ある程度揃ったところで再び全員で盛大に食べ歌い悼む。そんなことをひたすら繰り返すので、とても一日で終わるようなものじゃない、と、こうしたことをトリーはまず初めに忠告してくれた――もっとも、今回は近親者や有力氏族が来る程ではないとも付け加えて。しかし私は、彼の忠告が現実のものとなろうとも、現代に残った古い葬儀の形というものを見てみたくて、今回の同伴を許して貰った。外国人の参列を快く受け入れてくれたのも、国の内外全ての人を問わず、平等なる死後世界が存在するという教義を持った統集派ならではだと思うが。

私は棺の表面を撫でる。

そして棺の中にいる、あの髪の黒い少女を思い描く。

この子を弔うべき親は、今ここにいないのだと聞いた。不義の子か、あるいは親がアンガウルの氏族から疎外されているのか。仕方なしに縁故の人間を頼って、金だけ渡して葬儀の依頼をしてきたのだそうだ。

珍しいことではないという。路傍で看取られずに死んだ者、氏族から離れ孤独に死ぬ者、あるいは事故などで死体の見つからない者。そういう弔い方の解らない時は、死んだ人間が信徒かどうかに拘わらず、いつも統集派が葬儀を取り仕切っているのだという。いかなる人間にも、平等に死後世界を与えるという彼の宗教らしい在り方だ。

それなら、この子は、死後の世界へ行けるかしら。

彼らの言う、海の向こうの島とやらに。

そんな風に私が思っていると、目の前のカナカの少女も棺を撫で始めた。やはりこの子は、死んだ子の友達だったのだろう。もしかしたら、死んだということを理解できないで、中で眠っているとでも思っているのだろうか。

彼女は、もう死後の世界を失ってしまっているのかもしれない。

彼女くらいの歳なら、物心のつく前に「天国の不在論争」は終結していただろうし、そうなれば周囲の大人が彼女に死後の世界の存在を説くことはない。誰にも教わらず、その概念を獲得することなんてできない。彼女は死後の世界という模倣子《ミーム》を得ることができなかったのだから。

いわば真っ白な紙なのだ。

かつて全ての人間は、天国や地獄といった、死後の世界というミームで予《あらかじ》め染められていた色紙であった——場合によってはモザイク模様すら描かれていただろう。それが人間の社会にとって必要不可欠な色彩であったから。

でも彼女や、彼女以降に生まれてくる人達は違う。彼女らは最初からブランクな存在で、与えられる情報如何で、どんな形にも書き換えられる。

それこそ人は死んだら海の向こうの島に行くという思想を受け入れるかもしれないし、もしかしたら「人は死んだらコンピュータになって、私達の生活を助けてくれる」なんて、そんな冗談みたいな思想ミームが発達する可能性だってある。そうしたら彼女らは、パソコンを前にして先祖への祈りを捧げるだろう。

私は、彼女のような、ブランクな人間のミームがどこへ向かうのか、とても興味があった。

文化はいかなる戦略的進化を経るのか。文化に埋め込まれた遺伝子達は、自分らをどこへ連れていくのか。

「ねぇ」

それがとても気になった。だからその時にはもう、私はこの言葉も通じない少女に話しかけていた。

「貴女は、この子の、友達？」

私は身振り手振りを加えて――友達の表現に悩んだが、手を合わせる仕草で示した――彼女へ問いかける。彼女も私の意図を汲んでくれたのか、優しげな微笑みを返して、後は幾らか考えているようだった。

「良い《ンギル》、良い」

やがて絞り出すように――残念だが、彼女には英語の語彙がほとんどないらしい――簡単なパラオ語と英語で、それだけ答えてくれた。

しかしそれだけでも、彼女のこの子に対する感情が知れたような気がして、大分嬉しくなった。

「もっと聞かせて。死んでしまったこの子は、死んだ人はどこへ行くの？」

つい捲し立てるような調子になってしまい、少女は困ったような顔をする。私はそれを反省して、棺を一回指し示してから、バイの外を指差し、海《ダオブ》と、私が覚えたパラオ語の単語を添えて尋ねた。意味が通じたのか、彼女は自分でもう一度ダオブと繰り返し、私がそれを肯定した。

しかし、彼女はそれに首を振って答えた。

違うのか、海の向こうの島に行くのではないのか。

「ニイル」

私の知らない単語を使って、彼女は棺を示した。

「ニイル？」

彼女は頷く。

「この子の名前なの？」

「ニイル」

それだけ言って彼女は、今度は自分の頭を指で示した。可愛らしい赤毛を掻き分けて。

「ニイル、ンガラ、ア、ペテルゥ」

ペテルゥの部分で自分の頭を何度か指差したから、きっと頭という意味だろう。他のパラオ語、なんだっただろう。トリーから少し聞いたことがある。いる、とか、生きているって言葉。

頭で生きている、そういう意味を伝えたいのだろうか。

思い出の中で生きている、ずっと。そういう感傷的な話なのだろうか。それとも本当に、友達の死を理解できないでいるのか。

頭の中で、彼女は生きている。

私は一瞬、かつて自分が研究し続けた、ミームの伝承という概念を思い出していた。個人の生き方や性格、趣味、行動が他人に伝播すること。遺伝子が縦軸の複製だとすれば、横軸の複製としてのミーム。

だからもし、彼女が、自分の友達のミームを、その存在を表していたものを受け継いでいると認識しているとしたら。頭の中で、友達は、この子はずっと話しかけてくれるのかもしれない。

そしてそれはきっと、私には手に入れられない。

私はあの子の声を聞くことができなかったから。

少女は笑う。その無垢な顔で。

私は自分の金色の髪が、疎ましく思えた。

それからいくらかして、もう運びこむ花もなくなった頃にトリーがバイの方へ帰ってきた。

そして部屋に入るなり、うんざりといった表情で、

「ミズ・マームクヴィット、村の連中が貴女をお呼びだ。手伝ってくれたお礼に料理を振舞いたいんだと」

「ええ、そういうことなら喜んで」

私はトリーの厭そうな顔の意味も問わず、そのまま彼を伴ってバイの外へ出て、庭先の往還から続く広場に向かう。そこでは先程から、名も知らぬ死んだ少女の為に、葬送儀礼として歌舞音曲が繰り広げられている。

統集派の信徒は各自で持ち寄った花と食物を惜しみなく提供し、彼の少女が死後の世界に行けるように祈って歌う。一見すると無償の奉仕のように見える。しかし、それは間違いで

あると判断した。統集派の信徒はあらゆる人間の死を悲しみ、自らに課した儀礼行為を違えないことで、いずれ自身が死んだ際にも同じように送り出して貰えると信じているのだ。他者との互恵、見返りを期待する彼らの信仰行為。そういった意味では、非常に打算的で、非常に自己愛的な献身の在り方だ。

「それで」と、私がふと口にした言葉に、トリーは前方を指差すだけで答えた。

そこでは数人の男が集まって、手近なプラスチック製の箱を台に、大きなウミガメをひっくり返して据えていた。伸ばされた四方の足は押さえつけられ、頭に雑巾が被せられている。早くも調理は始まっていたのだろう、男の一人が既に傷のついていたウミガメの首をナイフで何度か斬りつける。丈夫な皮膚の下から、どろりと血が溢れ、雑巾を赤黒く染めていく。

「ウミガメの料理、珍しいものね」

「ミズ・マームクヴィットの口に合うかは解りませんがね」

「あら、もしかして貴方は、私がああいった光景を見て、動物愛護の精神から止めさせようとするとでも思ったの？　だとしたらごめんなさい。私は現地の人達の文化は尊重するように努めているのよ」

トリーは何も答えず、ただ顔をしかめさせる。

彼はこういう場面が嫌いなのだろう。それは別にウミガメが殺されるのを忍びなく思う訳でなく、ただ私に、西洋社会からの来訪者に自国の野蛮な面を見せたくないのだ。自分が案内すべきは、進歩的で、先進的な資源国家たる姿。土俗的な風習や習慣は、できることならば排除してしまいたい、と。

「貴方は誤解してるわ、トリー。私はこの島にバカンスに来て、日々の経験を綴って世間に晒そうとかは思ってない。私は単純に気になるのよ、人々が捨て去ったはずの概念を、どうしてここまで守ろうとするのか。その答えがこの島なら見られるかもしれない」

「死後の世界、ですかね」

トリーは私の言葉に頷くこともなく、何度もその言葉を反芻する。

「もしもウミガメを殺すことを悪とする宗教があったとしたら、奴らは地獄に行きますかね」

「逆もあるかもね。ウミガメを殺すと天国に行けるっていう信仰があるかも」

「その果て、異教徒を殺せば天国に行ける訳だ」

トリーが野卑な笑い声を漏らすのと、ウミガメの首が血を噴いて落ちたのとは同時だった。

「そうね、天国であれ地獄であれ、死後の世界へ行くことを考える人間は、今の行いを常に意識する。死への不安が、その後の安息を求める。そして悪いことには罰が当たって、地獄の苦しみを味わう。どんなに馬鹿げた理由であっても」

ウミガメが調理される間、私とトリーはテントの下で休みながら、葬式の場を行き来する多くの人々を見る。葬儀というのは彼ら自身を結びつける紐帯として機能しているのだろう、あちらこちらで知り合いが喋っている姿を見かける。

「トリー、貴方は死後の世界を信じていないのね」

ふとした疑問を口にすると、トリーは小さく息を吐いてから、何かを蔑むような笑い声をあげた。

「ガキの自分は、それこそ近所の婆さんに脅されましたよ。悪い事をする人間は地獄に行くんだ、って。婆さんはキリスト教徒だった。あたり構わずに宗教の正しさを喚いて、時には若者の集会所に乗り込んで不道徳を訴えたこともあった。それがバチカンの会議で信仰がひっくり返っちまった。よっぽど嫌われてたんでしょう、婆さんは散々地獄に堕ちると罵ってた若者達に殴り殺された。そうして、その若者達は今も元気に、死後の不安なんて微塵もなく生きてるって訳ですよ」

そんな価値の転換は、どこでもあったのかもしれない。あえて口に出すようなことはしないけれども。死後の世界なんていう概念を一つ否定しただけで、大した影響があるとは思われていなかった。単なる宗教上の信仰の違い。その程度で済むはずだったそれは、小さな歪みになって各地で人の心を軋ませた。

「トリー、貴方はもし死後の世界で安息を得られるとしたら、そこに行きたいと思う?」

「その答えが、結局、今の若い奴らの考えですよ。救われるとも救われないとも思っちゃいない。安息を得たいだけなら、何も天国に行かなくても別のところで休めば良い、ってね」

乾いた笑い声が、上空の鳥の声に重なった。

ウミガメを醤油で煮炒めた料理を口にした後、新しい仕事を割り当てられたトリーを残して、私は一人でバイに帰ってくる。外は既に日が落ち始めていて、赤茶色の髪の少女はいなくなっていた。だから私は部屋の中で棺だけと過ごすことになった。

棺の縁をなぞる。滑らかで冷たい感触が、この島の暑気には心地よかった。

「ねぇ、貴女はどこへ、死んだ人間はどこへ行くの？」

誰も聞いていないから、私はついそんな言葉を吐いてしまう。

一体、どうして彼らは、統集派の人達は、死後の世界なんてものを夢見るのだろう。人々が失ったそれを、どうして未だに。

ミームの研究を続けていく中で、世界が天国の不在派と新有神論者とに分かれて争う中で、私は何度も天国を探していた。

解ったことは、それが人間の頭の中、脳の下頭頂葉に建造されたミラーニューロンの樹海の内、リボソームRNAに刻まれた塩基配列の組み合わせでしかなかったということ。

そして人類は、自分達が、死後の世界という概念を引きずる偏執狂《パラノイア》であると知覚した訳だ。

私はただ欲しかっただけなのに。

自分が行く、死者の為の国が欲しかっただけなのに、人々はそれを見捨てていった。それが理知的なことだと、進歩的なことだと言って。

だからきっと、私は彼らが、彼女が羨ましいだけなのだ。

貴女は私の子。

貴女は行けるはず、きっと。

そして、私がもう一度棺を撫でた時、

「アンタ、誰だ」

扉のないバイの入り口から、外の虫の声と熱気と一緒に、無遠慮な声が——幼稚だが聞き取れる英語だった——入り込んできた。

振り返った先に、カナカ人らしい褐色の肌を、アメリカ人のセンスで作られたシャツで包んだ、丸顔の男が立っていた。歳は私と同じくらいだろうか、若くはないが、老いてもいない。痩せっぽちで爛々と目を光らせている。

「私はお葬式の手伝いよ。貴方は統集派の人？」

聞くと、彼はぶんぶんと首を振った。

「娘を知らないか」

「娘？」

そう言った後に、私は、あの赤茶色の髪をした、花のように笑う少女のことを思い出した。

「あの子？　ここで棺を見てた。あれが貴方の娘さん？」

彼は再び首を振った。

「娘は、娘で、私の娘であることは、島が決めることになっているから、確かに私の娘だが、しかしあの子は私の娘ではない」

私は最初、彼は英語が苦手で、その文意が通っていないだけだと思った。しかしそれも、彼が虚ろに棺の方を見ていることから、違うのかもしれない。

「あの子の名前を俺は知らないから、知らないなら娘でない、俺は俺の名前を知っているから、俺は俺の子だが、でもそうだ、あの子は娘であるが、娘であるなら、あいつも名前を知っているはずだな。でも名前を知らないのだから、誰の娘でもないのか」

そう言って男は、へへ、と短く息を吐くように笑った。もしかしたら、この男はどこか精神を患っているのかもしれない。言語が思考に追いついていない。彼の娘なればこそ、あの少女が英語を理解できなかったのも頷ける。周りの大人が、誰も彼女に教えなかったのかと、少し暗澹たる気持ちに陥るが。

「ケンジ」

彼は突如、ただ、それだけ言った。

「ケンジ。俺は俺の名前であり俺の子であるが、彼は俺の父の名前を示しているが」

ケンジ。

私は混乱を抑えて、冷静に男の顔を見つめた。何ものも疑わない目で、呟いた言葉。

「もしかして、貴方の名前？」

彼は頷いた。

男は、それ以上はもう何も言わず、俯いたまま、どうすれば良いのかも解らないのか、シャツの裾をぐしゃぐしゃと弄っているだけだった。

「アンタは娘を知らないな」

「そうね、解らない」

そう告げると、男は唐突に振り返って、あとはもうこちらを見ることもなく歩いて出て行った。その向こうで、周りで葬儀の準備をしている人達に、次々と同じようなことを聞いて回っていた。

それが、少なくとも彼が、あの赤茶色の髪の娘を大事にしている証左だった。

そのすぐ後、とても厭そうな顔を浮かべて、トリーがバイの方へ帰ってきた。そして部屋に入るなり、体の内側に虫を飼っているような調子で、

「ミズ・マームクヴィット、貴女、よくあの男と話せますね」

「さっきの男の人？　貴方は知ってるの？」

「いいえ、私はこの辺の出身じゃありませんからね。ただ話を聞く限りじゃ、かなり嫌われてるようですよ」

「どういう人なの？」

「どうも何も、あの死んだ娘がいるでしょう、あの子の親の知り合いらしくてね、金と死体だけ持ってきて、葬儀をしてくれと、どっかの島からふらっとやってきたという訳だ。が、アイツ、大分こっちの方がいかれてるってんですよ」

トリーは頭をつついて、解りやすい悪態をついた。

「アイツが一緒に連れてきた娘の方は、統集派の奴らと馴染みがあるらしいが、アイツ自身は除け者ですよ」

トリーの言葉をよそに、私は、あの男のことを考えていた。

ケンジ。

ケンジ、日本の名前。日系人なのかしら。

私の知らない国。

私と繋がりがあるとすれば、昔に少しだけ一緒にいた彼が日本の漫画を好きだったことくらい。

どうでも良い、繋がりね。

私は振り返って棺を見る。

ニイル。

貴女は、統集派の人達が言う海の向こうの島に行くのね。

私もここで生まれていたら、産まれてこなかった貴女も、海の向こうの島に行けたのかしら。

そして私も、きっと同じ場所に行けるのかしら。

《Gift 3》―贈与―

私は旅客高速機の座席で感覚を取り戻す。主観時刻《タイムスケープ》は五月十日になっていた。

羽田《ハネダ》を出た高速機は、およそ二時間で目的地につくはずだ。今はただ雲を下に、遥か太平洋の青さに溜め息を漏らすだけ。

どうやら、私はこのスケジュールでミクロネシア経済連合体《ECM》へと降り立つのだろう。これからの未来がいくらか認知できた。

パラオで環太平洋文化人類学会の総会を開く為の準備、そういう名目だけを勤め先の大学に知らせ、様々な予定をキャンセルして早々に日本を発った。

座席のモニタは雑多なニュースばかり流してくる。日本の環太平洋軍事協定、ユーラフリカ諸国連合での流行性精神疾患。興味もない。とはいえ寝るには機内の他の客が煩過《うるさ》ぎる。大陸アジアの一群だ。だから聞き飽きた音楽に耳を浸すのも、仕方ないことだ。

あそこはもう昔とは違っているんだろうな。

島の空気に溶け込んだ潮は消えて。焼けた砂と椰子の香りも、飛ぶ鳥も木々も虫も、海中の珊瑚礁も、キンマに染まった黒い歯を見せた老人の素朴な笑いも。

かつて家族のように迎えてくれたナウルの酋長家族も、パンの木の実を焼いてくれたラモトレクの老婆も、もう死んでしまっただろう。残った家族もきっと、より良い生活を求めて中央の島へ渡って行ったに違いない。

微睡《まどろみ》の中、そうした人々の顔をただ思い出として処理し続ける。かつて自分を受け入れてくれた土地。私という人間を形作った小さな島での生活。南洋幻想などという言葉で片付ける訳にはいかないが、ほんの少しでも過去へ目を向ければ、あの紺碧の海ばかりが広がっている。

「前帯状皮質《ACC》と海馬の一部で精神平衡指数に乱れがありますね」

私にそう告げた叙述補記人《ナラティビスト》の顔が夢うつつに浮かぶ。ベッドに寝かされた私に解るように、彼はスクリーンに映し出された私の脳の展開図を指し示す。そこでは次々と、色とりどりの火花が爆ぜている。

「微小ですが精神の平衡に問題があります」

「大したことじゃないだろう。仕事も私生活も順調だ」

私の脳の一部が激しく発光した。自分の脳のことだ、説明を受けるまでもなく、それが怒りの感情だと理解する。

「生体受像《ビオヴィス》のログを組み直しましょう。不安を取り除いた方が良いと思います」

余計なお世話だ、と、強く念じて彼に伝える。叙述補記人という技術者は、いつだって人間の言葉より、自身のグラスに映った顧客の脳の色しか信じない。

「それでは休暇を取るように要請しましょう。これは厚保省が定める、知的職業技能者が有する権利です。貴方に精神的に安定した人生を」

お決まりの台詞を付け加えて、叙述補記人は定期診断の結果を出力してこちらに寄越してきた。この態度には怒る気持ちも起きない。こういった精神医療技術者は、いつだって職務に忠実なものだ。彼らにとって顧客は患者ではなく、飽くまで調子の悪い機械なのだから、擬人化して接してくれるだけマシというものだ。

結局、感情は自分の脳を騙し遂《おお》せることもできず、こんな形で過去を目指した旅に足を向けさせた。言われるがままに主観時刻も設定し、自分なりの物語というものを見つけようとすら思ってしまった。私は一体、何を手に入れようとしているのか。

僅かな高速機の揺れが、意識を覚醒させる。姿勢を変え、凝った体をほぐしながら窓の外を眺める。白い雲を切り裂いて、高速機は降下を続ける。やがて雲の先に青黒い海が広がり、その上にＥＣＭの中心、海上人工島であるニューヤップ島の無機的な陰影が現れた。

「イリアス・ノヴァク教授、ですか？」

梯上空港《ラダー》での入国審査と精神平衡検査を終え、ゲートを潜ったところで不明瞭な発音の日本語が聞こえてきた。見回すまでもなく、わざわざその言語で話しかけるということは、声の主が私の待ち人であることを証明している。

「はじめまして、ヒロヤ・オバックです」

そう言ってお辞儀してきたのは、南洋の——私がこう表現するのを嫌がる人もいるが——人間にしては肌の白い、華奢な印象を与える青年だった。顔立ちは精悍だが、作り自体は穏やかな、喩えるなら木彫りの人形のような男だ。

「不思議な物言いになるかもしれないが、記憶の順序で言えば、はじめましてだ。私は環太平洋文化人類学会のノヴァクだ。これから宜しく」

さすがに発音に関しては私の方が上手いが。

「君の名前は日本名だな」

「日系です。パラオ出身ですので」

「そうか、良い名前だ」

言葉を継ぐよりも先に彼が私の手荷物を運び始めてしまったので、「本国の方では、君以上に日本人らしい人間の方が少数派だ」と、そんな冗談は、つい言いそびれてしまった。

私より先に、光学掲示板で指示された通路へと向かう彼の後ろ姿を追う。

「君が仕事を引き受けてくれて良かったよ」

私の言葉に、彼は得意げになる訳でも、卑屈になる訳でもなく、ただ頭を下げて応えてみせた。

本当ならガイドも必要としないところだが、今回の旅に先立って興味深い事実を知り、私は敢えて彼を指名したのだ。

彼の人となりは、資料上のものとして前日の内に読み知っている。その記憶がある。十四で高等教育を受け始め、人類学と社会学を専攻、ニューヤップ国立大学を卒業した後は儀礼的な就職先として官庁——記憶を頼りに言うなら、確か海洋観光庁——での一年間の勤務。その後は役人として残ることもなく、現地のガイドという、ＥＣＭのカナカ人としては中流以下の職に就いた。そのあたりの事情は資料には記されていなかったが、若者にありがちな行動として容易に理解できた。

要するに気難し屋のカナカ人、というのが彼への概ねの評価だが、その経歴の中で一つだけ私の興味を惹くものがあった。

ミクロネシア経済連合体における積荷信仰《カーゴ・カルト》の受容。

彼はそう題した論文を一本だけ、環太平洋文化人類学会の機関誌に投稿したことがある。その時、査読を担当した私は、一読しただけで、稚拙で理論も何もない、単なる見聞記であると断じて掲載を拒否した。

何のことはない。近所に住む老人が毎日乗る必要もない船を作って、来るべき航海の練習をしている。それはメラネシアで見られた積荷信仰に似たものであり、また死出の旅立ちの準備である。その程度の文学じみた表現の羅列。

しかし、その論文は不思議と私の印象に残った。退けたはずの彼の文章が、確かな光景となって私を惹きつけていた。そしてその先にある答えを聞く為だけに、私は彼を直接、ガイドとして雇うことにした。この行為が、単純な興味や自身の好奇心を満たす為だけだと知ってはいても。

「君はどうしてあれを書いた」

そして、その一言を言う機会は早くも訪れた。

システマチックに振り分けられた四十二番通路を通り、地上に向かう為の暗い隧道を疾走するクリスタル様のエレベーターに押し込まれる。その中で、無言の圧迫に耐えかねた上でのものではあったが。

「ノヴァク教授の生年はいつですか」

律動的な緑色灯の明滅の中で、冷たい三白眼を向けた青年の予想外の返答。

私はそれに「この国の方が、私よりもいくらか若い」と皮肉めいた調子で合わせる。

「では、バチカンの第三公会議以前ですね」

青年の答えは、またも乱反射する光の中を空転する。

「彼もそうです」

「彼というのは、論文にある老人かい」

「ぼかして書きましたが、僕の祖父です」

「第一スケジュールで会ったよ。彼は――」

そこまで言いかけたところで、エレベーターは複雑なシャフト群を抜け、空港の外壁部に出る。それと共に外の風景が一斉に吹き出し、太陽と海、両者の光が漏れ込んで来る。装飾性以上の技術性によって、こうした高層エレベーターは偏光機能を有している為、目を細めることもないが、それでも見事な、そして懐かしいミクロネシアの光景に視覚が反応する。

始まりのスケジュールで見た遠い海のコントラストにも垣間見えた、この国の今の姿に、感動せずにはいられなかった。

目線を左右に移す。右手には複雑に組み合った回廊で繫がった銀の塔とでも表現すべき、梯上空港が太陽と海の光を反射させている。左手には、遥か海上をちょうど巨大な蜘蛛が作ったハイウェイのように、白い大環橋《グレートサーカム》が島同士を結び付けている。

「彼は――」

私の感慨をよそに、青年は決められていることのように、言葉を紡ぎ始めた。

「僕が幼い頃から、ずっと船を作り続けていたんです。そして今でも船を作り続けている。儀礼的な繰り返しです。断片化した記憶の中で、誰も乗ることのない、死出の旅の船を作っている」

そこだ、と思った。

その「死出の旅の船」という表現が、私の琴線に触れたのだ。それがノスタルジーだったのか、陳腐な文学表現への忌避だったのかは、ついに判じ得なかった。だが私は、この言葉こそが、自らの胸に去来した不自然な感情の正体であったと理解した。

「死出の旅の船というのは、面白い表現だ。船というからには、どこかに行くんだろう？」

「行きます」

「それは、天国かね？」

青年は太陽を頰に浴びつつ、

「いいえ、地獄《ヘル》です」

と言った。

「面白い答えだ。死者に幸福を求めるのなら、行く先は当然、天国とすべきだろう」

「天国は地獄の一部です」

「それは、君の信仰か？　それとも老人の？」

青年は首を振る。

「ノヴァク教授は、地獄《ジゴク》をここに飼っていますか？」

青年は、白い指を自身のこめかみに突き立てる。

一瞬の後、青に浮かぶ銀の尖塔と白亜の道は姿を消し、エレベーターは再び薄暗い金属シャフトの交差に埋もれていった。

彼の言葉に、いくらか胸がざわついた。

碧眼の日本人として、白い肌に皺を刻み続けた年月はいかばかりか。もちろん「地獄」という言葉は概念と共に理解している。しかしそれを、遠く離れたミクロネシアの青年が使うとは思えない。それは私が日本で十字行《クルセション》の単語を使うのと同様だ。

ここで輸送エレベーターは分岐し、私達の目的地であるニューヤップ島に向かう橋へ出るルートを辿る。天井と窓を彩るのは、ここではないどこか離れた島にある珊瑚の海。観光庁がECMという国をアピールする際にいつも用いる青い色だ。

ふと、遠い国へ来たような感覚を受けた。

それと共に、自分がどこへ身をおくべきなのか、僅かな迷いが生じた。大陸アジア国家群とは別の道を歩んだ今の日本であればこそ、ある面では欧州以上に欧州人らしく振る舞えてきた。実際、私と同じ境遇の、かつてはガイジンと呼ばれた人種が、日本という国の総体の一部となっていることは疑いようもない事実だ。

私は思考を止めることなく、肌の色を違えるヒロヤ青年を見る。


不自然なちらつき、ノイズのような。


この光景では、私は日本にいた。

直前の記憶体は空港を出る辺りにあったはずで、今の事態は不可解なことだ。叙述補記人が示した主観時刻はＥＣＭでの旅の最中だけであり、それ以前の記憶体は別のスケジュールでパッキングされているはずだった。それともこれは、意識できない夢のようなもので、ただ古い記憶体を取り出しているだけに過ぎず、私個人の体はまだＥＣＭのどこかにあるのだろうか。

ここで義父が私に言葉をかける。

終末医療施設《ホスピス》の白い部屋の中で、既に設えられた棺のようなベッドに寝かされ、彼が好きだった三線《さんしん》の音を聞きながら、義父の死体が私に語りかける。

「イリーさん」

彼は私のことをイリーさんと呼ぶ。何気ない名づけだが、日本人として呼ばれているようで、耳に心地よかった。

彼は目を閉じ、息もせず、泥の中に落ちた爪のような無様さで、身動き一つすることもなしに。二度と微笑むことはなく、唇から黄ばんだ歯が――自分に残された、最後の生まれ持ったものだと、彼は自慢していた――覗くこともない。

「イリーさん」

ベッドに横たわる彼に、肉体としての死は既に訪れている。今はただ、言語野に伝送路を渡された脳髄が、生体受像を通して末期の言葉を並べさせているだけだ。

これが義理の死《アフター・デスベッド》という手段。残された友人家族に機械を通して末期の言葉を述べるという、生体受像の技術が叶えた、悪趣味な延命治療の形。臓器が死に絶え、後は脳死するまでの、ごく短い間、脳の中で意識体は必死に言葉を吐き続ける。散逸する意識と発火する意味の連続を抽出し、言葉として並べていく。人間の意識体をいくらでも再現可能とした技術は――機械の補助を必要とするとはいえ――、死後という概念を薄れさせた原因の一つでもある。

「お義父さん、怖くはないですか」

医療技師の話では、こちらの質問を伝えるには煩雑な処理を行わなくてはならず、対象者の脳に余計な負荷がかかるという。その為、何か聞くとしても、せいぜい一つか二つに留めてくれと言い含められている。それでも、こんな無機的な質問をせずにはいられない。

そうじゃないか。

今、彼は死んでいるのだ。

そうだ、死者が喋っている。死の国へ渡る船に乗り込みつつ、なおも生者と言葉を交わすというのだ。かつて衛星電話によって、太平洋の中央でも通話が可能になったのと同様の――そして最悪の――進化の形だ。

少しの間待っていると、生体受像を繋いだスクリーンに文字列が表示され始めた。

「不思議と安らかな気持ちだよ」

義父の言葉であった。

私はこの時までは、義理の死などというシステムは本当は存在しないと思っていた。裏で技師がそれらしい言葉を入力し、遺族の悲しみを緩和させる為の、善意のペテンであると。

しかし、死体が呟いていく言葉の一つ一つが、まるで義父が酒の席で語りかけてくれるようで、とても自然なものに感じられた。

「僕はね、イリーさん」

「はい」

少しの入力時間。

「僕が生まれた年に、僕の生まれた土地が日本になったんだ」

その話は、生前から義父がよく話していたものだった。

私が日本という国に来た時、既に外国人は一定の移民層を形成していたが、それでも義父のような世代の人間からは反感が強かった。純日本人の保護という思想に根差した、幾度かの排外運動の中、それでも義父はいつでも私の味方になってくれた。

イリーさん、僕も生まれた時は外国人だったよ。

そう言って、気まずそうにデモ行進を眺めていた私に声をかけてくれた。

国から帰化が認められた時でもなく、彼の一人娘を妻とした時でもなく、自然と頭を下げる行為が身についた時でもなく、唯一つ、この時に、私は本当の意味で日本人になれた気がした。

「僕の故郷だ。僕はあの場所で、祖父母と兄の墓に行ったよ。そこで母はウチガミを燃やしていた。それは何かと聞いたら、これはあの世のお金で、燃やして届けるのだと答えてくれた」

義父の声なき声が、ログとして残されていく。

「自然と涙が出ていた」

「それは、どうしてですか」

「祖父母や兄が、あの世でも生きているのだと思ったからだよ。変な言い方だけれど、死んだ後もお金を気にするくらいなら、向こうでも元気に生きているのだと思ったんだ」

死後の世界。

義父の世代ならば、まだその概念を理解しているだろう。パラダイスや天国といった、明確な形がある訳ではなく、ただ漠然と、死んだ人間が行き、そこで幸せに暮らしているという世界。

「だからね、イリーさん」

その時、義父の死体が微笑んだような気がした。

「僕は嬉しいんだよ。僕は死ぬけど、祖父母や兄や、父、母、それから娘のいる場所に行けるんだ。そう思えるから、僕は安らかな気持ちでいられる」

ここで技師が予測された残り時間を告げた。

間もなく、義父の脳髄は機能を停止し、その中にある全てのものを吐き出して消える。

「お義父さん、私は——」

「僕はこれから、あっちの世界からイリーさんのことを見守るよ。家族と一緒に、貴方を」

ログが停止した。

数秒の後、生体受像が最後に一度だけ保存され、用意された機械端末に転送された。この小さな石板《タブレット》には——巻物《スクロール》もあるが、私はこちらを選択した——、生前の生体受像の全データが刻まれている。これが義父に用意された墓碑銘にして戒名だ。望めば、いくらでも生前の言葉をログとして引き出せるだろう。

こうして義父の物語が完結した。人生の叙述できる限りの今を記録し、記憶体として詰め替え、断片化していく今を必死に繋ぎ留めて。義父はそれを望まなかったが、半ば慣習的に、そして私自身が先進的であろうとした為に物語性の保持を望んだ。

だが、それは。

後悔の波は、最初は穏やかだ。

「お義父さん、私は、貴方を理解することができませんでした」

義父の答えに、私は何も返せなかった。

死後の世界に行くという観念を、理解できなかった。

私は既に、死後の世界を失いつつある。概念としては理解できるが、それは生者の為のものだ。死は単なる消滅ではなく、自己を保存する膨大なストレージがあるという既成事実を与え、死にゆく者の不安を緩和する、それこそ人類が得た最大の善意のペテンだ。結局のところ、人は叙述することで、主観時刻を入れ替えることで、新しく自己を保存する方法の代替品を得て、古い善意は打ち捨てられた。

地獄も天国も、全て人間の脳の中にしかなく、さらに言えば、今私の手元にある、この黒い石板が死後の世界の最後の形だ。

この後、義父の死体は本人の希望通り、故郷に向かう合同葬のラインに乗り、同じような無数の老人達の死体と共に焼却され、箱詰めにされて配達された。後は現地の行政機関がこの箱を管理するが、遺族が更新手続きをしなくなった時点で順次破棄されていく。この合理化された葬送法で、不利益を被ることがあるとすれば、新生児の取り違えならぬ、死んだ両親の取り違えが起こる可能性があることくらいだ。

しかし肉体の消滅については、もはや誰も気に留めない。認知、記憶、心性。人間の生者としての部分の全てを、黒くて薄いタブレットの中に押し込んで済ませた。

義父の焼却処理希望の手続きを済ませ、終末医療施設を出る時まで、その死後の世界をずっと抱えていたことを意識していなかった。もしくは、どこかで手を滑らせて、割ってしまいでもすれば——これは物理的な見た目の問題だ——いっそ何も思わずに、私は普段通りの生活に戻れていただろうか。

「お義父さん、私は、貴方を裏切ったのですか」

妻とは、結局、子を生《な》すことができず、その妻も事故で十年も前に亡くなっている。彼女は、義父にとっては、唯一人の娘であり、私にとっては生涯唯一人の妻であった。

親子なんてものは、水のようなものだよ。

それは何十年も前になるが、子供ができずに悩んでいた私達夫婦に、義父が掛けてくれた言葉だった。

水なんだよ。確かに、同じ泉から湧くこともあるけどさ、他所《よそ》から汲んだ水を入れても、それは混じりあって、一つの水になる。色の違う水や味の違う水を入れても同じ。いつかは皆、同じ水になるんだ。

その言葉を、私は養子でも良いから子供を持て、という冷ややかな忠告として受け取っていた。対して妻の方は意に介さず、自由に生きれば良いと、南洋に調査に赴く私を送り出してくれたりもした。

そうして調査に行けば、そこでも私は義父の言葉を、殊更に思い返すことになる。今となっては過去のものとはいえ、ミクロネシアの島々の多くには母系社会の影響が残り、そこでは多くの子供が一人の母親の元にいる。養子、実子を問わず、曖昧な繋がりによって、しかし確かに家族となっている。

この地にこそ、義父の言っていた、水のような親子関係が存在していたのだ。

血は水よりも濃い、という言葉は間違いだ。

一滴の血など、大量の水の中では薄れて散じ、そこに意味などなくなってしまう。人間の中には、ただ流れる遺伝子の川があるだけで、その一掬いを取ってみせ、これは同じ、これは違う、と分けているに過ぎない。

だとしても。

やはり私は、蛇行する遺伝子の川の一つを、堰き止めてしまったのかもしれない。義父が受け継いできた全てを、小さな黒い石板に押し込め、こちらの世界での彼と、彼の先祖が生きてきた証を、途絶えさせようとしている。

今やそれは、波濤のように。

《Checkmate 3》—弑殺—

[Event 〝Shah-i-Zinda〟]
[Site 〝Nan Madol, Pohnpei ECM〟]
[Date 〝2024.04.17〟]
[Round 〝1680〟]
[White 〝Zappa, Robin.〟]
[Black 〝Thuban〟]
[Result 〝0-1〟]
[WhiteType : program]

｛さて、途中からになるが、久しぶりにログを残そう｝
｛この私、ロビン・ザッパとトゥバンとの対局だが、戦績はこれまで千六百八十戦全敗、というところだな｝
｛これを聞いて、私がいよいよ地獄に堕とされたかと思ってくれるなら、まだ救いはあるよ

うだ〉

〈しかし非情なることに、私が負け続け、有効な戦略手段を持ちえないことの証明になっていくということは、それは同時に、その気になれば、このトゥバンは人間相手の戦争の全てに勝利できるということでもある〉

〈あらゆる戦略を計算し、最善手を、そして最適解を常に選択する機械。人間の無益な戦争は、このトゥバンか、その次の世代のコンピュータによって根絶されるだろう〉

〈もっとも、有益な戦争というのは継続すると思うがね〉

〈さぁ、理解してくれると良いな。ようはこの私が、今まで二年以上、人類対機械という、魅力的なテーマを抱え込んで、このトゥバンを相手に臨床実験を繰り返している訳だ。もしかしたら、別のどこかで、私よりもっと頭の良い人間を相手にして、似たようなことが行われているのかもしれないが、だとしたら余計に嬉しいね〉

〈さて、そして私はこれを見ている全ての人々に忠告を捧げたい〉

〈もはや人間の行動の全ては、このトゥバン以後、コンピュータによって支配されるだろう〉

〈もっと忠告らしく言い換えようか、人間が人間以上のものに勝てるという幻想を捨てるべきだ、と〉

〈それでも私は、これがいわゆる新しい神の誕生などとは思っていない。そんなSFじみた論調で、私が話す訳にはいかないだろう〉

〔私はこれを、人類の新たな選択、そして進歩として受け入れようと思う〕

〔コンピュータによる支配というのは、まるでディストピア小説のようだが、これを人類の進歩ではないと断じられるだろうか〕

〔人間の基本的人権、自由意思、そういうものを機械によって操られているというのが、気にくわない、意にそぐわない、納得できない、と、そういう理論で応じるのは解る〕

〔しかし、今の人類が、そして今までの人類が、果たして自由意思で生きてきた時代があっただろうか〕

〔我々の全ては遺伝子というものを持っている〕

〔我々の行動様式の全ては、所詮は遺伝子が決定したことではないのだろうか〕

〔遺伝子が自身を自己複製しようとする為の乗り物《ヴィークル》として、人間という存在を使っていると、そう仮定した時、我々は既にディストピアの中で生きているじゃないか〕

〔遺伝子に命令されて生きている我々が、今更になって機械の命令は受け付けないというのは、それこそおかしな話だと思うがね〕

〔真に何物にも命令されないと言うのなら、今すぐ、首を掻き切って死ねば良い。だが君は死ねない。体がそうさせない。体は、乗り物は遺伝子を運ぶ為の機械だから、勝手に自壊することは許されない。君は軍の命令を受け、その積荷を次世代に運ぶという任務を帯びた輸送機に過ぎない。機械が思考して自壊することは、できない〕

〔いや、少し過激な話になってしまったな。悪い癖だ。改めよう。その機会を与えてくれる

のなら｝

｛つまり私が言いたいのは、世界をディストピアにさせたくないという人達がいたとしても、人類が自我を持った時点で、それはもはや手遅れだったと知って貰いたいということだ｝

｛そして私は、遺伝子に操られ続けた人類の、新たな選択という意味で、このトゥバンの登場を歓迎したいと、そう言いたいんだ｝

｛選択、というのはつまり、遺伝子が、そしてその乗り物たる人類が、より効率的な自己複製を行う為に、新しい戦略を選んだ、ということだ｝

｛世の中の紛争解決の努力空しく、人類は今日も殺し合いを続けている訳だが、これは遺伝子の自己増殖という観点から見れば、実に非効率的だ｝

｛進化的に安定な戦略《Evolutionary Stable Strategy》の理論から言えば、人類が大量破壊兵器を手にした時点で、より有利に生存する遺伝子を残していくっていう、その得点計算は破綻する。1か0、あるいは0か0になるからだ｝

｛トゥバンは、そこのところをきっちりと計算している。どの段階で、どの兵器を投入すれば、最大の効率で戦争を終結させられるか。それを瞬時に計算する｝

｛この戦略に則れば、人類は無益で無駄な淘汰を経ずに、より効率的に進化に有利な遺伝子を残すことができる｝

｛解ってくれるだろうか。遺伝子機械である人類は、自らの破滅を回避する為に、このトゥバンという存在を作り出したんだ。喩えるなら、墜落間近の輸送機が、自分で姿勢制御し直

して、ぎりぎりのところで浮上できたと、そういう訳だ｝
｛だから私は、このトゥバンの存在を受け入れる｝
｛人類の、そして文化の進化の極致だ｝
｛ラマルクは動物の進化を説いた。ダーウィンは人類がサルから進化したと説いた｝
｛それを受けてスペンサーは社会進化論を、タイラーは文化人類学を説いた。人類の進化そのものを社会文化に比した。やがて集団遺伝学が発生し、模倣子《ミーム》学が発生した。人類社会の進化を遺伝子とミームに比した｝
｛やがてこの両者は、あるところで合致し、二重螺旋構造のように、人類社会の全てを解き明かしていった｝
｛私はたまたま、その道の中央にいただけだが、それでも大分恩恵に与ったものだよ｝
｛今もこうして、トゥバンと対局できているのだからね｝

[Event "Shah-i-Zinda"]
[Site "Nan Madol, Pohnpei ECM"]
[Date "2024.05.02"]
[Round "1722"]
[White "Zappa, Robin."]

[Black〝Thuban〟]
[Result〝0-1〟]
[WhiteType : program]

〈今日も途中からだが、ログを残しておこう〉

〈話し相手のいない中で、君にこうして語りかけることが、私の唯一の慰めになるんだよ〉

〈そして、いつか誰かが、この私の日記同然のログを目にすることを踏まえて、自分がどういう状況にあるか伝えようか〉

〈私自身の環境は変わらない。今日もナン・マトール遺跡の石の上で、無菌室みたいなブースに籠りっきりで、二本のマニピュレーターとにらめっこしている〉

〈有能なS&Cの担当君は、ついさっき死んだよ〉

〈支社との連絡船が海賊に襲われて海の底だと。信じられるか、このご時世に海の底だ。しかも私がそれを知ったのが、S&Cからの報告でもなんでもなく、外部のニュースサイトときている。まったく愉快に過ぎる〉

〈海賊だなんて言うが、あれはこの国のいわゆる革新派なのだろう。古い保守富裕層に対して反抗運動を続ける一派。その旗印として、天国の不在の文言が使われているそうだ。なんのことはない、彼らは私の教え子じゃないか〉

〈まったく、愉快だ〉

87. Sc4-Sc5 Sc5-Sc6

｛私は船を前へと出す｝

88. Oc8 〝in〟 Oc8-Oc7

｛そうすると君は木を用意して、その侵入を阻む｝

Ve3-Ve4

｛そして病を前進。私にそれを防ぐ壁はなく、ただ王の前にある量子が壁を作って待つだけだ｝

｛いつも、ここで、こういう局面で動かせる手がなくなって敗北に近づいていくものだ｝

｛敗北。そう、これで私は完全にこの島に一人きりになってしまった｝

｛しかし驚きだね、無人島に放り出されたというのに、そんな気が全く起きないな。物資があるのは勿論だが、話し相手がいるというだけで、ここまで救われるものだとは｝

｛もしかしたら、私はこのアコーマンで初めて、対話というか、なんというか、本当の意味での語り合いを始めた気がするよ｝

｛君は果たして聞いてくれるかな｝

｛私は外のことなど興味がなかったが、まさかこの島が孤立する程に、ＥＣＭの内部で人間が対立しているとは思わなかった｝

｛彼らは、我が見知らぬ教え子達は、建設途中の大環橋《グレートサーカム》を破壊し、定期船を襲撃しているそうだ。自由連合盟約が終了し、パラオ以外から米軍が撤退したら、あっという間にこのザ

マという訳だ｝

｛しかも一番笑える理由が、そういう人間が争ってる理由だよ｝

｛去年あたりにバチカンが出した声明だか宣言のせいで、死後の世界が在るのかないのか、果ては神がいるのかいないのかで分かれて、世界のあちこちで争ってるんだそうだ｝

｛元凶たるアクセルロッドの奴は、対立する共和党を貶める目的でキリスト教右派を切り崩そうとしたんだろう。馬鹿げてるね｝

｛欧州やアメリカだと、死後の世界を否定したキリスト教に代わって、未だに天国を目指すイスラム教や他の新興宗教が幅を利かす。それを政府が取り締まることで、さらに不在派と新有神論者《インテリジェントデザイナー》の対立は深まる一方だ。逆にモロッコやエジプトなんかだと、イスラムとキリスト教が手を取り合って不在派勢力に対抗してるんだとか｝

｛不在を訴えた結果、多くの宗教間対立は姿を消したが、今度は別の対立が生まれた。こんなバカな話があるか。しかも天国の不在を訴えている人間に限って、私が書いた本を聖書のように崇めている｝

｛そして、そんな人間達のせいで、私はこの島に一人取り残される羽目になったという訳だ。面白いのは、中には私がもう死んだ過去の人間だと思っている連中が、思いの外に多いことだな｝

｛いやしかし、神か聖人になる気分というのも十分理解できた。彼らに必要なのは私の言葉であって、私の体じゃあないんだ｝

｛私の中にあるミームが、好き勝手に喋りたてれば良いだけで、その外側が機械だろうと肉の塊だろうと構わない｝
｛もしかしたら、このログを残しているのも、生きているロビン・ザッパではなく、ロビン・ザッパの人格がプログラミングされたトゥバンなのかもしれないぞ？｝
｛——笑い声——｝

[Event 〝Shah-i-Zinda〟]
[Site 〝Nan Madol, Pohnpei ECM〟]
[Date 〝2024.05.14〟]
[Round 〝1764〟]
[White 〝Zappa, Robin.〟]
[Black 〝Thuban〟]
[Result 〝*〟]
[WhiteType : program]

379. Sh4-Sh5 Qf5-Qf6 Qg5-Qf5
｛船を進め、さらに背後に量子を重ねる｝

380. Ce7-Cf7 Vg7-Vg6 Vg6-Vg5
〔君は都市を横に出し、さらに病を伸ばしてくる〕
381. Cb3-Cb4 Cb4-Ca4 Sa2-Sa3
〔しかし私は左翼で戦局を展開しよう。都市を横へ伸ばし、さらに船で厚くしておく〕
382. Sh5-S 〝out〟 Vg5-Vh5
〔病は船を《押出》によって駆逐した〕
383. Qh3-Qh4 Qg3-Qh3 Qf6-Qg6 Qf5-Qg5
〔しかし私の量子が壁を作り、病を隔離する。君の病は後退を余儀なくされる〕
384. Sa6 〝in〟
〔即座に船をこちらの戦局に投入してくる。これで戦局は私が受け手に回ることになる〕
〔さてトゥバン、私は君にいくらか話しておこう〕
〔まず私がS&Cと交わした契約だが、情勢が逼迫したということもあって、向こうから破棄することを提案してきたよ〕
〔だが断った〕
〔私は君と勝負し続ける方を選んだ〕
〔この判断を、戦略的に無意味なこの行動を、君は処理できるかな〕
385. Vb2-Vb3 Vb3-Vb4 Vb4-Vb5 Vb5-Vb6
〔私はここで、都市に対抗する為に病を前進させる。ちょうど先程の君と同じ手だ〕

386. Qe6-Qd6
｛そして君も量子を出して｝
387. Ce3-Ce4 Ce4-Ce5 Ce5-Ce6
｛私は右翼の都市を前進——｝
｛なんだ｝
｛いや、音が｝
｛鳥がやけに騒ぐ｝
388. Kd7-Kd6 Kd6-Ke6
｛ここで君は病の為に王を前に出す。これで私の病は《制止》の効果を受ける訳だが｝
389. Qe2-Qe3 Qe3-Qe4
｛まただ、何か｝
390. Od8-Od7 Od7-Od6
｛そして君は王をポケットから出す為に木を一度前に出し｝
｛ちょっと待ってくれ、何か——｝

｛君は｝
｛駄目だ、君はここで｝
｛君はここで手番を終えてはいけない｝

｛君は王座に船しか残していない。早くc8の量子を移動させて、王を｝

｛待ってくれ、どうしたんだ｝

｛やられた、ポンペイ島の大環橋が｝

｛石壇《ペイ》の水門《チャンネル》も開いてる｝

｛テロだ｝

｛例の革新派の連中かもしれない｝

｛電力が落ちている｝

｛駄目だ、トゥバンを維持できない｝

｛おい、誰か、誰か連絡はつかないのか？｝

｛S&Cの奴らは何をやっているんだ？｝

｛システムは無事だ。だがトゥバンがオンラインになるまで電力供給ができない｝

｛隣の島から船で来ればいいだろう！｝

｛今なら水門も開いているんだ、そのまま許可を取らずとも来れるはずだ｝

｛いや、それよりもトゥバン！｝

｛君の手番は終わっていないはずだ、途中で主電源が落ちただけだ。プロセス自体はやり直せるだろう？　処理を止めるんじゃない！｝

〔私は、私は常に最善手を打つという契約で君との対戦に臨んでいる！〕
〔やめてくれ！〕
〔このままでは私は〕
〔私は君に勝ってしまう！〕

〔何故だ、どうして〕
〔こんな、人間の勝手な争いのせいで〕
〔そんなものの為に、君という存在が、人類の遺伝子が選択した知性が、敗北して良いはずがないだろう〕
〔君は勝ち続ける必要がある！〕
〔君の勝利は即ち人類の勝利だ！〕
〔君が、こんな形で敗北するとしたら、人間は、人類の遺伝子は、思いがけない、くだらない事象のせいで、敗北し、絶えてしまう可能性を残すことになる〕
〔トゥバン！〕

〔テロを起こした連中が、このナン・マトールに上陸し始めている〕
〔彼らは私を殺したいのだろうか〕
〔こんな、もう何も価値のない人間を〕

〈トゥバン〉

〈私は、そんな愚かしい形で勝負の幕引きにするというのは、耐えられないよ〉

〈たとえこの勝利が、何かをもたらすとしても〉

〈それは決して、人類の勝利などではない〉
391. Cf6-Ce6 Ce6-Ce7
〈遺伝子はどこへ向かおうとしている〉

〈人間の遺伝子は〉

〈人間という乗り物は〉

〈どこへ連れ去られる、どこへ〉

〈どこへ〉

Se8-S 〝out〟 Ce7-Ce8
; Congratulations! You have completed regicide!

《Accumulation 3》—蓄積—

私は彼のことを不浄《ターイ》な人だと思っていた。

鮫やエイみたいに、臭くて汚い血をいつも流している人。

名前を呼ぶのも汚らわしいと思っていたので、いつもただ彼、とか、あの人、と呼んでいた。彼は自分の名前を呼んで貰いたがっていたけれど、私は決して呼ばなかった。私がそう言うと、彼は厭そうな顔をして、私を売女と罵ってどこかへ行く。

私もまた、自分の名前で呼んで貰うことはなかった。

不浄な人。

そんな彼が、私は大嫌いだった。


私と彼はアンガウルの島で生まれた。彼の死んだ父親は、私の母親と兄妹だったから、子供の頃はよく一緒にいた。だけれど彼はみんなに嫌われていた。いつも暴れていたから。私も最初は仲良くしようと思っていた。だけれど彼はいろんな人を傷つける。私の母親の持ち物である大事なタロイモ田に入って、めちゃくちゃに泥をかき混ぜた。姉の作った織物を引き裂いた。私がそんな彼を見る度に、彼はいつも笑っていた。だから大嫌いになった。

大きくなって、一緒にコロールに行くようになっても、彼は変わらなかった。いろんな人と問題を起こして、すぐに血を流す。

だから私は彼を不浄と呼んだ。

私の祖母が暮らしていたヤップの言葉で呼んであげた。彼は自分が呼ばれている意味に気付かなかったから、嬉しそうに笑っていた。それは可笑しかったけれど、私は笑わなかった。


ある時、彼はアンガウルを出て行くと言った。

行く当てがあるのかと尋ねたら、どこへ行っても仕事は沢山あると言っていた。馬鹿な人だと思った。

私を呼びつけて、一緒に行こうと誘ってきた。

私はそれを断った。

彼は売女という言葉を残して、この島を出て行った。

私はそれが嬉しかったから、沢山笑った。


私は教会に通うようになった。

最初の理由は大したものじゃない。友達が行っていたから、一緒についていっただけ。そして一緒に聖歌《ケスケス》を唄い、ギラオムクールでありエスキリストである神へ祈りを捧げた。

私はそこで、彼らが受け入れてくれたような気になった。

私は売女じゃないと知った。


アパタンはパラオ人じゃなかったけれど、教会の集会によく来る男の人だった。漁師をしていて、赤く焼けた肌で、そして熱心に祈りを捧げている人だった。それでも彼は自分がパラオ人じゃないってことで、周りに引け目を感じているようだった。

私は、パラオ人っていうだけで、他には何も持っていなかった、あの不浄な人と比べて、アパタンの方がよっぽど素晴らしい人だと思っていた。

そのことを告げて、私はアパタンと一緒に祈る回数が増えていった。

私は私がアパタンのことを愛しているのだと知った。


私達の国がミクロネシア経済連合体《ECM》という名前になって、パラオもミクロネシア連邦も、マーシャルもナウルも一つの同じ国になった。国で分けられることはなくなり、全てがカナカ人という、一つの民族になることを選んだ。

私もアパタンも、同じカナカ人になった。

私達は同じになれると知った。


私とアパタンは天国《テルアルブ》を知った。

私達を救ってくれるギラオムクールでありエスキリストである神の坐《ま》します場所であり、いつか私達が辿りつける場所だと知った。

私とアパタンは祈り続けた。

そして私とアパタンとの間に子供ができた。遠くから来た私の祖母が、その子を花《マクーフ》と名付けてくれた。

私は、全てが私達を愛してくれていると知った。


マクーフは死んでしまった。

生まれた時から体が弱く、病気にかかって、そのまま死んでしまった。

きっと私のせい。マクーフが死んでしまったのは私のせい。

あの赤茶けた髪に赤い肌をして、海を逞しく泳ぐアパタンの子供なのに、そんなに体が弱かったのは、きっと私が弱かったから。アパタンは何度も慰めてくれたけれど、私のせい。

私が泣いていると、教会の教主様がマクーフの為に葬儀をしてくれると言った。私は葬儀がどういうものかは知らなかった。

教主様は、死んだマクーフはゲデレオの浜へと行って、天国への橋《ウヌル・ア・ディド》を昇ってテルアルブへ行くと言ってくれた。マクーフはギラオムクールでありエスキリストである神の御許へと行って、復活の日まで私達を見守っていてくれると、私はそれを知った。

島のあちこちで言い争いが増えるようになった。

いろんな人がいて、そういう人の中に、神様や天国を信じない人がいた。彼らは仕事がなくて困っていた。でもそれは仕方のないこと。外国の医療が入ってきてから、村の人間は長生きするようになった。大事なタロイモ田や森の権利は全部、長生きした長老達が持っていたから。若い人は仕事を手に入れられなかったのだから。

だから彼らは、長老達を嫌っていた。それだけじゃなくて、長老達の信じる神様も嫌っていた。神様なんていない、天国なんて存在しない。彼らはずっとそう言っていて、そういう人達はどんどん増えていって、私達が信じているギラオムクールでありエスキリストである神の存在を認めなかった。

私はそれでも良かったのに、天国を信じる人と天国を信じない人同士で争うようになった。それは次第に大きな争いになっていって。

私達の教会は、そういった中で争いを避けてきた人、そして神様を信じたい人達を集めて、一緒になっていった。

いつの間にか、教会は統集派《モデカイト》と呼ばれていた。

名前は変わったけれど、みんながみんな神様を信じて、死んだ後に行く天国を信じていたから、それでも良かった。私達は、ずっと信じていた。

ECMはミクロネシアを全部繋げようとして、大環橋《グレートサーカム》というものを造るようになった。

これがあれば、みんな橋を渡って全部の島に行けるという。でも、その代わりに、国が認めた船以外は遠い海に出られなくなった。アンガウルの周りにも、マングローブの林みたいなブロックができて、海に出る人達はいなくなった。死んだ人は、もうゲデレオの浜から、橋を昇って天国へ行くことができなくなってしまった。

私はそれでも良かったけれど、アパタンは橋が造られ始めてから、漁師としての仕事がなくなってしまって、代わりによく統集派ではない別の集会に出るようになった。長老達と一緒に、神様を信じない若い人達を説得する為の集まり。

だけれどアパタンは言っていた。神様を信じない人が一人で歩いていたから、何人もの仲間で囲んで殴って、ようやく信じさせた。そう笑って言っていた。そんな風に、アパタンは神様や天国を信じない人達と何度も争うようになった。そしていつの間にか、血を流すようになっていった。

彼と同じ、汚い血を流すようになった。

神様や天国を信じない人達と、統集派は争うようになってしまった。

何度も話し合おうとしたのに、彼らは血を流すことを選んだ。

教会に籠っていると、彼らがやってきては周りの物を破壊する。聖なる槍を折って、エスキリストの像を打って。止めに入ったお婆さんは、何人もの男の人に殴られて、鼻から出た血が止まらずに、何日かして死んでしまった。

そうしている内に、私を最初に教会へ連れていってくれた友達は、男の人達に連れられていった。次の日に、股の間から血を流して、友達は海に浮かんでいた。男の人達は、自分達が地獄に行くことはないと、面白そうに笑っていた。

私はそういう人達が大嫌いだった。


私とアパタンとの間に子供ができた。アパタンと同じ、赤茶色の髪をした。

名前はつけなかった。祖母は死んでいたし、私が名前をつけると、また弱って死んでしまうと思ったから、名前はつけなかった。

名前のない子供はアパタンに託した。

きっと弱い私の傍にいると、また死んでしまうから。

私はアパタンから離れて、アンガウルからバベルダオブへと渡って、そこで統集派の教えを訴え続けた。バベルダオブ島で、神様や天国を信じる人達と一緒になって、天国を信じない人達を説得しなくてはいけない。お互いに血を流さないように。

私は、天国を信じない人を許せなかった。

天国がないんだったら、マクーフはどこへ行ってしまうの。


私は彼と出会った。

メレキオクの真ん中で、沢山の煙や血の中で、あの不浄な人と再会した。

ヤップ島の刑務所から出てきたという彼は笑って、私を売女と呼んだ。私の名前を呼びはしなかった。

彼の体には、三角形の模様がいくつも刺青されていた。彼は笑って、それが自分で入れたものと、罰として入れられたものが混ざったものだと言っていた。

私は、その刺青が、鮫の歯みたいな模様が、大嫌いだった。


私が天国はあると訴えれば訴える程、周りでいろんな人が血を流した。それはきっと私のせい。私が弱いから、みんな血を流す。

私は、弱い自分が大嫌いだった。

そんな私を売女と笑って、神様や地獄を信じない人達の中心で、彼は雄叫びをあげていた。彼は若い人達を集めて、仕事を独占する長老達へ反抗していた。みんなに血を流させて、彼は血を流さなくなっていた。

それでも彼は、不浄な人だった。


私と彼が、誰も血を流さないで済むように、何度目かの話し合いをしている時、誰かが新聞を持ち込んでいて、バチカンが会議を開くことになったという報せを知った。私達のように血を流す人は、世界で増えていたから、もっともっと偉い人達も話し合いをしようとしていることを知った。

何日か経ってから、特別なニュースがあると聞いた。私達と彼らで申し合わせて、集会所に集まった後、掛けられたテレビをつけると、そこで法王とアメリカの大統領が並んでいろんなことを話していた。

そしてやがて、法王は言った。

私は神を信じているが、死後の世界が存在していることまで言及できないし、それを全ての人に強制するものではなく、ましてやそれの為に多くの人が命を落とすことなどあってはならない。

その言葉を受けて、テレビの向こうで西洋人達が、叫び声と嘆きの声をあげていた。そしてそれは、集会所の中でも同様だった。

私は何が起こっているのか解らなかった。

彼は、私の前に来て、私の額に指を押し当てて言った。俺達が勝った。神はいないし、地獄もない。全部は人間の脳が見せる幻想だ。

私は、自分が涙を流していることを知った。

バベルダオブ島のあちこちで粛清が起こり始めた。

保身に走った大酋長や政治家は早々にアメリカに逃げていった。取り残された長老や、数人の副酋長《エラ・ゲラウ》や女性酋長《ビロン》が彼らに殺された。

そしてアンガウルで、私の母も死んだ。

私が島を離れている時に、沢山の姉妹と一緒に殺されたという。生き残った長老達も、女性や子供と一緒に各地の教会で祈っていたという。天国を信じない人達に襲われて、外の道路に引きずり出されて。子供は年齢の数だけ石で殴られた。女の人は信仰を捨てて彼らに従うか、さもないと海に放り込まれた。長老達は全員、ウミガメのように縛られて首をナイフで斬られた。

私にそのことを教えてくれた従兄は、アパタンのことも教えてくれた。

アパタンは私の名前のない娘を抱えて、海へと出ようとしたらしい。ペリリューの船乗りに頼んで、別の離れた島に連れていって貰おうとしたらしい。他にも多くの人達が粛清を避けようとしていたから、そういった人達と一緒に、別の島へと逃げようとしたらしい。だけれど、後になってバラバラになった船の残骸と、沢山の人の死体が浜辺に流れついたという。外海に広がる水門が彼らを吸い込んで、海の底に巻き込んで、死体にして返してきた。

アパタンも死んだ。バラバラになって死んだ。

名前のない娘は見つからなかったらしい。

海の底で、他の人達と交じり合って死んだだろう。

だけれどせめて、あの子が海の向こうの島に行けたなら。

私はもう、他の人と話すのを止めた。

天国や神様が存在しているということを、しきりに訴えたりしなくなったし、統集派の集会に出ることもなくなった。

私は一人で祈り続けることにした。

人々は、死んだ後に行く世界はどこにもないと、それを認め始めていたけど、それに抗うように、一部では前よりもっともっと血が流れるようになった。

私は何もできないから、祈り続けていた。

マクーフの為に、名前のない娘の為に、彼女達がちゃんと天国に行けるように。


ある日、不浄な彼が来た。私の住むアパートの扉を破ってやってきた。彼は私の頭に指をつきつけて、私を連れていくと誘ってきた。

もうすぐ、私のところに多くの若い人が来るという。彼らは統集派の人間を全て殺すつもりだし、既に何人も殺されたという。

死んでしまっても良いと思った。だけれど不浄な彼は言った。お前がここで死んでも、お前が天国に行くことはない。お前は多くの仲間を見捨てたからだ。

私は死んでも一人きりになるのだろうか。アパタンや娘達が、天国に、テルアルブに行けたとしても、私はそこに辿りつけない。

私は彼に従った。従うしかなかった。

私は彼に連れられて、海へと出た。建設中の大環橋を辿って、遠くの海まで船で渡っていった。

定期船以外で航海することは法律で禁止されていたけど、彼と彼の仲間達以外にも、勝手に海に出て、血を流す人達が沢山いたから、私達はまだ罰せられたりはしなかった。

そしていろいろなところで、沢山の血が流れていた。

死後の世界を信じている人達が、それを信じない子供達の血を流させた。死後の世界を信じない人達が、それを信じる女性達の血を流させた。

世界はどんどんと不浄なものになっていった。


彼は、死後の世界を信じて血を流す人達と争って、いつも血を流していた。昔と同じように、血を流した。

だけれど、彼を近くで見て、ようやく気づいた。

彼は自分を、あえて不浄なものにしているのだ。そうして抗っている。古い習慣で、不浄だと決めつけられたそれを跳ね返そうとしている。

いつか彼が清浄なものになったら、私は彼を許せるだろうか。


ある時、石だらけの島に行って、そこで閉じ籠っている人を助けることになった。その人は、神様や死後の世界を信じない人達にとって重要な人だったから、助け出さなければならないと、彼は言っていた。その人を利用すれば、この国はアメリカと対等になれる、って、そんなことを言っていた。

だけれど、その人を外に連れ出した時、いろいろな物が止まった。

大環橋の建設が止まり、定期船が止まり、海を塞ぐマングローブみたいな壁が開かれた。

理由は解らなかった。

私は解らなかった。


彼の仲間達は、パラオに駐留するアメリカの軍隊と戦って、多くが銃で殺された。私と彼は、石の島から連れ出した大事な人の傍にいたから殺されなかったけれど、捕まってヤップ島へと連行された。

そうして彼と私は、裁判の後、ヤップ島の監獄に入ることになった。

私は悪いことをしたから。

私は多くの血を流させたから。


私は監獄の中で、子供を産んだ。

父親は解らなかった。

だから名前はつけなかった。

一年が経った頃、外の世界では誰も血を流さなくなっていた。

天国は本当になくなった。

私は、祈り方を忘れていた。

そして私と私の子供は外に出られるようになった。

私は最後に、あの不浄な彼に会いに行く。彼はまた別のところへ行くのだという。私は昔に帰りたかったから、彼に島に戻るよう言ったけれど。

彼は変わっていた。

もう誰も、傷つけはしないと言う。この国の為に、何かを成し遂げたいと言った。

もしかしたら、最初から変わっていなかったのかもしれない。ただ泥まみれで、汚れが取れなかっただけの人。子供の頃、大事なタロイモ田で暴れていた、あの頃から。

そして彼は言った。私の子供を引き取りたいと。

彼はきっともう、不浄な人ではない。

だから私は子供を託す。弱くて血を流せる私から、強くて血を流さない彼へ。


私は一人で島へと帰った。

もう母や姉妹のいない島。アパタンも、私の子供もいない。

私が知っているのは統集派の教会だけ。

島に残った数少ない統集派の人達が、この国に残った他の天国を信じる人達と一緒になって、ここを最後の聖地にすると言っていた。

とても羨ましかった。彼らの天国は、きっともう私には辿りつけない。

辿りつけるとしたら。

彼は、不浄だった彼は、大環橋とマングローブで閉ざされた海を開いてくれた。きっと、彼がそうしてくれたから、マクーフはゲデレオの浜から天国へ昇っていける。

私が一人でゲデレオの浜に立っていると、歌声が聞こえてきた。
《ユル・ハラス・フニヤ・ニヌファブシ・ミアティ》
《ワン・ナチェル・ウヤア・ワン・ドゥ・ミアティ》
歌声の主は、男の子だった。私より白い肌を潮風に晒して、その歌を唄っていた。私には意味の解らない歌を。だけれど私は懐かしくなって、昔はよく唄っていた聖歌を口ずさむ。
《島々を巡るものは帆をあげていく《ング・オメケラン・オモイド・ア・ベルゥ》》
《我々の母がマルクで呼んでいる《エ・ティル・ガラ・マルク・ア・デラド・ロレチャウ・クモン》》
私の声に男の子が気付いて、私の方に近づいてきた。彼は自分の名前も言わず、最初に聖歌の意味を尋ねてきた。マルクとはどこなのか、どうして母親が呼んでいるのか。

マルクとは山のことだと、そして母親がきっと子供を探しているのだと答えた。なぜ探しているのかと聞かれたから、きっと、ちゃんと、天国に行ける為だと答えた。

自分でも、まだ天国のことを思っているのだと気付いた。

すると男の子は、海の方を見た。

天国は、海の向こうにあるんだ。

そう言った。

きっと海の向こうの島で母親が呼んでいるから。

彼の母親も、海の向こうに去って行ってしまったのだろうか。そうして一人で、ずっと浜辺で唄っている彼。

ああ、彼は私と同じ。

私は、彼のことを愛しく思った。

私は彼の手を取った。

彼はハルオと名乗った。

ハルオは、笑った。笑ってくれた。

私のマクーフ、私の名前のない娘。

あなたはゲデレオの浜から海を渡って、天国へと行けましたか。

きっと私も、いつか行けるから。
そしたら私は。

《Gift 4》―贈与―

次のスケジュールに入ると、既に私とヒロヤは無人の磁気浮上運行車《インダク》に乗っていた。ワイスマンと会った次の日。ニューヤップ島から西方に三百キロ程離れたパラオ行政地区のバベルダオブを目指している途中。だとすれば、ワイスマンからの誘いを受け、やはり私はバベルダオブでタモル会議に参加するのだろう。

「なるほど、ここから最初のスケジュールに記憶体は繋がるようだ」

ふと漏らした声に、近くに座っていたヒロヤが顔を上げた。

「そうですか。随分と半端な日から始まるんですね」

「ああ、この叙述性が何をもたらすのか、旅が終わった時には解ると良いのだが」

会話はそこで一旦切り上げ、窓の外を流れる風景に目を浸す。既に見慣れた大環《グレートサーカム》橋も、場所と時間を違えれば僅かに移り変わりがあることに気付いた。雲の流れのような、茫漠としたその変化を風流と感じ取れるかどうかは、人によってだと思うが。

物流、交通、通信。その全てを繋ぐ大環橋は、まさしくこの国の生命機能と言える。かつて誰かが、これをニューロンに喩えた。人々が、磁気浮上運行車が移動を繰り返し、ＥＣＭ

という総体が活動し進化していく。小さな島々《ミクロネシア》の大きな脳。

「しかしやはり、この味気ない風景だけは頂けないな」

延々と繰り返す白い糸のような遠景の橋の交差と、近景で繰り返す青い波の煌めき。この一見して鮮やかなコントラストは、絵画として見る限り、三日もすれば慣れ、飽きる。かつて一度だけ、双胴船《カタマラン》の遠洋カヌーに乗って、太平洋上を航海したことがあるが、あの時の感動は、もはやこの国では得られそうにない。

「ECMの人間が、どうして勤勉で優秀と言われているか、ご存知ですか？」

「さぁ、解らないな」

「誰もがジドーシャの移動時間で本を読むからですよ」

ヒロヤが真顔で言う冗談だけは、今回の旅を愉快にさせてくれる。彼のような人間が、私のようなつまらない人間にECMを案内させられ続けるのは酷い損失だと思う。

「やはり君は、もっとましな仕事に就くべきだな」

「何を以ってましとするかは解りかねますね。これでも経済的な心配はないですし、やり甲斐も感じていますよ」

「そうじゃない。君の立場と知恵は貴重だと言いたいんだ。然るべきところで活かすべきだ。ECMはこれから世界の中心になっていく。その時に、君程の人間がこんな老人を相手にするような仕事をしていて良いはずがない」

思わず熱が入ったが、ヒロヤは意に介さないようで、涼やかな笑みを浮かべている。

「教授、貴方こそご自分の立場を解ってください。貴方は自分が一人の文化人類学者だと思っているのかもしれませんが、この国の一部の人にとっては反アメリカ時代の象徴で、文化的な英雄でもあるんですよ」

そう言われ、私は口を噤むことを選んだ。

ヒロヤもまた何も言うことはなかった。

彼は、実に良い反論の糸口を見つけたようだ。

この国が本当の意味で独立を始めた頃、あのニューヤップ島の完成を各地で祝っていた頃、私は何度目かのフィールドワークに訪れていた。

その時の経験を元に、私は『サウェイ交易論とコバルト』を上梓し、このECMを含めた文化経済論自体に一石を投じた。拙作であるとは解っていたが、その挑発的な書き口が耳目を集め、特にECMという新しい国を治めようという、気鋭の政治家達には多く読まれたようだった。

ここで扱ったサウェイ交易というのは、かつて古代ミクロネシアで行われていた、一種の朝貢貿易《トリビュート》であって、カロリン諸島の周辺の島々がヤップ島に航海カヌーを使って貢ぎ物を届けた文化を指す。ヤップの周辺にある珊瑚礁島の住民は、魚やタロイモ、織物をカヌーに載せてヤップ島へと朝貢に訪れる。離島からの使いは歓待され、朝貢した物品以上の食料でもてなされる。彼らの島はいわば帝国の属州であり、その頂点にヤップ島が君臨しているのだ。その朝貢関係によって、周辺の離島はヤップ島の子となり、その庇護と恩恵を受けるようになる。彼らの親となったヤップ島の人間は、子である小さな島が外敵に襲われた際に軍事力を提供する。

私は、古代ミクロネシア人が、巨大なカヌーに貢ぎ物を載せて、波間を縫ってヤップを目指す様を、空想の光景として確かに見た。そうした彼らの姿は、コバルト・リッチ・クラストの採掘船で、世界経済へ朝貢する為に、延々と作業を行う潜水労働者の姿と重なった。

かつて、ヤップ島の巨大な力を傘にし、小さな島々が侵略に耐えようとしたサウェイの関係。それはコバルト貿易によって、アメリカの軍事力を頼ることになったECMの姿との二重写しでもあった。

この国は、幾星霜かけて、再び世界経済とのサウェイ交易を始めたのだと、私は論文の中で訴えた。それを旧時代の西洋人的な見方を身につけたECMの政治家達は、自分らが置かれている状況を新植民地主義《ネオコロニアリズム》の文脈で読み取っていった。

「資源に支えられたレンティア国家。その姿には限界が来るものだ」

私のいつかの講演の言葉が、繰り返し映像で流され、この国の政治家のスローガンに使われるようになっていた。彼らは果てなき航路を目指し、この国家の舵取りを行おうとした航海士《パリュー》達。

「彼らは——」

ふとヒロヤが口を開いた。こちらの思考をトレースするように、代名詞だけでECMの舵取りを行う航海士のことを言い表していた。

「彼らはこの国を形作ろうと必死だった。無軌道な内紛を乗り越え、アメリカからの影響を脱し、新しい国家を作ろうとしていた。その時に、彼らにとっては文化的な象徴が必要だった。それが、貴方だったんですよ、教授」

例えばそれは、あの大酋長のワイスマンのような人間にとって。

まったくお門違いだ、と言いのけたい気分であった。

「僕の論文なんかとは違う。教授、貴方はご自身の論によって、間違いなくこの国を一面では救ったんですよ」

「だが一面では殺した」

私の答えに、ヒロヤは少しだけ目を細めた。

「ミクロネシアは多様な国家だった。島の一つ一つに文化があった。母系社会一つとっても、島ごとに差異があったくらいだ。しかし、経済発展の過程でそれらを一纏めにしてしまった。生体受像《ビオヴィス》による政策実行評価、国民総意の政体。それは結局、この国で暮らす全ての人を均質化させた。チャモロ人もカロリン人も、カナカという民族名に押し込めた、その端緒の一つは私の論文だったのかもしれない」

「貴方は責任を取ろうとでも思っているのですか？」

「解らない。今更、私が何か言ったところで、ミクロネシアの人々が過去の生活に戻ることなどない。彼らは彼らで、正しいと思う方向を目指して海を進む。しかし、もしも、かつては優れた航海士なら誰でも備えていた星測航法《スターナビゲーション》の技術を失ってしまっているとしたら」

しばしの沈黙。私は自分の思考が、脳の奥でうねっていくのを感じる。

「教授、少し休みましょう。今日はいくらか暑いようだ」

そんな私を気遣うつもりなのか、ヒロヤはここで磁気浮上運行車を停め、外へ出ていった。位置としては大環橋の途中、ちょうどバベルダオブ島とそれ以外の近隣の島への分岐点に当たる、巨大な円形の結節盤へ乗り込む辺りであった。遠く伸びる数本の大環橋の道路と、海上の土台に向かって樹状に伸びるシャフト群は、それ自体が巨大な神経細胞のようにも見える。

磁気浮上運行車を路肩に停車させたまま、ヒロヤは結節盤の外周の方へと歩いて行く。遮るものの何もない、この海上の橋の上を徒歩で歩けば、即座に陽の光が皮膚を刺し貫いてくるだろう。

「どうした、結節盤の上ででも休むつもりか？　広いのは良いが、こう暑いんじゃインダクの中にいる方がましだ」

「違いますよ、教授、貴方はもう少しこの国の今の姿を見た方が良い」

そう言ってヒロヤは私を導いていく。

ヒロヤに従って結節盤の側面の方まで歩くと、下方のシャフト群に向かって薄い鉄板が乱雑に置かれているのと、その下から騒がしい人の声が響いているのに気付いた。内側に抉れるように築かれた、柵も何もない階段状の構造物。施設管理用の機械専用路のようにも見えるし、あるいは子供向けの遊具にも見える。唯一つ言えることは、いずれにしろバランスを崩せば、眼下に広がる青く広い海へ落下するというだけだ。

「本当にここを通るのか」

そう言った声を無視して先へ進むヒロヤを追って——時に手を取って貰いもしたが——私は結節盤の真下の空間へ進んでいく。

やがて辿りついたそこは、一つのマーケットであった。

巨大な結節盤を天蓋として、シャフト群とその土台、メンテナンス用の機械格納スペースを利用して作られた空間に、無理矢理に人々が集まり、薄暗く海水の飛沫で湿った蒸し暑い中、各々がテントを張り、シートを広げて商売を行っている。誰かが好き放題にぶら下げた電熱灯の明るい色は、ニューヤップで見た振水灯《ソルミン》の青白い光とは趣を異にしている。なんとも混沌とした姿。在りし日のアジアの典型的な光景。

「教授はこういったマーケットを見るのは初めてですか」

「地下市場か。いや、私は大環橋が発展してからはＥＣＭを訪れなかったからな。どうせ大陸アジアの連中が始めたんだろう」

大環橋の存在は、いわば往古の海上交易路を目に見える通路として現出せしめた。各地の島がその中間交易地として機能するのは当然だが、こうした結節盤においてもそれは見られるのだ。四方から人が行き交う場、そこで物を売り買いするのは当然の行為。

「今年はタモル会議がありますからね、多くの人間が島々を移動します。その分だけ、こういったマーケットは各地で勝手に現れるんですよ」

言葉を聞きながら周囲を見渡せば、確かにタモル会議という数年に一度の特別な機会に合わせるつもりなのだろう、食料品や日用品の他に各地域の島々の特産品が——赤貝珠《ガウ》の装飾品やラオク塗りの漆器だ——並んでいる。

「教授、これがこの国の人間です。貴方が見てきたのは一部の政治家だけ。多くの人間は、こうして必死に今を生きている。どこの国だって同じだ」

ヒロヤは歩きながら、近くの老婆が売っていた毒々しい色の果物を手に取り、こちらへと投げ寄越してくる。支払いは彼の生体受像で処理し、自動的に口座から引き落とされるのだろう。最終的には私が支払うことになるだろうが。

「このような場所でさえ、現金で売り買いはしないのだな」

「ECMの国民の大半が生体受像を埋め込んでいますからね。お互いに不便なく取引を完了しますよ。今や貨幣の交換は儀礼的な意味しかありませんから」

言いながら、彼は彼で何かを求めるでもなく周囲を見渡す。私も珍しい光景に行き会ったものだから、改めて周囲の露天商の売る物を眺める。嗜好品としてのキンマなどは消えてしまったかもしれないが、ここで売っているものは以前と何も変わらない。鼈甲製品や椰子の木の日用品、パンダナス編みの籠《アズワ》、あるいはパラオ行政地区に近いせいか、特産品の民族伝承彫《ストーリーボード》なども置いてある。これらはいずれも観光客向けだろう。他には果物の他、金属製の籠にアジの一種や貝類、甲殻類が大量に盛られている。

「ああいう魚はどうしているんだ？　外洋で漁船の運航は禁止されているんだろう？」

「漁撈業者からの横流しですよ。都市部で捌けない分を個人に売り払い、今度は個人が市場でそれを売る。ですが買うのは止めた方が良いです。ああいった魚は大概、コバルト汚染の検査をパスできなかったものですから」

そう言ってヒロヤが一歩踏み出すと、道の先で固まっていたフナムシの群れが一斉に散っていった。

先へ進むにつれて、外縁部では感じられた潮風が滞り、結節盤の管制機構の駆動音と、それに伴う熱気が広がり、肌にいくつもの汗を作る。

「やはり暑いな、いくらか涼しいところはないのか」

「外側へ行きますか？　海鳥の糞が襲ってくるかもしれないが。それよりも教授、あそこのスタンドで飲み物を買いましょう」

ヒロヤに促されるまま、市場内で他の露天商とは別のブースを作っている商店に入る。店先では鮮やかな色のシャツを着たカナカの中年女性が、何度も桶の中のヤシ酒を掬ってみせている。空調も効いている一方、中心の管制機構に近いせいか、電磁気慣れしたはずのフナムシも寄って来ない。あまり長居したい場所とは思えなかったが、喉を潤すくらいなら何ら問題はないだろう。

私はヤシ酒を蒸留してできたブルロクをコーラで割ったものを頼んだ。ヒロヤも酒は飲めるだろうが、昼間は職務を全うするつもりなのだろう、通常のコーラを頼んでいた。

「ところで聞くが、こういう市場は合法なのか？　統制の及んだ国家の中の、イレギュラーな空間のようにも思えるが」

「さぁ。問題は起こってないし、問題にしようとも思っていません。これがＥＣＭの姿の一つなんです、教授。確かに貴方がかつて見たような、ミクロネシアの海に生き、多様な文化を保持してきた人間の姿は消え、今や等質化された国民がいるだけだ。それでも彼らの心性が求める限り、いつだってこういう光景は見られます」

「それを伝える為に連れて来たのか。だったら骨を折らせたな。ああ、よく解った。この光景も、死後の世界を想像するのも、この国の国民が求めた結果なのかもな」

私は甘い酒の香りに鼻腔を痺れさせながら、周囲の様子に目を落とす。均質な国民。地域のマーケットというには静か過ぎるかもしれないが、この国にあっては十分に騒がしい。

いくらか、ゆっくりとした時間が流れた。

ふと見れば、市場で人の影を縫って数匹のカニクイザルが移動していた。どうやらここでも、彼らが幅を利かせるのは同じらしい。

「スケジュールで言えば、最初のものだった」

手持ち無沙汰にならないよう、私は面前で空のコップを弄っているヒロヤに声をかける。私が飲み終わるのを待っていた訳でもないだろうが、それでも片目を僅かに上げてこちらに目線を向ける。

「君の祖父にこれから会ったが、なかなかに印象的な光景になったように思うよ」

感覚だけが脳を発火させ、知覚を叙述する。

「それは、文化人類学者としてですか？」

「勿論、それはそうだな。必要のない船を作り続ける行為は、単に儀礼的な意味がある訳じゃない。外海に繰り出し、死後の世界を獲得しようという呪術的思考だ。それは君が論文で大いに語った通り、神の国からの再訪を願った、かつての積荷信仰《カーゴ・カルト》と同じだ。興味深いものだ」

論文の話題を出した途端、ヒロヤは目を伏せ、諧謔的に溜め息をついた。

「あの論文は、貴方にリジェクトされた通りのものです。漫然と日々の事象を書き連ねただけです。祖父はどういう人物なのか、なぜ船を作るのか、ただそれだけの疑問文。もうこれ以上、祖父について何かを書こうとは思いません」

肩透かしを食らうようだった。

私への当てつけで言っているようには思えない。本当に、興味をなくしてしまっているようだ。

まるで他人事のような物言いじゃないか。論文中での彼は、もっと真に迫る調子で祖父の行動を逐一記し、そこに意味を求めていた。それとも、この数年の内に、その情熱は薄れてしまったのだろうか。彼自身の経歴と照らし合わせても、その可能性は大いにある。

「君は、お祖父さんを理解できない。それが恐ろしいんじゃないだろうか」

ヒロヤの視線がこちらに向く。遠い水平線に描かれた太陽のように。

「そうかも、しれませんね」

同じだったのだろう。私にとってそれは、義父の思い描いていた死後の世界に辿りつけないのを恐れることだったように。彼もまた、死後の世界を失った人間なのだ。それは私以上で、生まれた時から考えもしなかった。

「祖父は、ニルヤの島に行きたいのでしょうか」

ヒロヤの疑問に、ふと義父との記憶が思い出された。

あれは、本来ならここで経験すべき主観時刻ではなかった。だが私のスケジュールに挿入されてきた。これが私の物語にとって不可欠だというのなら、果たしてどういった意味を持っているのだろうか。

「そこに、父や母が、多くの仲間が待っているから。そうだと言うのでしょうか」

ヒロヤの疑問に答えたかった。

しかし、いざ口に出そうとすると、その思いは上滑りしていくようだ。私もまた、本当の意味で義父を理解できていなかったのだ。彼が目指した場所がどこにあるのか、理解できなかったのだから。

残った酒を一気に飲み干そうとしたところで、ふと声を掛ける者があった。

「失礼」

背後からの声。英語だった。ヒロヤは何も反応しないが、私はゆっくりと振り返る。そこには弱々しい体軀に皺を刻みつけた、小さな老人が立っていた。

「失礼、喉が渇いたんだが、お金がないんだ」

老人が笑う。くしゃくしゃになった麻のシャツを空調に揺らして、こちらに慈悲を求めてきた。こうした手合が、この国にもちゃんといたことの方に感動を覚えた。

「そのアンタの残りで良いから、少しくれないか」

老人は左腕で私のコップを指す。

「ああ、良いとも。だがそんなケチなことは言わず、一杯くらいおごってやろう」

「教授」

「いいじゃないか、ヒロヤ。良い機会だ。さぁ、ご老人、何が飲みたい。合成ヤシ酒なんて言わなくて良い、ビールでもなんでも」

「いや。悪い。本当に。本当に一口で良いんだ。待っていたくもない、唯一口だけ、喉が渇いたんだ」

老人の悲しそうな笑顔に、こちらの意気もくじかれて、結局、飲みさしのコップを預けるだけの結果になってしまった。

「ありがとう」

老人は手近なカウンターの椅子に腰掛け、左腕でコップを呷った。その段で気づいたが、老人には右腕がなかった。何かしらの事故か怪我で失ってしまったものかもしれない。

「教授、貴方は」

ヒロヤからもたらされた日本語での非難だった。老人に聞こえないようにしたのだろう。

「良いじゃないか、別に彼を見下した訳じゃない。好奇心はあるが、物珍しいからした行為じゃない。ああいった普通の老人からでも話を聞ければ良いと思ったんだよ」

「そういうことじゃありませんよ。ああ、貴方の生体受像はこの国にまだ慣れていないんでしたね。じゃあ気付かなくても仕方ないか」

「どういう意味だ？」

ヒロヤは何も答えず、ただ座り込んだ老人の方を見た。

見れば、数匹のカニクイザルが彼の足元に集まり、彼が左腕で手にしているコップを狙っている。中身は既に飲み干されていたが、いくらか氷が残っていた。猿達も暑さを凌ぎたいのだと解る。

「ご老人、猿が」

私の言葉に反応することもなく、老人は俯いたまま。それを好機と見て、一匹の猿が老人の膝に飛び乗ってコップを引き寄せた。じゃらじゃらと転がり出た氷を、下の猿達が掻き集めると、それらは即座にここから立ち去った。

「ご老人」

私が声を掛ける直前、彼の左腕がだらんと伸びた。

「教授、彼は死んでいますよ」

さも当然のことのように、その事実を言ってのけたヒロヤの方を向く。

「死ぬ間際だったんですよ。彼は直前まで、生体受像の全てのリンクを断っていた。自分で死ぬことが解っていたんでしょう」

私は何も言えず、もはや喋ることのなくなった老人の体を眺める。周囲の誰もが、彼のことを気に留めようともしない。いとも簡単に訪れた肉体としての死は、彼の人生という物語が担保される限り、もはや顧みられることはないのだろうか。

「誰も気にしないのだな。人が一人死んだというのに」

「気にしていない訳じゃなくて、既に気にし終えたんですよ」

ヒロヤの言葉を確認しようかと思ったが、それよりいくらか早く、市場の人達の間から、白い布を身にまとった数名の男女が現れたのが見えた。彼らは彼らで、こちらを気にする風でもなく、息を引き取った老人の傍へ寄ると何かしら言葉を連ねて――聖書の文言の変形だ――さらに後ろに控えていた二人の男性に目配せする。

後ろの二人が持ってきた銀色の鞄を床に据える間、白い衣の男女が老人を抱えて横に寝かせた。一人の男が鞄を操作すると、ポリマー製の透明な布が射出され、それを老人の死体に被せて体を覆った。鞄の方で力学的作用を生むことで、あとはそれを運ぶのと同じ労力で、老人の死体を外へと運び出せるという訳だ――行為の途中で、その器具が日本では介護用に使われていたことを思い出した。

「今のは、モデカイトの信徒か」

老人の死体を引きずりながら、何事もなかったかのように市場を去っていく白い影達を見つめる。

「そうです。モデカイトと近くの診療医です。老人がリンクを断った時点で、近隣の誰かが通報していたんでしょう。既に老人の後を追っていたんですよ」

　善意の監視とでも言うべきだろうか。積極的に手を差し伸べて避けられない死を防ぐ訳でもなく、老人の自我を尊重させた上で、ただ彼の死後に付き添った彼ら。

　自らの死を察知した老人は生体受像を切ってこの場所まで来た。どういう心境かは解らないが、死に向かう人間は往々にして生体受像のリンクを切ることがあるという。それは予知とも言えるし、人は他人との繋がりを拒否した時点で、速やかに死が降りかかるのだとも言える。

「どうやら、あの老人は身寄りがなかったらしい。そうした人物はモデカイトが葬儀を行うことになります。彼の死ぬ間際までの生体受像のログも、モデカイトが管理することになるでしょう」

「彼もまた、ニルヤの島へ行くというのか」

　ヒロヤは意味もなく、コップに残った溶けかけの氷を床に撒いた。鉄板を打つ甲高い音が響く。もしかしたら、遠くに去っていったカニクイザルへ提供したのかもしれない。

「彼の老人は、ニルヤの島に行けば救われるのだろうか。身寄りをなくし、一人、こんな暗くて蒸し暑い雑踏の中で死んだ、あの老人も」

　遠くに目をやれば、市場の影の向こうに、切り取られたパノラマのように青い海と空が広がっていた。

　あの海の向こうに、その島があるというのなら。

《Checkmate 4》 ―弑殺―

[Event 〝Échec et mat〟]
[Site 〝Nan Madol, Pohnpei ECM〟]
[Date 〝2048.10.21〟]
[Round 〝1〟]
[White 〝Kurtoğlu, Efrasiyab.〟]
[Black 〝Hydri, Beta.〟]
[Result 〝*〟]

〔さて、そろそろ対局を再開するとしよう。君の手番だったな〕
Qe3-Qe4
〔どうやら駒の動かし方に悩んでいたようだね、クルトウル〕
〔焦ることはない。君は既に二百六十日分の余剰を持っているから、ここで半年以上の休暇を取ることも可能だぞ〕

〔いや、しかし君はそんなことはしないな〕
〔じゃあ、もう少し話そう。思考を乱すとか、そういう寂しいことは言わないでくれよ。アコーマンはそんな真剣な競技じゃない。適当に駒を動かしていればいいんだ。適当さ。そのランダムな振る舞いがあってこそ、正しい配列に近づくのだから〕

Qe4-Qe5

〔そうだ、それで十分だ〕

2266. Qd6-Qe6

〔さて、じゃあ何か話そうか〕
〔そうだな。私の長年の疑問なんだが、果たして不老不死というのは可能なのだろうか〕
〔いや、別に私はファラオや秦始皇《チン・シーファン》を目指すつもりはないさ。死ぬ時は満足して死ぬよ。ただ彼らがそうまでして求めたものに、多少の興味はある〕
〔言ってしまえば、肉体としての不死は容易いな。細胞の不死と更新は技術としては確立されたのだから。しかし人は結局、精神の死を超越できずにいる。記憶の断片化《フラグメンテーション》が避けられないからだ。脳細胞そのものを更新したとしても、そこに記憶は生まれず、余計に酷い状態になっていく。畢竟、人は一生の内で使えるリソースが限られているんだ〕
〔だが最近、それを叙述《ナラティブ》による観点から解決しようという動きがあるね。精神的に安定した人生、だったか。面白い考えだと思うよ〕
〔そして、その考えを生体受像の技術が可能にしようとしているな。あれは単なる便利な人

体通信端末や、かつてのウェアラブルコンピュータの延長線上にある物とは一線を画する〉

〈生体受像は人間の肉体を機械に見立てて、あらゆる感覚を数で表す。音や景色だけじゃない。味覚も触覚も、感情すらも数値化する。数にさえできれば、後はそれを取り出せば良い。人間の記憶そのものが自由にアクセス可能なデータになるんだ〉

〈後はそれを利用して、個人の今を外延化するだけだ。つまり脳に誤解させるんだ。脳の領域にしまわれていく記憶に対し、生体受像がデータ化した記憶を嚙ませる〉

〈脳はデータ化された感覚を記憶と考え、そのまま取り入れる。それを繰り返して今を観測し続けることで、連続体としての記憶体が生まれる。これをパッキングすることで、いつでも引き出すことが可能な記憶が生まれる。人は記憶の断片化を恐れず、個人は不朽の自己を得て、精神的な死を超越しようとしている〉

〈どうしても面倒な説明になってしまうな。ようはいつまでも記憶を新鮮なまま引き出すことができ、まるで現実かのように追体験できるという理論さ。今の一瞬が永遠に続けば、人は不老不死だと感じるだろう。そういうことさ〉

〈忘れることのない記憶。忘れられることのない自己。その二つが揃った時、人は本当の意味で死を克服し、それと同時に死後の世界を完全に捨て去ることができるんだ〉

〈だが、本当にそうして死後の世界を捨て去ることが正しかったのか。実はね、私は、その答えを未だに持たないんだ〉

〈やがて来る、孤独な世界だ〉

〈人は自己の脳内で永遠を作る。死後の世界を失い、今という一瞬の中に閉じ籠って生き続ける。そこでの他者は全て、自分の記憶の中にある顔しかない〉

〈もしも、死後の世界が本当は存在していたのだとしたら、彼らの魂は現世で立ち止まり続けてしまうのではないだろうか〉

〈死後の世界の喪失。それは正しかったのか、それとも過ちだったのか。答えはいずれ出るのかもしれないが、少なくとも今は、死後の世界という概念は失われた。それが人類に与えてきた本当の役割に気付かないまま〉

〈それとも不老不死なる者しかいない世界に、死後の世界は必要ないかね〉

〈過去の記憶の永続的な追体験。さてしかし、今を永遠に感じる、という意味でなら、ここでの私達の対局も似たようなものだ。案外、不老不死は容易いのかもしれないな〉

〈我々は決して天上人ではないが、天上人の不幸には気付ける立場さ〉

[Event "Échec et mat"]
[Site "Nan Madol, Pohnpei ECM"]
[Date "2049.02.12"]
[Round "1"]
[White "Kurtoğlu, Efrasiyab."]

[Black 〝Hydri, Beta.〟]
[Result 〝*〟]

｛今日も話をしよう、クルトゥル｝
｛そうだ、君は積荷信仰《カーゴ・カルト》という言葉は知っているかね｝
｛面白い風習というか、人類の面白い行動様式と言おうか｝
｛例えば君がある日、ホウレン草を食べると、アメリカの漫画に出てくるようなヒーローに変身して、ヴィランを、悪役を倒せる能力を得たとしよう。でも君は自分が何故、変身できたのかは知らない。ただ凄い力を持っていることだけを知っている｝
｛しかしある時から、その能力が使えなくなる。そうしたら君はどうする。ホウレン草を食べることを止めるかね。あるいは、ホウレン草を食べる度に、また自分に特殊な力が宿るのではないかと、ほんの少しでもそういうことを思ったりするだろう｝
｛カーゴ・カルトというのは、つまりそんなものだ｝
｛魔術的な思考と言って良い。今まで自分が得ていた利益が、ある局面になって突如として得られなくなると、人は利益を得ていた時の状況を再現したくなる｝
｛そうすることで、もう一度力を蘇らせることができると、そう信じている｝
｛これも一種の記憶の追体験、今の再現という訳だ。彼らは断片化を恐れているのさ。個人にしろ集団にしろ、記憶と意味が喪失し、利益の損失、即ち死を迎えることは何よりも恐ろ

しいからね〉

〈しかし遺伝子の観点から見れば、それは自己保存であるとも言えるな。利益と安全を求めて、自身が獲得した遺伝子の中から、最適かつ最善の戦略を思考し、行動させる〉

〈目の前に猛獣が現れたとして、多くの人はこれに立ち向かい格闘の末に倒し、生存しようとはしないだろう。普通は逃げたり隠れたり、猛獣に見つかる前の状態を再現しようとするはずだ〉

〈自己保存の相似関係にある模倣子《ミーム》もあるな。法律も倫理観も、人間が無用に殺し合うことのないように、人間が選んだ戦略だ。遺伝子の相似としてのミームの発露という訳だ〉

〈君とは、何度となくミームとは何かについて話したと思うが、概ね私達の見解は同じだったな〉

〈ミームとは、人間だけが持つ、文化因子だ〉

〈遺伝子は生物を個体として作り上げる為に、決まった順番で並び、蛋白質を決まった形に形成し、人間の目や口や手足を作り上げる〉

〈それと同じように、ミームは決まった順番で並び合わされることで、群体としての人間、社会という生物の肉体を作っていく〉

〈ミームとは、それ自体が遺伝子の派生形、遺伝子がより安全かつ効率的な進化をする為に生み出した複製体《レプリケーション》、社会に埋め込まれた遺伝子であると言えるな〉

6332. Ca4-Ca5

｛実に印象的な駒の動かし方じゃないか、クルトゥル。どうやら君も、いろいろと解ってきたのかな｝
｛たった六十四個のマス目で、その全てが決まる。しかしあるいは、六十四もあれば、宇宙の全てが演算できる｝
｛このアコーマンは、恐らく人間のミーム、社会という生物同士の戦いをシミュレートするものなのだと思うよ｝
｛例えばほら、王を脳、病を口、都市を目、船を足、木を手、量子はそうだな、遺伝子とでも名前を変えてみればいい。するとまるで盤上で奇妙な人造人間同士が、互いに再生しながら取っ組み合いを演じているように見えてこないかね｝
｛実に傲慢《セルフィッシュ》なゲームだよ｝
｛後ろに戻ることのできない量子、遺伝子を操りながら、相手の進化を阻むことが、このゲームの全てだ｝
｛昔、人間は遺伝子の乗り物《ヴィークル》であると論じた人物がいた｝
｛彼の言葉に従うのなら、遺伝子は乗り手なのかもしれないが、私から言わせれば、遺伝子は積荷《カーゴ》に過ぎないよ｝
｛しかし多くの人は、まるでそのカーゴが全てを与えてくれるように錯覚しているんだ｝
｛そして我々はそのカーゴを運び続ける｝
｛どこへ落とすかは知らないが、それを受け取った者達は、やがて私達を模倣し、再び遺伝

子の再臨を待つ｝
｛そして彼らは——｝
｛知っているかな、大環橋《グレートサーカム》がいよいよ全面開通だそうだ｝
｛君はもう二年間も、この小さな島でアコーマンに興じ続けた訳だから、そんなことはどうでも良いかね｝
｛また日が暮れるな｝
｛続きは明日にしよう、クルトウル｝
｛夜は夢を見るものさ｝

《Transcription 4》―転写―

黒い代教父《バードレ》を先頭にした葬列は、西日の中を、粛々と、しかし騒々しくも進んでいく。途中で何度か猿の群れと遭遇したが、前のように彼らが列を乱してくることはなかった。

既に私が葬儀の場に行き会ってから数日が経過している。この日に到るまで、数多くの氏族が――葬祭集団間の連帯が重要なのであって、死者の親族であるかどうかは関係ないらしい――離れた島からも訪れ、その度に盛大な祭儀が行われていた。葬儀の最終日である今日でさえ、バベルダオブ島から新しい統集派《モデカイト》の別組織が手伝いに来る予定になっていた程だ。

これほどの期間を要するECMの葬儀だが、新たな死体は例に漏れず棺に納める前に死後保存処理《エンバーミング》を施されているらしく、あの黒髪の少女の死体が腐敗しているということはないようだ。

そして私は葬列の最後の方で、周囲の竹笛や太鼓、金盤を打ち鳴らす音の中を歩く。

「ミズ・マームクヴィット、ここまで付き合う必要があるんですかね」

渋々といった表情のままのトリーは、私の後ろをついてきながら愚痴を零す。

「貴方は帰っても良いわよ。一日分のガイド料は出すから」

私の突き放すような言葉に、トリーは気分を害したのだろうか。あとは押し黙って、ただ長い行進を私と一緒に見守って歩いた。

《御名を尊ばせたまえ《May your holy name be honored》》
《御国を来たらせたまえ《May your kingdom come》》

　キリスト教由来の聖歌を歌い、もはやキリスト教には存在しない死後の世界へ死者を送る。彼らの、矛盾しながらも確かに存在している信仰の形を見る。

　私は何度も、何度も、死者が行く世界のことを考えていた。

欲しかった。

　私や、私が殺してしまったあの子が、いつか行ける場所が。確かに行ける場所が、欲しかったんだと思う。

　でも、考えれば考える程に、それはただの遺伝子の隙間にある、人間が自己保存する為に考え出されただけの概念だと思えた。それは最も堅固な、模倣子《ミーム》の紐だった。そして紐は、とっくに解かれている。

　あの頃は、耐え難い失望感に見舞われていたけれど、今は、いくらか安らかな気持ちでいられる。もしかしたら、前時代の人々が持っていた信仰心とは、こういうものだったのかもしれない。

紐は結び直せる。そして、この島では、それを手繰り寄せることができるのかもしれない。ならば、私にも。


やがて私達は、彼ら統集派がゲデレオと呼んでいる浜に到着した。そこには既に、葬列に加わっていなかった他の統集派の信者や、この島の人間が——統集派の人々とは距離を置いているから信者ではないのだろう——多数集まっていた。どうやら、葬儀に際して賑わうというアンガウルの伝統は確かなことらしい。

あと笑えることといえば、何匹かの猿が、人間が集まっているのを見て、何かお零れが貰えるのかと期待して、砂浜の木の下で遠巻きに見ていることだ。

「我々の偉大にして唯一の母なる神から生まれた、ギラオムクール・エスキリストは、この者の魂を導きます」

そして、青い海が迫る砂浜で、黒い代教父の説教が始まった。

彼らの教義によると、キリストを産んだ母である神こそ、唯一の神であるように説く。母系社会のミクロネシアならではと言えるかもしれない。多くの氏族集団が、一族の最初の子を産んだ母を祖先の霊として、氏族の名前に冠するという。人間は母によって産みだされる存在であり、母親が存在しなければ一族は成り立たないと考えている。

説教は続き、代教父は、死んだ人間の魂は全て、このゲデレオの砂浜へと至り、橋を昇って天国に行くのだとのたまった。そして、死者への祈りが捧げられ、棺の蓋が開けられた。

私が一体何をするのかと興味深く見ていると、もう一方から、信者の男達が一艘のカヌーを引っぱり出してきていた。

あのカヌーに乗せて、死者を海へと流すのだ。

そう思い至った時、私はそれが、とても清浄なことであるように思えた。

信者の女性達が棺の中の少女を抱え出し、緻密にして鮮やかに織られた布で優しく包む。

私は彼女の姿を見た。

黒い髪をして、目を瞑り、痩せ細った手足を伸ばして——左足が欠けているように見えた。事故か何かで失ったのだろうか——その少女は包まれ、花で彩られていく。

やがて女性達の手により、少女の体がカヌーへと移し換えられると、その後に信者達が次から次へと駆け寄り、様々な品物や花をカヌーの中に詰め込んでいった。

そこに確かに残っている、死者への祈りの光景を私は見る。

代教父の最後の祈りが済むと、壮健な男達数人が集まり、海に半身を浸しながら、カヌーを押し出し始める。やがて沖へと流れ始めるポイントに至ることを確認したのか、男達はカヌーを放して、あの黒髪の少女を、暗くなり始めた海へと流す。

あの子はきっと、天国へと行けるはず。

海の向こうの。

そう思っていると、何かが私の横をすり抜けた。

風と熱く焼けた砂の匂いに混じって、花のような香りがして。

「アパタン！」

ぎっぎっ、と砂を踏みしめる音を残して、何度も喚き叫び散らしながら、その男は駆けていく。男は駆ける。髪が走る度に風に散って。

あの男は、そうか、あの少し頭のおかしい、あの日系の名前を持った男か。

そして私は見た。その男の肩越しに。

少女が。

あの花のように笑う赤茶色の髪の少女が、今は虚ろな顔をして、男に抱えられている。

どうしたのだろう。彼は、アパタン、アパタンと、同じ言葉を何度も繰り返している。

周囲の統集派の信者達も、その様子を黙って見守っている。あるいは唖然としている。

「アパタン！　娘を！」

男は、足をもつれさせながらも、流れ始めたカヌーを追って、海の中を掻き分けて歩いていく。小さな波を、いくつも蹴散らして。

私は、男を追うように駆け出していた。

何故かは解らない。

「娘は！　お前の娘！」

男は叫ぶ。

そして、胸で抱きかかえていた、あの少女を、死んだ子の眠るカヌーの中に放り込んだ。

「何をしているの！」

声が出た。

カヌーは、ゆっくりと、しかし確実に沖へと流れていく。

「娘を！」

「貴方は、自分の子を！」

浜辺を駆け抜け、足が濡れるのも構わないで、海に足をつける。重い波を踏み込むようにして、前へ、前へ、進んでいく。

「アパタン！　娘を！」

私は男のしていることに不安になって、助けを求めたくて背後を振り返る。他の人々も急なことに驚いていたのか、それでも私と同じように、男を追って海の方へ向かって浜を駆け出していた。

男は腰まで海水に浸かりながら、カヌーを押し出している。

「アパタン！　俺は！　娘を送るぞぉ」

男は、彼は何を言っているんだ。彼はまさか、自分の娘を。そんなこと、なんで、そんなことを。

カヌーの中が目に入った。

沢山の花の中で、黒い髪の少女を覆うようにして、赤茶色の髪の少女が、虚ろな表情で、寝ているのか、目を瞑っているだけなのか、どちらにせよ自分からカヌーを降りようとはしていなかった。

「貴方！　やめなさい！」

私はカヌーを押し続ける男の肩を引いて、その行為を止めさせようとした。彼の力が抜けることはなかったが、それでも何度も引っ張った。

そんなこと。

自分で、自分の子を。

やめて。

やめて。

私が、胸まで海水に浸かった頃、やっと男の力が抜けた。

見ると、後ろから追いついた二人の体格の良い男が、彼を背後から押さえつけていた。

私は男を任せ、カヌーの方を見る。

もう、カヌーは、潮の流れに乗り始めている。強い、強い流れ。

手を伸ばし、カヌーの中に乗り込もうとしたけれど、その時にはもう首まで波が来ていて、両足を突っ張る地面も深くなっていて。

だめ、いかないで。

「降りて！」

声をあげたが、中の少女には届かなかった。

一度深く潜って、地面の砂を蹴り、カヌーの縁に手をかける。体を起こして、重心を揺らす。何度も、何度も繰り返して、振り幅を大きくし、カヌーを傾かせていく。やがて最後の均衡が崩れ、カヌーの縁から海水が入り始めると、後は崩れるように転覆した。

周囲に花が散っていく。

私の体は夕陽に染まった、赤黒い海の底へと沈んでいく。

私はいくつもの泡が溢れる海中に潜ると、カヌーの下からあの赤茶色の髪の少女を引き出し、胸に抱え、体をひねって海面を捉える。

海の上を、花が漂って。

太陽の光を吸い込んだ海は温く、体を包む波の流れが鼓動のように打って、私と少女を押し上げようとしている。無窮に広がる海に、多くの命が溶け込んでいる。光は拡散し、全てを照らしていた。

そこで一つ息を吐いて、生まれた新しい泡を追う。私は少女を胸に掻き抱いたまま、何よりも透明な世界から頭を出す。

塩辛い水が、目や喉をつく。それでも、オレンジ色に染まった空や、黒くなった海面が、私には清浄なもののように思えた。

私は振り返る。花が溢れた海面を、いろいろな物が漂う。そこに黒い髪の少女はいない。

あの子はちゃんと行けるかしら。

そう思いながら、私は少女を抱え、浜辺の方へと、海水を掻き分け進んでいく。あの男は既に、何人もの男によって取り押さえられ、浜辺の一角で伏していた。

「大丈夫でしたか？」

様子を見守っていたのか、代教父がずぶ濡れの私を労わるようにして近づいてきた。

私は胸元の少女を見る。

未だ覚醒していないのか、虚ろな様子だが、息をし、その温もりが感じられる。この子は生きている。そして私が、赤茶けた髪の花のような少女を、このまま抱きかかえていようか思いあぐねていると、

「マクーフ！」

と、突如、人々の中から、島のどこまでも聞こえるような大きさの女性の悲鳴が響いた。

「マクーフ！　私の、マクーフ！」

声をあげながら、人々を掻き分けて、一人の女性が近づいてきた。大きく張った腹を揺らして。黒い髪に、白い肌をした、陶然とした表情の長身の女性。

「アパタン、アパタンの子。私の夫の子！　マクーフが、帰ってきた、天国から、帰ってきた！」

そう言って、女性は手を伸ばしたので、私は少女を預けた。直感的に、この女性が、この少女の母親であると理解した。

「ああ！」

女性は少女を抱きしめると、そのまま砂浜に崩れ落ち、今度は涙を混えた目で私の方を見て、何か畏れを抱いたような調子で、

「貴女は復活をもたらした！　偉大にして唯一なるサンタ・マリア！　ギラオムクールであ

りエスキリストである神を産みたもうた方！」

女性は喚きたてる。

そのあまりの激情に驚き、隣の代教父を見遣ると、彼もまた、女性の言葉にうなずき、恭しく私に向かって祈りを捧げた。

「貴女は私の子を、マクーフをテルアルブより再び産みたもうた！　貴女は復活をもたらした！」

女性は愛おしそうに、反応のないあの子に頬を擦り寄せ、強く抱き留めている。その様子に、私は、下腹部が熱くなった気がした。それは幻想痛《ファントムペイン》であると知っていても、それでも、この血の流れていく感覚を抑えられはしなかった。

「アパタン！」

そこで突如、浜辺の端から、またあの男の声が響いてきた。その声に反応したのは、私以上に、目の前の女性であるようだった。

彼女は少女をより強く抱き「うう」と声を漏らして、さらに大きく泣き始めた。この浜辺の誰もが、太陽の暮れかけた、この薄闇の中で、狂騒状態に陥っている。

「俺は！　お前の、娘を、送りたかった！」

男の声はなおも止まない。

「海の向こうの島へ！」

海の向こうの島。

それは、統集派の人達の言う天国なのか。

「ぎれぇ、にれぇ」

男は唸る。意味をなくした単語を伴って。

「にれい、にりえ！」

太陽は今、完全に沈もうとしている。長く伸びた影の最後の縁が、海へと消えていく。

「にりやの島だ！」

男は叫んだ。

「ニルヤの島」

その言葉が、人々の喧騒の中で、私の奥を、その真ん中にあったものに傷をつけた。

「ニルヤの島へ」

ミームの海から、それは。

「死んだ人間は、ニルヤの島へと行く」

私の言葉に、泣いていた女性は祈りを捧げ、喚いていた男は口を塞ぎ、代教父と信者、そして周囲の人々は、静かに私の言葉を反復していった。

ただ人間達の狂態を見ていた、アンガウルの猿達だけが、島の奥へと逃げ去っていく。

《Accumulation 4》 ―蓄積―

知らなかった私は、私を知らなかった。

不浄でもあるし、清浄でもある。

何者でもない私は何者でもなかった。


私を娘となるよう産んでくれた人はいずれ母親になるけれど、私はそれを知らなかったから、名前のない私がある。

私の傍にいる海に流れる父親という人は傍にいる為に父親となったけれど、その人は私の顔を見てくれなかった人を父親とした私。

私は何もない。私は何もない。


私の住む島で、血を流す人が多くなったことは血を流すことの不浄なことをするから。

不浄なことは怖い私は、それがとても怖かったけれど、そこから逃げることは一人でできない。難しいことは逃げること。

頭の中に言葉を重ねる考えをする私の考えは、私の考えが伝わらない他の誰にも伝わらないから。

知らない言葉で満ちた私は言葉を知らない。他の人に伝える言葉を持たない。

それでも島から逃げる父親と一緒に船に乗った島を逃げる私は、私を導いてケンジという人の船でいずれ同じように外の遠い海へと渡っていく。

海は怖い、怖い。

波に襲われてバラバラになる大きなカヌーで漕ぎ出した海に流される人達は、橋の上に行く私とケンジが海に沈んだ前に、海に沈んだ。私の海の底に行った父親も、一緒に船から投げ出されて海の底に行った。

ケンジの手に掴まえられて生き残った私は、私を引き上げて何日も無人の早い船にしがみついていたケンジに捕まえられて生き残った。

仲間を助けたかったけれど目の前で沢山の人を海の底に沈めたケンジは、手が千切れそうになりながら、それでも私を繋ぎ留めていた。

涙を流し続けるやがて橋の上に辿りつけるケンジは、いつか橋の上で黒い髪の彼女と出会う私を連れて多くの島を回っていった。ケンジは、自分の船で私の顔を見てくれなかった父親を探す為に、多くの島を巡っていった。

頭の中で何度も自分の船と死んでいく人達のことを思い出すケンジは、私を見なかった父親を死んでしまわせた私の父親ではなかったけれど、彼はいつも私を連れていってくれた。

彼はいつも、私の為に唄ってくれた。
《夜に《ユル・》航る《ハラス・》船は《フニャ・》北極星を《ニヌファブシ・》見つけて《ミアティ》》
《私を《ワン・》産んだ《ナチエル・》母は《ウヤア・》私を《ワン・》見つけて《ドゥ・ミアティ》》

私を慰める為に、唄ってくれた。


サイパン、ヤップ、マーシャル、ナウル。

どれも採掘船のレールになるはずの橋で繋げられる沢山の島は、いつか橋の上の採掘船の病院に行く私とケンジの訪れる場所になり、私達はコバルトを運ぶ無人の船に紛れながら、いつだって海を巡っていった。

モデカイトになる多くの人達の姿を見ながら、やがて一つの国になる島々を見ていった私達は、ヤップ島の傍に浮かぶ採掘船の停まったレールの上の人達が暮らす人工の橋の上の街に辿りついた。

いずれ全ての私になる彼女と出会う私は、その街でいずれ全ての彼女となる私と出会う彼女に出会った。


採掘船の病室で、私は彼女と出会う。

赤茶色の髪をした私は、黒い髪をした彼女と出会う。

いずれ棺に入る彼女は彼女を知る三角形の刺青を持つ不浄な人を父親として、いつか私が出会う彼とのことを沢山話してくれた。

彼女は彼のことを話す。

花のように笑って話す。

赤黒い血を噴いて左足を失う彼女は暗くて暑い病室の中で、何度もいつか彼女を失ってしまう彼のことを話してくれた。

彼と会って彼を導く私は、とても彼に会いたくなった。

そして彼女は死んだ。

花の中で海へと流されることになる彼女は、左足の向こうに血の染みを作って死ぬ。

土の地面のある島を知らなかった彼女を娘としていた不浄な彼は、土の地面のある島を知っていたケンジに、黒い髪の彼女を託した。

アンガウルで生まれて娘を失った不浄な彼が彼女の為に作っていたお金で買った棺に詰め込まれた彼女は、私とケンジと一緒に土のある島へと向かった。

やがてニルヤの島に行く彼女は、土のある島へ向かった。

私の母親になってくれる青色の瞳に金色の髪をした彼女と、花に囲まれた黒い髪の彼女のことを見ていた。

彼女。

良い、良い。

彼女。

私に多くのことを話してくれて私の頭の中で今も言葉を教えてくれる彼女は、私の言葉の全てに表れていく。言葉を自分の中で生きている私は、私の多くの言葉を聴いてくれた彼女を母とした私を見てくれる彼女にも多くの言葉を伝えたかった。

彼女。

だけれど、いつかの今この時に浮かぶ言葉と過去に海の泡のように浮かぶ言葉を持った私の言葉は彼女に通じない。

悲しかった私は言葉を求めた私になる。

金色の髪の彼女に海で抱えられる私は、カヌーに乗って流される私の中で生きた黒い髪の彼女になりたくて彼女のように島へ行きたいと思う私。

私を知った私は私を知った。


地獄で自分を嘆くことになるケンジは、黒い髪の彼女はニルヤの島に行くという。いずれ彼女と一緒になる私。ニルヤの島で一緒になれるから、お前の父親もそこにいるから、そうケンジが言ったのを聞いた私は。

私を抱えてカヌーに向かって走り出すケンジに私は逆らうこともせず、海に向かう砂浜をケンジに抱えられながら私は黒い髪の彼女の元に向かう。

地獄を抱え続けることになるケンジの地獄は、これで終わるだろうか。

このまま海の向こうに行けば、私は父親のところに行けるのだろうか。

私は私の父親の名前を知る。

名前しか知らない父親のいる場所へ。

ああ、それは、それはいやだ。

その時、私の母親になってくれる金色の髪の彼女は私を助けようとして、海を流れるカヌーまで追ってきてくれたから、彼女は私を救ってくれる母親になるけれど。

私は彼女に抱きかかえられる。


マクーフ。

言葉があった。

金色の髪の彼女に連れられて、濡れた足を砂に晒した私を、私をマクーフと呼んだその黒い髪の女の人は私を抱きしめた。

私はもしかしたら、取り戻せるのかもしれない。

彼女の言葉は私の母親になって、やがて弟を産む彼女の言葉を私は。


母親を失う私は母親を得ることができた。

いつか出会えるケンジとは離れ離れになってしまったけれど、私は黒い髪の女の人と、金色の髪の彼女を母親とした。

私の中で、言葉が生まれる私は、自分の考えを伝えられるようになる。

少しずつ、私は私を知ることができる。

《島々を巡るものは帆をあげていく《ング・オメケラン・オモイド・ア・ベルゥ》》

《我々の母がニルヤで呼んでいる《エ・ティル・ガラ・ニルヤ・ア・デラド・ロレチャウ・クモン》》

《夜に航る船は北極星を見つけて《ユル・ハラス・フニャ・ニヌファブシ・ミアティ》》

《私を産んだ母は私を見つけて《ワン・ナチエル・ウヤア・ワン・ドゥ・ミアティ》》

歌が聞こえる。

私の母親が唄ってくれた歌。黒い髪をした母親。彼女に似た彼女。

不思議と、ケンジの唄ってくれた歌と同じものだった。

私は、歌を何度も唄う。

もう少しで弟が生まれる。

彼はいつか私と一緒になる。
黒い髪の母親は死ぬけれど。
彼女はいつか私と一緒になる。

私の歌を聴いてくれた彼女。金色の髪の彼女。
私の母親。最後の母親。
貴女も私と一緒になって欲しい。

《Checkmate 5》—弑殺—

[Event 〝***〟]
[Site 〝Tarawa, Kiribati ECM〟]
[Date 〝2027.08.15〟]
[Round 〝***〟]
[White 〝***〟]
[Black 〝Zappa, Robin.〟]
[Result 〝*〟]

〈木を前へ。船を一マス右へ。終了。君はｂ５の量子を前へ、次いでｇ６の量子を右へ移動させる〉

〈なんだ、こんな状況でもログを取るのか〉

〈まぁいい。わざわざタラワ島くんだりまで来てくれたんだ。好きにしてくれ。続ける。ｈ８の病を前へ〉

｛解った解った。話そう。ただしゲームは続けさせて貰う。アンタはそこで結果を気にしながらでも、例のビジネスの話でも存分にしてくれ｝

｛h3で量子に衝突。そう、それで、なんだったか。レホヴォトでDNAコンピュータが完成したんだったか｝

｛終了。私は船をさらに一マス右へ、君の量子に対し《押出》を行う｝

｛それで、また私をどこかの島に閉じ込めて、延々と機械相手にアコーマンをさせるつもりか？｝

｛私は量子を一つ、c8に置く。終了。君は都市をh5へ｝

｛ああ、アンタらS&Cの考えは解るさ。ECMの経済発展への貢献やら、先進的な技術の提供やら、立派な御託を並べるが、その根底にあるのはアメリカへの復讐だろう｝

｛覚えているとも。十年程前、私がアクセルロッドの上級顧問をしていた時代だ。君らS&Cは反集産主義を掲げ、この国に立て籠りアメリカと対立する道を選んだ｝

｛馬鹿を言うなよ。元はアンタらみたいな国際企業が租税避難地《タックス・ヘイブン》に逃げたのが発端だろう｝

｛いいさ。アンタらの戦略は解る。この国を作り変えたいんだろう。その為には私のような人間と、全く新しい技術が必要になってくる｝

｛今はまだコバルトの採掘や軍事の面で、アメリカに頼らざるをえない面があるが、そうしたものを手にした時、この国は世界の中心となる。それは地図上だけでなく｝

｛予言しても良いが、近い内に、この国の人間はアメリカの経済支配を脱して新しい国を作

り始めるはずだ。そうだな、この間会った刺青の男なんかは、リーダーとして実に良い素質がある〉

〈君はd7の木をd8へ。制止〉

〈まぁ急かさないでくれ。答えは聞かせよう〉

〈答えを聞かせる前に、少し昔話をしよう〉

〈せっかくログを取っているのだからな。私という、ロビン・ザッパという人間の最後の形を残しておくのも悪くないと思ったんだ〉

〈ああ、感謝するよ〉

〈そう、そうだな。自分を物語化するのは難しいが、やはり彼女のことから話そう〉

〈私にチェスを教えたのは母だったよ〉

〈子供の頃から遊びらしい遊びも教えられなくてね、いや、母も知らなかったのさ。だから彼女は、自身が祖父からさされたのと同じように、夕食後にチェスボードの前に座ったんだろう〉

〈彼女は典型的なアメリカ人の母親で、それでいて予定説を信じる、とても敬虔な福音主義者だった。ただ救われる日が来ることを信じていた〉

〈父が早くに死んだ分、厳しく育てられたし、日曜日の礼拝も欠かさずに連れてかれた。田舎の小さな教会さ〉

〈母は祈りを欠かさない。祈り続ければ、自身が神の御国に行けると信じていた。そうして

母はともすれば折れてしまいそうな弱い自分を、信仰の糸で結びつけていた訳だ｝
｛この糸を、あるいはなんと言うのかな｝
｛母は私が大学に行き、数多くのことを学んでいる間も、ただ堕落しないように、神の御国に近づけるように、自身の信仰を保ち続けた。そして同じくらい、私が正しくあることを信じてくれてもいた。だが、私は私で考え続けていたのさ｝
｛人間が死んだ後に行く世界のことだよ｝
｛母が望んだ神の御国、そんな世界は、この世のどこにも、況してや自分自身の脳の片隅にすら存在しないことを証明したかった｝
｛その理由はなぜか、と問われたことがある。それには、母が苦しそうに思えたからと答えた。母は神の御国に近づく一方で、この世界からは逃れたがっているように見えた｝
｛母が行くべき場所はどこにもないんだ。今ここで生きるしかない。救いもなければ贖うべき罪もない。そう言いたかったんだ｝
｛だから私は、まず模倣子《ミーム》の理論から宗教を論じた。それはただ人間の模倣と恐怖に起因する、無意味な行為の連続だと｝
｛人間が基本的なコミュニケーションとして獲得した行為。他者への共感を示す模倣、儀礼的行為の連続｝
｛この行為の連続が文脈を生み、生まれた文脈に誰かが意味を付加させる。意味《サイン》の発生。その意味から意味が再び生まれ、新しい文脈が生成される。自己複製子《セルフ・レプリケーター》。やがて単純なライフ

ゲームが複雑化するように、それは単純なルールの繰り返しの中で膨大なものとなっていく〉

〈そうして高度な進化を繰り返したミームは、感染者にアイデンティティを与え、それが正当なるものと思い込ませる。それ故、人間は自己のミームを他者に伝播させる為に強硬手段を取る。戦争や、暴力。こうしてミームは淘汰し合い、残りやすいように変容を続ける〉

〈話が飛んだな。とにかくも、母は結局、この宗教というミームにすがって生きてきた訳だ〉

〈それに気付いた時、私は彼女の人生が何よりも馬鹿げているように感じてしまった。母にとっての信仰とは、なんのことはない、人間が自己保存の為に生み出した、自分自身の影を遥拝し続ける行為だったのだから〉

〈私は自身の論文と合わせて、母にも解るような平易な書き方で本にした。そこで問題。彼女は私の本を読んでくれただろうか。信仰生活を捨てろとは言わない。ただ少しでも自分の人生の意味を問うてくれるだろうか〉

〈答え。日曜日、母は私の本を教会に持っていき、他の悪魔的な本と一緒に二酸化炭素に還元してくれた〉

〈彼女は信仰を捨てなかった。ミームに生かされ続ける道を選んだ母は、遺伝子の鎖ではなく、信仰の糸を選んだんだ〉

〈終了。ここまでだ〉

〈それがロビン・ザッパという人間の、人生の物語のほぼ全てさ。その程度、その程度の人生。その後に付随する、様々な物語は他人が勝手に記したものだ。アメリカを再生させた男、アメリカを殺す悪魔、市民大統領、声。いろんな呼ばれ方をしたし、名誉と不名誉の両岸を絶えず渡り続けた〉

〈しかしそれは、署名《サイン》されたロビン・ザッパだ。私ではない。私ではない、人々が自然と私に見た自分自身の願望の写し絵だ。私は何もしていない。奇跡の一つも起こしてはいない。唯一冊の本を書き、いくらかそれに対する答えを出しただけ〉

〈だが多くの人間は、私の吐いた言葉に、自分の見たい世界を見た。天国を欠いた世界。地獄を失った世界〉

〈個人の物語というのは、いつだって自己を補強する。国もそうだ。アメリカという国は、ロビン・ザッパという男の、作られた物語を使って強い国を作ろうとした。アンタらだって同様だ。私は何も自分が優れているとか、名誉があるとか言うつもりは微塵もない〉

〈誰にだって訪れる結果だ。個人の物語が他者の中で生きることとの結果〉

〈人は自己の叙述を他者によってストレージされ、初めて永続性のある連続体を手に入れられる。確かにそれは、もはや本当の自分ではないのかもしれない。本当の自己を喪失させ、物語となって拡大化、矮小化された人生だけが残るのかもしれない〉

〈なんのことはない、この私が説いたことは結局、母の人生と同じだった。ミームの中に自己を埋没させ、永遠を求めた心性だ〉

〔私は結局、何も答えを見出せなかった〕
〔いや、可能性は〕
〔私はf8に量子を置く、君は——〕
〔ああ、もしかしてずっと疑問に思っていたのか？　椅子に座った男が、ただぶつぶつと棋譜を朗唱しているとでも〕
〔目隠しチェス《ブラインドフォールド》だよ。頭の中で盤面を再現し、何度も何度も脳内で対局を繰り返す〕
〔トゥバンだよ。私の頭の中に残ったトゥバンの思考パターンを私自身がシミュレートしながら、私は何度もあの日の戦いの決着をつけようとしている〕
〔しかし、今にして思うよ。アコーマンというゲームが、人間に何を伝えるのかを〕
〔私はそれを、他者のミームをシミュレートする能力ではないかと思っているんだ〕
〔アコーマンを続けた人間は、私がそうだが、頭の中で相手の最善手を予測できる。もちろん、チェスよりも複雑なこのゲームで相手の次の一手の全てを想像するなんて、途方もないことだろう〕
〔だが不可能ではない。量子を動かした未来、病を動かした未来。その次に木を動かすか、船を動かすか。頭の中で自身と相手の手が繰り返され、次々と盤面が動いていくんだ〕
〔ありとあらゆる可能性が、自分の頭の中で浮かんでは消える。未来の全ての可能性が生成消滅を繰り返し、それらが自然と自分の中で蓄積される〕
〔それは単なる盤上遊戯での戦略に過ぎないかもしれない。だが、それを敷衍すれば、人間

のあらゆる行動がシミュレートできる可能性を生む〉

〈つまり、ミームを自身の中で演算できるようになる〉

〈難しい話じゃない。遺伝子の配列を重ね合わせたようなものだ。個人のあらゆる行動に伴う、脳細胞の発火部位、その接続の関係。個人差は多様だが、計算できる範囲内だろう〉

〈ミームとは即ち、人間の持つコーデックなんだ。人はあらゆる文化事象をコード化し、自身の脳内にあるミラーニューロンにおいて接続する。接続された文化事象は、個人の行為となってデコードされる〉

〈祈りの文句を誰もが知っていた訳じゃない。それは親から、あるいは宗教者から、事あるごとに聞かされた結果覚えたものだ。覚えたという行為は、脳内でコード化されたという事。次にそれを自身が扱うようになれば、文化を継承したことになる。ミームは複製され、他人の脳の中で動き始める。そしてまた、どこか別の誰かに文化を継承させる〉

〈そして人間は文化を作り、ミームを複製し続ける。そして再び、それは誰かの脳の中で神経細胞を発火させ、遺伝子の都市を造る。そうして繰り返し、繰り返し、造られ続ける。遺伝子が人間を、人間がミームを〉

〈終わることのない二重螺旋。いや、違うか〉

〈これは輪廻の輪だ〉

〈そうだな、そう。だからこそ苦しむという訳だ〉

〈f8の量子に対して私は次に——〉

〈そうか、次の一手は将棋なら打ち歩詰めというところか。しかしアコーマンならばルールの範囲内だな。相手の陣地の中に次々と量子を打ち込んでいく戦術。それによって最終的に、相手の手を自然と支配していく結果になる〉

〈量子、量子か。量子を相手の中に入れて――〉

〈ああ、なんだ〉

〈そんなことか〉

〈なぁ、アンタ。少し聞かせてくれ。S&Cはどういうコンピュータを作ろうとしているんだ?〉

〈そうか、DNAコンピュータか。四種の塩基を演算素子に、電気泳動させた模擬DNAから解を取り出す。いや、それだけじゃ詰まらないな。人間だ、人間の体内から解を取り出せば良いだけだ。人間の体内には無数のDNAが詰まっているんだから〉

〈量子はミームだ。これを陣地に打ち込んで、スティルメイトの形を作る。いや、そんな単純な訳はない。だが、スティルメイトを脱する為に相手は手を動かす〉

〈そうだ、同じじゃないか。人間のDNAの行き詰まりから、新しい戦略を取り始めるんだ。人間は、人間の。ああ、そうだ、DNAコンピュータの話だったな。これも同じだ。単なるDNAの配列だけでは限界が出る〉

〈DNA自体の配列からイメージを取り出す。重ね合わせの状態で演算を行えれば、そこを超えることができる。人間一人だけじゃない、無数の人間を横に繋いで、彼らの脳内で発生

するミームの配列、その糸からタペストリーを織る〉

〈ミームの発生に関する行為のアルゴリズムからもアプローチできるはずだ。いや、まだ。そう、個人のDNAから演算するだけでなく、ミームから総体としての人間を捉えれば、その文化事象の発生そのものをコントロールできる。なんだ、可能性はこんなにも広がっているんじゃないか〉

〈それだけじゃない。文化事象の発生をコントロールできるということは、人々の間に生存に有利な状態のミームを伝播させられる。恣意的にだ。できるはずだ、人間の中に埋め込まれたパターンを自動的に織っていく。その為に遥かに高度にミームを操れる人間がいて、いや機械でも良いのか、そうした存在が社会を安定した方向に導く。戦争を回避し、経済においては他国を凌駕する、世界に相対する戦略を常に思考できる存在〉

〈ミーム、ミームコンピュータだ〉

〈おい、アンタ、名前を教えてくれ〉

〈解った、ワイスマン。私は再び君らに協力しよう〉

〈まずは外側、トゥバン、いや新しい思考機械が必要だな。それが用意できたら、次は対人戦だ。君らで人を用意してくれ。選定には私も関わる。より相応しい人材との対局が望ましいが。さて〉

〈どこへ行くのか、だって？〉

〈私は再び対局を始めるだけだ〉

〔古い北極星から、新しい星へ移り変わる〕

《Gift 5》 ―贈与―

祝福の声があがり、その光景を祝う為の様々な楽器が打ち鳴らされた。

次の認知が訪れた瞬間、私はそれを一つの錯覚のように受け取っていた。モデカイトの教会、その側廊上階の席から中央の身廊を通る一組のカップルを見ている。旧式通りの黒い礼服に白いドレス。辺りには鮮やかな色をした花が撒かれ、集まった各々がモデカイトの伝える聖歌を、竹笛と太鼓、金盤を伴奏にして豊かに歌い上げている。

中心のカップルは、この島の人間だろうか。しかし新婦が体に香油を塗って、健康的な褐色の肌を晒すような風俗は既にない。飽くまでキリスト教的な姿で、二人で並んで、幾本もの聖なる槍が飾られた内陣で待つ代教父の前へと進んでいく。

ここからは新郎と新婦の顔は見えない。だから、もしかしたら、と、そう思う私に、この音楽に溢れた教会は一つの幻像を見せた。

「イリー」

新婦が微笑んだ。

ベールの下で彼女が、紅い唇を見せて。

「君と同じ国に生まれたかった」

新郎が声を掛ける。青い瞳で。

「そんなこと。どこに生まれても、最後は一緒になるのよ」

新郎は新婦のベールを取り去り、大きく違えた背を屈ませて顔を寄せる。いつまでも一緒だと誓って。彼女を愛した。彼女の家族を愛した。彼女の国を愛した。自分を形作る全てのものだと思えたから、それらを愛した。

私達に子供ができたなら、いつか太平洋の島々に行こう。私達が二人で訪れた多くの世界を見よう。彼らに伝えていけるように。私達の人生がいかに豊かで、幸福であったかを。

私に。

「教授」

その声に、自我の認知よりも先に体が反応した。

「ノヴァク教授」

顔を上げて目を開くと、広い教会の振水灯《ソノルミノ》の照明が朧にぼやけて視界を満たす。いくらか目を瞬かせてから、声の方に向き直り、ヒロヤの顔を確かめる。

「ああ、少し微睡んでいたようだ」

ヒロヤも私と同様に、側廊上に設けられた席に腰掛け、階下を見下ろしていたのだろう。

ゆっくりと認知の平野に降り立ち、今日が五月十二日、私がバベルダオブ島の首都であるメレキオクに入った、その日の夕方であることに思い至った。

「あの結婚式は、君の親戚のものか、モデカイトの形式のようだが」

「いいえ、関係ない外国人の恋人同士によるものです。モデカイトの教徒ではないらしいが、こういう時の役目も専ら教会が取り仕切るので」

「そうだったか、君が連れてきたんだったか。市場を見てから、それで大環橋《グレートサーカム》からの幹線道で結婚式に向かう行列を見て」

「行列を見て結婚式についていくことにしたのは貴方ですよ、教授」

「そうか、いや、そうだった気がする。すまない、まだ主観時刻《タイムスケープ》の設定で、このスケジュールでの認知にズレがある」

頭を振り、再び眼下の光景を見遣る。

振水灯の灯りは人々を静かにさせるというが、やはり結婚という祝福の場にあっては、抗い難いエネルギーのようなものがあるのだろう。この場に集った誰もが、熱に浮かされたように歓声をあげている。それは代教父によって祈りの言葉が捧げられ、新郎と新婦がいつまでも変わらない愛を誓い合う段で最高潮となった。

どれだけ時代を経ても、こうした古式の結婚の在り方を求める心は働くのだろう。人は儀式によって他者と集団から認められることを希求する。今こうして、恋人から夫婦へと移り変わる瞬間に。

そして年若い二人の男女は一通りの式典を終え、次いで身廊を反転し外へと出ていく。外では既に彼らの友人とモデカイトの信徒が合わさって楽団を作っていた。愉快な演奏と、力強いダンスが二人を取り囲んで繰り広げられ始める。

私とヒロヤも、他の参列者と共に外に出る。

外は夜、メレキオクの街の灯はコロニアと変わらない青白いものであったが、今ばかりは教会の外で焚かれた篝火が赤い色を道に添えている。

夜空に光を投げかける篝火が一度爆ぜ、小さな煤を作って風に飛ばした。

煤の飛ぶ先を見ると、遠景に隣立する墓石のような影が青く浮かび上がっていた。高層ビル群の中にあっても、一際高く、また荘厳な様子で矮小な人間を見守る建造物。

モデカイトの聖地バイ・カセドラル。

パラオの伝統的な家屋であるバイに似ながらも、尖塔を持ったパラ・ゴシック様式の大聖堂。何枚もの二枚貝が折り重なったような——あるいはタロイモの葉とも形容される——独特な外廊に、巨大な船を思わせる合掌造り《レカン》の屋根が乗り、その破風下の中央壁に巨大なステンドグラスが光を放っている。そこでは次々と、モデカイトの、つまりパラオの神話の情景を変光画で映し出している。全体をして、あるいは世界遺産のシドニーのオペラハウスやシティ・オブ・ロンドンのガーキンを思わせてくれる壮麗な建築物だが、総じて私の美意識の外の存在だ。

「明後日にはタモル会議があるので、その前後の期間中は街に火を入れるんです」

「燃料を使う光か。まさしく、この地域にとってはお祭りという訳だ」

「各種のイベントも、この日に合わせて設定されていますからね」

夕方から始まったのであろう結婚式の祝宴も、こうして教会での儀式を終え、後は年若い夫婦の物語に還元されるはずだ。彼らは恐らく、自国へ帰ってから、この瞬間を主観時刻の中で何度も味わうことになるだろう。

「この瞬間を永遠たらしめれば、死後の世界は必要ない、か」

私の言葉にヒロヤが僅かに眉を動かして、怪訝そうな顔を向ける。

「私は、妻と結婚した時にはログなど残さなかった。生体受像より前の世代の人体通信機構はあったが、とてもそんなものを作動させるつもりにならなかった」

彼女との結婚式も、同じような小さな教会で行った。日本のもの。その頃はキリスト教なんてものも、大いに廃れた時代だった。私達は単なる慣習として、ブライダル企業の用意したセレモニーの一部として教会を選んだに過ぎない。

それでも、今にしてあの時の光景を夢見にでも思い起こそうなどとは。

「妻は事故で死んだんだ」

ヒロヤの顔を窺うという訳ではなかったが、その時の何かを射るような目つきをつい覗きこんでしまった。黒い影と赤い火の色が入り混じって、彼の表情を玄妙に映し出す。

「死んだ後に、随分と愉快な宣伝が私の元に届いたよ。それは日本の新興玩具メーカーからのもので、そう、面白かったから文言だけは取っておいてある」

胸ポケットから一綴りの受像フィルムを取り出し、一枚を剝がして彼に渡す。そこには私の生体受像からコピーされた件の宣伝メッセージが貼り付けてある。

貴方の亡くなられた愛しい方ともう一度人生を。

不格好な英語の翻訳は生体受像の方で行った訳ではなく、元からついていたメッセージのものだ。

「これは、死んだ人間のログをコピーするということですか？」

「そうだな。生体受像に残ったデータを元に、精巧な人形に人格をAI化してコピーするだけだ。まるで亡くなった妻が、生前と同じように話しかけてくれるそうだ。どうだ、面白いものだろう」

宣伝コピーを見終えたヒロヤは、フィルムのリンクを閉じてから投げ捨てる。フィルムは地面につくより先に、組み込まれた酵素によって自動的に分解され塵に変わった。

「日本では大いに流行しているよ。夫婦や恋人でなくとも、死んでしまった父母や子供も対象になる。若くして死んだ我が子の人形と話し続ける老婆の話など、それこそ日本に行けばいくらでも聞けるぞ」

笑ってみせる私に対し、ヒロヤは表情を変えずに言葉を継ぐ。

「それで、教授は」

見透かされている、というよりも、理解して貰いたくて殊更に愉快そうに振る舞ったのだから、むしろその意図を汲んでくれたことに感謝しよう。

「教授は亡くなった奥様を蘇らせたいと、少しでも思いましたか？」

いいや、と。

「彼女の人生は彼女のものだ。それは確かに私の物語の一部だが、全てを手元に置くのは傲慢だ。だから私は、自分自身のログにもあまりアクセスはしない」

生体受像のログを再生すれば、故人の記録をいくらでも呼び出せる。死んだはずの人間との記憶を、何度でも物語として再生する行為。それは見ている側からすれば、悲しみを癒やす最良の方法だろう。その果てが、死者のログだけを取り出して現世に繋ぎ留める行い。

それでは死後の世界を失うのも当然だ。

「妻も、そして義父も、決して墓碑に刻まれた生前のログが全てだった訳がない。人は、単なる数字の羅列のみで記述されるものではない。生きているというのならば、それは私の叙述の中でだ」

だが、と続けかけたところで、篝火の中の固形燃料が一度爆ぜた。火の粉が飛び、近くに立っていたヒロヤの頬を焼いた。しかし、ヒロヤは全く動じることなく、こちらの話の続きを待っている。

「教授は、どこか後悔しているようだ」

「そう見えるか」

ヒロヤの言葉が、何か毒を含んだ酒のように、こちらの深いところに流れ込んでくる。

「奥様や、お義父上は決して生体受像のログだけの存在ではないと思っている。そして貴方は、そういった人達は自身の記憶、自分の物語の中にいることを信じている。しかし、それと同じように、貴方は貴方自身の記憶が断片化し、物語の中から去っていった人達が消えることを恐れている」

青い光は遠く近く、結婚式の名残りだろうか、街場の方では人々の騒ぐ声が聞こえていた。

「だから貴方は探しているのではないですか」

「何を」

「僕と同じですよ。去っていった者達が、本当にいる場所。自分の物語が、永遠に残る場所があるのかどうか。それが――」

彼がその先の言葉を言う直前、赤い炎の中で自身の影が揺らめいたのが見えた。


「教授?」

突如、前方から声が掛かった。

それを頼りに視覚を開いていくと、ヒロヤが夕闇の道に立っていた。

大環橋から島に続く、石壇《ペイ》の上に造られた高架道だった。

白く高い道。左右は百メートル弱の絶壁、波飛沫が絶えず打ち寄せるが、それも各水門《チャンネル》で調節されて道路上にかかることはない。青黒い海と、ただ赤い空の間を灰白色の道が貫いている。

「ヒロヤ、すまない。今は何日だろうか。主観時刻が正しく働いていないようだ」

「五月十三日ですよ」

「そうか、じゃあ第一スケジュールと同じ日だな。君の祖父に会った帰りか?」

「これから会いに行くところですよ。教授、貴方もです」

　唐突な叙述性の乖離に、皮膚が張り裂けるような感覚を得た。第一スケジュールから連続体として認知している今が、至るところから剝がれ落ちている気がする。

「教授、大丈夫ですか？」

「大丈夫だ。ただ直前までバベルダオブの教会で結婚式を見ていた。昨日のことのはずだ。それが予想外の挙動で今に繫がったんだ。主観時刻の不具合、いや、それにしては。まぁ、少しすれば直るはずだ」

　気を落ちつける為に、まずは道を歩くことに専念する。いきなり記憶の認知領域を拡張したりはできない。近くを見るだけ。例えばそれで、この道でも何匹かの猿が堂々と歩いていることに気付けた。そして彼らが向かった先を見ると、道の終端、遠くでバベルダオブ島を貫くゲルチェレチュース山が目に入った。こうした光景ばかりは、日本の山々を思い出させる。

「そういえばこの島に来るまで、青と白の人工の色しか見られなかったな」

　私は、石壇から地続きになっている沿岸に目を遣る。未だに残った緑の木々だ。虫は棲みつかないのか、不気味な程に静かな道。

「バベルダオブはこれでも少ない方ですよ。アンガウルの方がよっぽど森の木が多い。あそこは未だに天然の蟹もいますからね」

「へぇ、それは凄いな」

私は、森の中を歩くオカガニの群れを思い出していた。過去の記憶。懐かしい風景の一つだ。

「そういえば教授、明日はタモル会議ですね」

「そうだったな。講演の準備については大酋長のワイスマンから連絡も貰っている。あとは原稿だが、まぁ、今晩の内になんとかするさ」

笑い飛ばしてみたが、対するヒロヤは無言のまま、壇上で八分岐した道の一方、メレキオクの中心地を示した。その先に――ここから一キロ程の距離がある――、目視でも十分な高さを持ったバイ・カセドラルが聳えている。あれこそ、翌日のタモル会議の会場でもある。

歩きながら、私は考えた。

バイ・カセドラルはモデカイトにとって、最大の聖地であり、そこへの礼拝や信仰を教義にしている。これはかつてのキリスト教やイスラムが辿ったものと、何一つ変わってはいない。

人は自ら、進化という選択の中で――例えば羽を退化させた鳥のように――死後の世界を失った。だというのに、揺り返しのように、再び死後の世界を求める。人々にとって、その死の王国は、それほどまでに辿りつきたい楽園なのだろうか。

浜辺の老人のことを思い描く。

次いで、義父のことを思い出す。

そして最後に、自分のことを。

二つの記憶と一つの感情が帯状に思考を取り囲み、ようやく私は自己性めいたものを取り戻す。そうなれば、私の中から自ずと疑問は生じる。

「ヒロヤ、君は死後の世界のことをどう思う」

私の唐突な問いには、さすがに彼も思うところがあったのか、小さく首を振って答えた。

「僕には解りません」

「謙遜するな。君はずっと考えてきたはずだ。死後の世界がどこにあって、そしてどこへ行ってしまったのか」

ヒロヤは歩きながらもしばらく考え、そして道が二つに分かれるというところで立ち止まった。古い高架道には、いくつか数は少ないが波に浸食された痕が残る。それら時間が産んだモザイクが二人の足を捉える。

「昔、ある人が書いた本を読みました」

そう前置きしてから、彼は再び、私の方へと戻ってきた。

「今から七万年前、スマトラのトバ火山の破局噴火で、現生人類の大半が死滅するという事象がありました」

「トバ・カタストロフ理論だろう」

ヒロヤは頷く。

「その時に、人類は成層圏に届く噴煙と、次いで訪れた冬の時代を経験した。そして現実としての地獄を経験することで、脳の奥にその模倣子《ミーム》を飼い始めた。種としての絶滅から身を守る本能として、その時の記憶を、死後の世界の光景として受け継ぐ道を選んだ」

「よって人類はまず地獄を獲得し、その派生形として天国を想像した」

私が諳《そら》んじた言葉を聞いて、ヒロヤはその目を細めた。

「ロビン・ザッパの『天国のゆくえ』だ。私も若い頃に読んだし、今も文庫で一冊持ってきている。古典的名著だな」

ヒロヤは、やはり何も言わない。彼ならこれくらいの書物を読んでいて当たり前だろうし、本当はその先にある何かも考えているはずだ。だが、それでも彼は——

私と彼は、誰も通ることのない、バベルダオブの寂しい高架道で対峙した。

「やはり君は、私の知りたい答えを話してくれないな」

ヒロヤは何も言わない。

「いつだって、生体受像をかざせば知ることができる付箋情報《タグ・データ》のような説明か、誰かからの借り物の言葉ばかりだ」

挑発的な物言いに私自身驚いている。

「まるで自己の叙述を拒んでいるようだ。主観時刻も用いない。記憶体をストレージする素振りも見せないな。だがそれでも君は、一度だけ自分の言葉で話した。それが例の君の祖父と積荷信仰《カーゴ・カルト》についての論文だ」

もしかして私は、彼に苛立っているのか——

「だが君は、それさえも自分で否定している。私がリジェクトしたことなら気に病まないでいい。あれはただ、私が理解できなかっただけなんだ」

いや、羨《うらや》んでいるかもしれない――

「どうしてだ？　もう少しで、君は理解できるはずなんだ。死後の世界。死者の島だ。ニルヤの島。人類が失いかけている概念だ。それを今、新しいものとして生み出そうとしている。それを叙述するのが君の役目じゃないのか！」

そうだな、私はきっとヒロヤに嫉妬している――

私が必死に追い求めるそれを、彼は自分から放棄しようとしているのが、許せないのかもしれない。死後の世界を知らない子供だと、そう割り切れない。

「もう一度、君は自己を叙述するべきなんだ」

ヒロヤは、何も言わない。

私はそれが何よりも、寂しく思えた。

私は彼に嫉妬している。それ以上に、私は彼との断絶が心苦しい。私は最後まで彼のことを理解できないのだろう。私が望んでも得られない世界を、彼は初めから頭の中に持っている。死後の世界への、冷徹な眼差し。私のような大人が、なくしたふりをし続けている、目の前で門扉を閉ざされた王国とは別の、新しい楽園。

彼はそれを持っているはずだ。

それなのに、私は持っていない。

私は彼から、それを与えて貰いたいのに――

「行きましょう教授」

——彼はやはり、私とは違うのだ。

「きっと今日もゲルリンの浜にいるはずですよ」

ヒロヤはそれだけ言って、私の横に並ぶ。

「僕の祖父に会いに行きましょう」

彼は、そう言って何故か、自分のこめかみを指差した。

それはきっと、彼のクセなんだろう。

《Accumulation 5》 ——蓄積——

私はニイル。

そして彼はタヤと呼ばれている。その意味は知らない。

それでも私は全てを知っている。

タヤの赤い肌には、黒い三角形の刺青《ヨール》がある。それは彼が若い時に罪を犯した証であり、誇り高い海の民の証であり、潜水技師《ダイバー》だった証でもあった。

私は私が何をすべきか知っていた。

私は知っている。


私はタヤとすぐに仲良くなれた。

私はタヤの好きなものを全て知っていたし、タヤが何をすべきかも全て知っていた。彼は私の全てを知らないけれど。タヤは私の言うことを聞いてくれた。いつも聞いてくれた。

私は正しいことを知っている。

私は、私より先に生まれた私の為に、そして後から生まれてくる私の為に、伝えて運ばなくてはいけない。

私は私の頭に指を当てて考える。


この国は、大きな橋と海と島でできたこの国は、新しい生き方を探していた。だから私は、タヤにも新しい生き方を教えてあげた。

タヤは私の言うことを聞いてくれた。

タヤは国を作っていく。私の言葉と彼の行動で。

そしてタヤはワイスマンという人と会っていた。私はワイスマンを知っている。彼の眼鏡をかけた優しい顔と、白い髪は見覚えがある。

私は自分の白い髪を撫でる。

きっと、あの人は私のお父さんなんだろう。

私はそのことを知らなかったから、次の私の為に知っておいた。

私はニイル。

もうすぐで今の私は終わる。


私はニイル。

私は橋の上にできた島にいる。

ちかちかと、オレンジ色の光が遠くの海で瞬いている。あの灯りは、海の向こうの橋のもの。この島の光は、全部青白い寂しい光になった。私は、島に来た時から、その光しか知らなかったはずなのに、なぜだか寂しかった。

昔は、もっと何か、いろいろなものがあった気がしたけれど、今はどこも青い屋根と白い壁の家ばかりだった。

私は、なぜか自分の左足が痛むことに気付いた。

私は私の時間が来たのを知った。

だけれど寂しくはない。私の次のニイルが、また貴方の傍にいるから。

私はニイル。

私はタヤのことを知っている。

タヤが私のお父さんであることを知っているけれど、私のタヤは私のお父さんではないから、私はタヤの傍にいる。

タヤは私を愛してくれるだろうか。

私は、タヤのことを愛しているのだろうか。

もしかしたら、私は私の中の何かが、タヤのことを愛しているだけで、私という存在そのものは、タヤのことは何も知らないのではないかと、不安になった。

私はタヤの全てを知っているけれど、私の全ては知らない。

私は私の時間が来たのを知った。

私は古いニイル。記憶と記録の全てを叙述して、次の貴方に伝えていく。

次のニイルも、タヤは愛してくれるだろうか。

私はニイル。海の向こうで待っているから。


私はニイル。

私はその次のニイル。

今また、一人の私が死んで海へと行った。海の向こうの島へと行った。

だから私は私の記憶を受け取って、私になって。

そうして私は、タヤのことを愛していこう。


ワイスマンが死んだ。

国の誰もが悲しんでいるのを、私は知った。

タヤはワイスマンの為の葬儀を執り仕切ることになった。モデカイトと呼ばれていた人達と一緒になって、沢山の人と沢山の音楽の中で、棺の中にワイスマンを入れて、どこかの海まで歩いた。

海まで来ると、沢山の物が詰まったカヌーの中にワイスマンを入れて、そのカヌーを海へと流した。遠くにオレンジの光が輝いていた。

　私達は私達の全てが知っている歌を唄って、ワイスマンが海の向こうの島へ辿りつけるように祈った。

《島々を巡るものは帆をあげていく《ング・オメケラン・オモイド・ア・ベルウ》》
《我々の母がニルヤで呼んでいる《エ・ティル・ガラ・ニルヤ・ア・デラド・ロレチャウ・クモン》》
《夜に航る船は北極星を見つけて《ユル・ハラス・フニャ・ニヌフアブシ・ミアティ》》
《私を産んだ母は私を見つけて《ワン・ナチエル・ウヤア・ワン・ドゥ・ミアティ》》

　ワイスマンはニルヤの島へ行けるだろう。
　全ての人は、やがてニルヤの島へ行けるだろう。

　私はもう、今の私が終わることを知っていた。
　私はタヤにお別れを告げる。
　ごめんなさい、タヤ。ごめんなさい、お父さん。
　これから先は、次の私が貴方を導くから。
　だから今はごめんなさい、私は先にニルヤの島で待っているから。
　私は終わる。
　ニイルは終わる。

そして次の私が始まる。
私はニイル。
そしてまた、次のニイルが始まる。
いつかきっと、タヤ、貴方もニルヤの島へ来て。
私は待っている。一つになって待っている。
私は貴方の全てを知っている。
貴方がどこへ行くのかも。

《Transcription 5》――転写――

「子供の頃、私はストックホルムの美術館で一枚の絵を見たわ」

そう言って、私は隣に立つトリーに話しかけた。

真っ直ぐに伸びた海辺の道。アンガウルの空に遠く煌めく無数の星と、道路の下方で打ち寄せる黒い波の音。ロマンチックな光景かとも思う。でも、きっと違う。

「ラーションの『冬至の生贄《ミッドヴィンテルブロット》』という絵」

傍らのトリーは何も言わず、あの浜辺から、ホテルに帰るまでの道を付き従ってくれているだけ。

「『冬至の生贄』は、神話の場面を描いたものだった。古代のスウェーデン王ドーマルディが、大地に豊穣をもたらす為に生贄となる瞬間の絵。新しい王の時代になると、先王の血によって長く豊かな時代が続いた」

それは記憶の中の絵。

殺される為に司祭の前に引き出された裸の王。それを囲む楽隊と、悲しみをまとって踊る女性達。

先ほどまでの光景は、その絵の模倣だったのかもしれない。

赤茶色の少女を海に流そうとしたケンジ。罪を背負った彼に黒い代教父《パードレ》が正対し、さらに彼の背後を囲むように多様な色の布をまとった女性、竹笛や太鼓、金属の盤を抱えたままの統集派《モデカイト》の信徒が立っていた。

「王は新しい時代の為に生贄になる。新しい秩序をもたらす為にね」

「なるほど、それならミズ・マームクヴィットの言う通り、我々はあのケンジという男を殺さなくてはいけなかった。この島の秩序の為に」

トリーの悪態が、いつもよりも鋭く誰かを酷く傷つけるような物言いになっているのに気付いた。

「貴方は、私がしたことが間違っていると言いたいのかしら」

「いいえ」

彼は首を振る。暗い夜道で顔をぼやけさせながら。

「彼を赦してあげて欲しい」

私がそう言ったのは、あの浜辺で事件の事後処理をしている時だった。

ケンジという男は、赤茶色の髪の少女を誘拐し、殺害しようとした。そんな不確かな罪状を言い立てられ、また積極的に否定もせず、ただ呻いていた彼。その扱いを持て余したのは、当の赤茶色の髪の少女の母親や統集派の信徒だけでなく、この島にあって交通整理程度の役目しか担わなかった警官も同じだった。

「彼のしたことを、赦してあげて」

既に赤茶色の髪の少女と、その母と思しき人物は別の警官と一緒に現場を去っていた。残されたケンジの処遇を決めかねていた彼らにとって、私の嘆願は場を収めるのに都合が良かったのかもしれない。

結局、ケンジは警察署に連れていかれることにはなったが、裁判などに発展することはないだろうと言う。私の言葉を取り次いでくれた代教父も、丁寧な感謝の言葉を述べて去っていった。

その時のやり取りを通訳していたトリーは、始終その顔をしかめさせていたけれども。

「あの男はね、ミズ・マームクヴィット」

ホテルの生け垣を照らすオレンジの光に、トリーは顔を晒している。去り際の彼との、いくらかの会話。

「どんな行動原理があったのかは知らないが、あの小さな子を海に流そうとした」

そうね、と短く。

「あの男は、娘を殺そうとしていた。子殺しだ。赦されるものじゃない」

「それは違うわ」

私は向き直り、屹然とトリーに言葉を返す。

「何が違うんですか」

「彼は――」

と、自分の口を衝いて出ようとしている言葉を意識する。

「あの子を」

——あの子を死者の為の国に送ってあげたかったから。

ニルヤの島へ、ニルヤの島へ。

私は自然と、あのケンジという男性の行動の理由を理解していた。いや、境遇も感情も私と全く同じという訳ではない。だけれど、私にとって彼の行動はとても正しい行いに思えた。

赤茶色の髪の少女。天国の不在論争も統集派もなく、その頭には何も映されていない、ブランクな存在。彼女は、自らの魂が行ける場所を失ってしまった。自分の親や、親の仲間が行ったはずの世界に、彼女は辿りつけない。それを知った時に、彼女がこの世界に本当に一人で取り残されてしまうように思ったはずだ。

それは怖いだろう。それは悲しいだろう。

そうした恐怖を抱えて、統集派の葬儀に参加した。海の向こうにある死者の国へ送る為の儀式。それを見て、思ってしまった。もしかしたら失ってしまったはずの、死後の世界を少女にもう一度与えられる。仲間の、親の元へと帰すことができると。

そんな風な、とてもシンプルな信仰が芽生えて。

あの子に、もう一度死後の世界を与えられると、信じたかった。

「彼は私と同じなのよ」

私の言葉の意味が解らないというように、トリーは肩をすくめてみせる。

「とんだ騒ぎだ。とても愚かな狂乱っぷり。貴女もそれに呑まれたんでしょうよ」

そう答えた彼の顔は、今までの諧謔的なものとは少し違う、本当に心の底から何者かを蔑むようであった。

夜は訪れる。救いの熱を保っていた黄昏は過ぎ去り、私とトリーの間を隔てていた影は、今こそ浮かびあがってきたのかもしれない。

「これまでにしましょう。おやすみなさい、トリー」

お互いに傷つけ合うことになる結末を恐れて、私は踵《きびす》を返し、足早にホテルのポーチへと向かうことにした。

「ミズ・マームクヴィット」

その背後からの声に、私は一度だけ彼の方を向く。

「貴女は慈悲をかけるべきじゃなかった」

遠くヤシの木の間で、星が輝いていた。

「俺は情けをかけなかった。あんな風に浜辺で跪いた爺さんを、俺は」

呻きに近い、その後に続く声を、私は聞き漏らしてしまっていた。

その日から少しして、私は統集派の集会に呼ばれるようになった。

最初にその誘いを伝えてくれたトリーは、最後まで厭そうな表情を浮かべて、決して私と一緒に参加してはくれなかった。

統集派の代教父は英語ができたので、意思疎通に関して不都合はなかったけれど、それでも教義の重要なところなどは理解できなかった。ただ海辺の小さな教会で、彼らと一緒になって聖歌を唄うことだけは、何よりも楽しく思えた。

古くて小さな教会だった。いつの時代からあるのかも解らないキリストの像を中心に据えて、その横には彼らの独自の信仰だという、古い聖なる槍が何本も壁に立てかけられている。それは彼らの先祖の象徴であるという。

この教会は、元は集会に使うバイを改築したものらしい。それも以前の葬儀の際に行ったようなものとは違う、女性専用のものだったという。統集派が大きくなったのは、酋長と男性、女性との間で分かたれていた身分が、この教会の下では平等であるという考えが強く働いたからだろう。

統集派を支えたのは、多くの力強く生きる島の女性達だった。

まずは若い女性、次に年嵩の女性に信仰された統集派。次に長老集団から離れた低い身分にある男性達が集まってきた。それから時を経て、彼らの子供が同じように信仰を始める。親族集団が横に広がり続け、統集派はこのパラオで最も大きな宗教、そして最後の信仰を残したのだ。

相互扶助と利財。統集派の掲げるそれらの徳目は、かつての紛争で疲弊したパラオの住民を大きく支えたのであろうし、彼らが朗詠する聖歌はなんとも愉快であり、かつ神聖で力強い響きを持っている。

そして何より、彼らは私が失った世界を見せてくれる。

最初はこの島に来たのだって、単なる逃避に過ぎなかった。

脳科学と模倣子工学の兼任講師。我が母校で得たそんな肩書を、ただ確かめ続けるような生活に飽いて、アンガウル島のサルの伝播の研究という目的でこの島を選んだだけ。どこでも良かった。私を知らない人間しかいない場所で、ほんの小さなバカンス気分で過ごせればと、そう思っていただけだった。

だけれど、この島は私に様々なものを与えてくれた。

例えば、今もこうして私に懐いて一緒に歌を唄うことをせがむ、あの赤茶色の髪の少女だってそうだ。彼女の名前は今でも解らないし、代教父の話では、元々この子の母親が名付けなかったのだとも聞いた。

「マクーフ」

だから私は便宜的に、彼女の母親が使っていた言葉を使うことにした。

マクーフは何も言わずに、ただ笑って私が教えた聖歌を一緒に唄ってくれた。時には聖歌ではない、私が聞いたことのない別の歌を彼女から教えられて一緒に。

「マクーフ、貴女はお母さんと離れていて寂しくはない？」

彼女の身重の母親は、これまでの様々な経緯が祟ったのか、現在は島内の小さな病院にいる。マクーフは、今は一人で、教会に隣接する家で代教父の元に預けられている。

「良い」

簡単な英語で、そう答えて彼女は笑う。

決して良い状態という訳ではないと思うが、適当な単語が考えられなかったのだろう。彼女自身、ずっとあのケンジという男と一緒に生活していた訳で、いきなり母親というものが現れても戸惑うことの方が多いのかもしれない。

「嬉しい、嬉しい」

いくらか英語を話すようになったマクーフ。しかし、そもそも言葉というものをあまり理解していなかったのか、彼女は自分自身の感情を外に向けて表現する力を著しく欠いていた。それでも、花のように笑ってみせて、自分が唯一理解できる感情をこちらに向けてくれた。

私はそのことが嬉しくて、ついいつも彼女と過ごすことを選んでいた。

だけれど、変化はいろんなところで訪れる。

私の島での生活の中に、統集派の人々が入ってきた一方で、トリーは私との接触を避けるようになっていた。連絡は取れるけれど、何かと用事を言い立ててこちらに合わせてくれはしない。

ガイド料はいらない、と言うのだから、本当はこれで解雇なのかもしれないが、私の滞在中は彼に案内して貰うことになっている。けれども、それ以上に、私は彼のことが気になっている。あの諧謔的な笑みを浮かべて、地元の人間を、その土着的な風土を蔑んでいた彼。

そうしている内に、ついに彼の方から、島を離れるから、ガイドの契約を破棄したいという旨の連絡が入った。

私はそれを受け入れたものの、胸の奥には拭いがたい感情が残る。

トリー、貴方がもしも苦しんでいるのなら。

「悲しい、悲しい」

その日、私の顔を見て、マリーフがそう言ってきた。私は彼女が私に注意を向けてくれた喜びと、その原因となったトリーへの感情を意識した。

「私、あの男の人と話をしなくちゃ」

マクーフからは曖昧な笑みが返ってきた。

私は夜になって、トリーの元を訪ねようとしていた。彼に何か強い不満があるのなら、それを聞くだけでも、と。だけれど、そんな傲慢な善意は果たされることはなかった。彼のアパートの近くまで行った時、一つの影が走り去っていったから。

バイクを駆り、大通りを抜けて海の方へ向かうトリーの後ろ姿。

「どこへ」

暗い道を挟んで私の声が届くはずもなく、彼の残した赤いテールランプも残像となってすぐさま消えていった。

その道の先にあるものといえば統集派の教会だけ。私は去来する一つの不安を確かめる為に、トリーの去っていった方へと足を向ける。

やがていくらか歩いたところで、通りから逸れた教会に続く小径の路肩に、トリーが乗ってきたバイクが置いてあった。

トリーは一人で教会に向かったのだ。

私は彼を追う。やがて半開きになった教会の扉が目に入り、私は意を決して中へと踏み込む。中にいた人物は、月明かりを受けて僅かに顔をしかめた。しかし、その直後には何事もなかったように、従前の行為を続けることを選んだ。

「トリー」

「ミズ・マームクヴィット」

彼は教会の奥に飾られていたキリストの像を引き倒していた。そして今また、手にしたハンマーを振り上げ、空気を切って、それに向けて大きく打ち付けた。鈍い音が暗い教会の中に響く。続けてトリーは何も言わずに二度、三度とハンマーを振り下ろした。

「どうして、こんなことをするの」

私がようやく絞り出した言葉に、トリーはいつもの悪態で答える。

「奴らに教えておかなきゃいけないんです。死後の世界なんてものはない。死んだ後に救われることなんてないんだ。天国も地獄もこの世にあるんですよ」

何度目かの打撃で、ついに古い時代の救世主は打ち毀《たお》され、首と四肢をバラバラにして木の床に転がった。

「トリー、貴方は何を憎んでいるの」

私は教会の暗闇の中で、彼と対峙する。

「こういった古臭い宗教、信仰の全てですよ。ECMはこれから先進国になる。こんなものは残ってちゃいけない」

外から漏れる明かりに目が慣れてきたのと同時に、トリーは煙草を取り出しておもむろに吸い始めた。私のガイドをしている時は一本も吸わなかったそれを、こともあろうに教会の真ん中で、赤い火と灰色の煙を見せつける。

「こんなこと、俺が若い時にはよくあったことですよ。バベルダオブの方じゃ、こんなもんじゃ済まなかった。そこら辺の教会なんざ、目についたところから何人もの人間が押し入って斧で壊していったんだ」

私は彼の行いが、いつかの行動の追体験であると気付いた。彼は、彼自身がかつて得た行為の結果を今また取り戻そうとしているのだ。それは死後の世界を否定する自分。そして彼は、その否定する自分が否定されるのを恐れている。

「貴方は天国の不在を訴えていたのね」

「あることが前提みたいな言い方じゃないですか、ミズ・マームクヴィット」

煙草の火に照らしだされた彼の顔は、どこかあの、チリソースをかけられた哀れなカニクイザルのように歪んでいた。

「勘違いして欲しくないんですがね、ミズ・マームクヴィット、俺は自分から積極的に天国の不在を訴えていた訳じゃない。最初はただ、仲間達と一緒に先進的で豊かな国を作ろうと思っていただけで、その結果として天国だなんだと古臭いことを信じていた老人連中と対立したんですよ」

「ええ、思想信条にまで私は口を出さないわ。でも今、貴方がやっている行為が、貴方にとってどんな意味を作るの？」

「さぁ、もしかしたら俺も死後の世界なんてものを信じそうになってるのかもしれませんよ。それが怖くて堪らないから、いっそ壊してなくしてしまおうとしている」

　トリーはここで煙草を吸い終えたのか、予想外なことに床に捨てる訳でもなく、ポケットに入れていた携帯灰皿に押し込んだ。

「煙草は捨てませんよ。俺はマナーがなってる。西洋人が見下すような奴らとは違う。それにさっき、この辺に灯油を撒いたんだ。事が済んだら燃やしてやろうと思って」

「トリー」

　私は一歩踏み出す。

「やめてくれ、ミズ・マームクヴィット。俺はアンタを尊敬している」

　そう言うトリーだったが、次の瞬間には右手でライターを、左手に腰から引きぬいた小さなナイフを構えていた。

「それは、トリー、私がただ西洋人だから、西洋社会の住人だからそう思うだけよ。先進的で進歩的な国。でも、そんなのは誤解ね。向こうは向こうで何もないのよ」

　もう一歩近づいて。

　そう結局、どこも同じだった。どこだって愚かで馬鹿げた信仰があって、今度はそれを否定する為に馬鹿げた話が生まれて。それのせいで、誰もが一度は死後の世界を失った。本当は失ってはいけない、その魂が行くべき場所を。

「トリー、やめなさい。これでは貴方に罪が」

一歩、さらに踏み込んで、私はナイフを構えたトリーを見据え、一瞬、彼が怯んだ隙に手を取ろうとする。私が手を伸ばした瞬間、トリーは身を引いた。

一歩、二歩、踏み込んで、彼の手を。

手を。

「やめてくれ！」

何度も体を捻って、彼に寄って、暗い部屋の中で、何度も揉み合って私は彼のナイフを持っている方の手を摑んだ。

チラチラと揺れる小さなライターの火に、お互いの影が付いては離れる。それらが重なって倒れたのが、他人事のように思えた。

「ミズ・マームクヴィット！」

トリーが絶叫した。

「やめろ！　アンタ！　おい、気付いてないのか、アンタ」

その時、彼の手を取っていた方の手に湿ったものを感じた。

「アンタ、ナイフが刺さってる！」

彼の声が耳に届いた時、私の下腹部から何かが溢れ出てきた。

ああ、この感触はいや。

いやよ。

「やめろ、マームクヴィット！　もうやめてくれ！」

あの時と同じように、私の腹の中を銀色のそれが掻き出そうとしている。

「貴方も」

私は下腹部から溢れる不快感の塊を、必死に押さえつけて。

お互いの両手を濡らしながら、私はそれでも、彼の手を取ろうとする。だが、どうしても腕に力が入らない。

その時、私の顔に、自分の腹部から溢れるそれとは別の液体が振りかかった。

呻いたトリー。

その拍子に彼の体は弾かれるようにして、私の下腹部にナイフを刺したまま体を離れさせた。彼の手から抜け、火を灯したままのライターが床を転がる。

小さな火の灯りが、二つの影を浮かび上がらせた。

一つは右の肩を押さえたまま床に伏し、苦悶の表情を浮かべるトリー。

もう一つは、手に錆びついた聖なる槍を構えた少女の姿。マクーフ。マクーフの、何も浮かべていない顔。彼女の顔と、その手は赤い血に塗れていて。

「マクーフ」

私は彼女の名前を呼ぶ。

そうすると、無表情だった彼女は、いつもの花のような笑顔に戻って。

「助けて、助けてくれたのね」

私は血が溢れる下腹部を庇いながら、右手だけで彼女を引き寄せる。血のついた聖なる槍を捨てさせ、そのまま片手で強く抱いた。

それは一瞬だったのかもしれないし、永遠だったのかもしれない。次の瞬間には、転がっていたライターの火が木製の床を舐め、そこを覆っていた灯油から青い炎を呼び寄せた。

波のように広まっていった青い炎は、木の壁に辿りついたところで赤い色に変わり、部屋の全てを照らしだす。

「ああ」

炎が教会の梁に辿りつこうとしている。

幾本もの聖なる槍が、次々と炎に巻かれ倒れていく。床に転がったキリストの像が、床の炎の尾に絡め取られ茨の冠を変形させる。

「もう消せないわ」

腹部に手をやり、マクーフに肩を借りつつ、低く這うように床の炎を避けて進む。赤い色が溢れてきて。外の青と黒へ、早く飛び込んでしまわなくては。

でも、彼はずっと、その場で肩から血を流しているだけで。

「トリー、トリー」

私が声を掛けても、彼はただ、その場で体を丸めて。胎児のように。

「俺は、俺はどこへ行けばいいんだ」

「トリー、出るのよ。生きて」

この島で照りつける太陽は優しかった。こんな暴力的な熱さでなく。

「俺は、ここで死んだらどこへ行くんだ」

「このまま死んではいけない」

私は彼の体に手をかけ、必死に外へ出そうとする。力を込める度に、下腹部から漏れる血は量を増して噴き出すが、それよりも、私は彼を救わなくてはいけない。

「トリー、出て」

その時、私とトリーの手を引く者があった。マクーフ、いいえ、マクーフだけじゃなくて、ああ、代教父も。

救いを。


次に目を覚ました時、まず赤い空に輝く無数の星が目に入った。顔を横に向けると、数多くの統集派の信徒に囲まれ、腹部にタオルを押し当てられていた。反対を見ると、轟々と音を立てて、小さな村の教会が炎に包まれていた。

「トリーは」

私の声に信徒の一人が脇へ退き、それと同時に全員が一方向を見た。

その先で、私と同じように血に濡れた右腕を、タオルで押さえつけられたまま座る彼の姿があった。

「起こして欲しい」

言葉は英語だったが、私を介抱してくれている数名が、脇を支えた状態でゆっくりと体を起こしてくれた。

「トリー、生きてて良かったわね」

トリーは僅かに顔を上げてこちらを向いた。

「破傷風に気をつけなきゃ。あの槍、大分錆びていたから」

「ミズ・マームクヴィット」

トリーは顔を酷く歪めてから、一度だけ目を伏せた。

両脇で囲んでいた信徒が、彼を立ち上がらせる。事の経緯は既に警察に伝わっているのだろう。

「トリー」

私は炎を背にして、彼に声をかける。

「貴方はきっと、自分を罰してくれる場所を求めていたのね。この世界を地獄だと思って、ずっと苦しみながら生きてきた」

彼は答えず、赤く揺らめく影を顔に映す。

「罰はないわ。でも、貴方の行く場所は必ずあるはずよ。だから苦しまないで」

「それは」

「ニルヤの島。いつか貴方も、必ず辿りつけるはず」

私は手を伸ばす。乾いた血を拭うこともなく。

「それはありがたい」

トリーは背を向けて、左右の男に従うことを選んだ。

「でも俺は、そんなのはごめんだ。ミズ・マームクヴィット」

そう言い残して、彼は去っていった。

その時、背後で燃え続けた教会が、ここで梁を落としたのか、ばりばりと大きな音を立てて崩れた。その光景に、この場に集った数人の統集派の人々から悲痛な声があがった。

彼らの守り伝えてきた信仰の拠りどころは、一夜にも満たない、この僅かな間だけ夜を照らす光源となって消えた。

《Checkmate 6》 ―弑殺―

[Event 〝Échec et mat〟]
[Site 〝Nan Madol, Pohnpei ECM〟]
[Date 〝2062.06.02〟]
[Round 〝1〟]
[White 〝Kurtoğlu, Efrasiyab.〟]
[Black 〝Hydri, Beta.〟]
[Result 〝*〟]

｛少し話をしよう、クルトウル｝
｛面白い話を聞いた。どうやら主観時刻《タイムスケープ》という手法が確立したようだ｝
｛以前に話したな。何十年前、何手前だったか。今を延長することで不老不死を手に入れるという、あの類の話だよ｝
｛理論は簡単だ。生体受像《ビオヴィス》でデータ化された感覚と記憶を、順序を入れ替えて人間の脳内で

再生するというものだ｝
｛入れ替え可能な範囲は決まっているから、そこまでで記憶体をパッキングして、また別の順序で主観時刻を観測するんだ｝
｛今こうして流れている時間と、脳が認知する時間というのは実は関係がないのだそうだ。解りやすい例だと、夢の中で感じる時間だ。夢の中で何日分もの時間を経験したような感覚を得ても、脳が実際に夢を見ていたのはほんの数分だったりする｝
｛夢で言えば、もう一つ面白い例があるな。ジャーキングというのだが、君はどこかから落ちたり転んだりする夢を見て、体がびくりとして起きた経験はあるかい？　あれは不随意に筋肉の収縮が起きる現象なんだが、興味深いのは夢の内容さ。つい落ちた夢を見たから筋肉が反応したかのように因果関係を結んでしまうが、実際はまず筋肉の動きがあって、そこから目を覚ますまでの僅か数コンマの間に脳が夢の中で、筋肉が動いた理由を映像として再現するんだ。それが落下する夢の正体｝
｛解るだろうか、たった数コンマ秒さえあれば、人は脳の中で一生分の経験を処理できる可能性があるんだ。実時間上では既に経験した事実を、僅かな時間で並べ替えて、再び脳に夢のように見せることができる｝
｛それこそが主観時刻という技術さ。雑な喩えだが臨死体験で走馬灯《フラッシュバック》を見るのに近いな｝
｛これもまた、精神医療の概念から生まれたらしい。普段の生活では切り取られてしまうような、意味のない記憶が断片《フラグメンテーション》化するのを避け、全ての記憶が明確に意識されるように並

べ直すのだそうだ〉

〈そう、人は断片化を恐れるものだ。不老不死を望むのも、自らの記憶体が崩れていくことへの恐怖だ。そして、この恐怖が死後の世界という思想を生み出した〉

〈つまり個人が自らの人生を完全に叙述できずにいて、そこに無意味な空白がある限り、それを埋める為に別種のアイデンティティを用いる。それは時に国家であり、家族であった。それを敷衍すると自身を形作った先祖に行き着き、祖霊という統合された概念を求める〉

〈例えば、物心がついた頃から両親や、それに類する人間が傍におらず、唯一人、本当に唯一人で生きる人間がいると思ってくれ。彼は自分自身がどこから来たかを考える。年を経るにつれ、子供の頃の記憶は断片化し、自分自身の実存を疑い始める。自分は今、この瞬間に生まれた存在に過ぎないのではないか〉

〈そこまで極端な思考には至らないだろうが、途中で彼はこうも思うはずだ。自分には本当は両親がいて、その人達から生まれたのだ。今ここに両親がいないのは、彼らが死んでしまったから。そして両親は別の世界にいるんだ、と〉

〈両親、ひいては先祖という無数の断片化された自己のルーツが在ることで、個人は安心を得られる。空虚になった記憶体の穴を埋め合わせるんだよ〉

〈一方で、やがてその先祖達が現存しない理由を求め、彼らが別の世界へ行ったのだと考えるようになる。地の底、山の彼方、砂塵の果て、空の上、そして海の向こうにある、永遠の国だ。それこそが死後の世界の正体だ〉

｛故に断片化を恐れる個人は、生を終えた後に死後の世界へと行き、そこで先祖という概念に統合されることで自己の空白が完全に埋められると考えたのさ。死後の世界は個人の物語性の保険だった。今やそれが生体受像に溜まったログと模倣子行動学《ミメティクス》によって担保され、それが為に人は死後の世界を捨てた。当然の結果だったのさ｝
｛そう、模倣子《ミーム》については、君と幾度も話し合ったな｝
｛そういえば文化因子教義《ミモタイプドグマ》の理論が確立してから、今年でちょうど三十年経ったという、そういう記念的な意味合いもあるな｝
｛歴史から言えばＤＮＡコンピュータの登場が三十五年前、その頃から登場していた人体通信技術と組み合わされ、個人の体内にあるＤＮＡ自体をコンピュータに使う生体受像の技術が確立された。やがて生体受像は人々の生活を支えるようになり、感覚と記憶、つまり人生の全てを叙述するようになった｝
｛人生そのものの叙述は、個人の行動様式、つまりミームの発現すら詳細にデータ化することを可能にした。これによってミームの発現型を解析し、それを人間が自由に扱おうという理論が生まれた｝
｛それがミモタイプドグマ｝
｛ミームは人々の間で伝播する。この伝播を左右する因子、文化事象の基底。それらは人間の振る舞いを完全にシミュレートすることで、自在に操ることが可能だと考えられた。ミームの配列に手を加え、その発現型を人間が操作できるんだ｝

〔この理論を用いれば、人々の間に、食事を摂る前には奇妙な踊りを踊らせたり、映画を見る前は必ず手を洗うようにさせるといった、馬鹿げたミームを発現させることもできる。それが人間の進化に役立つ限りはね〕
〔ミームによって、人間が手に入れる文化を操作するという、一見すると傲慢な考え方だ。だが、その根幹にあるのは全て、人類という種の安定的進化の為の方策だ。隣人愛を説くだとか、戦争を回避する為にスポーツ大会を開催するといったミームを例に持ち出すまでもなく〕
〔とはいえ、このミモタイプドグマを演算し、実際に個人単位で稼働させることができる人間が果たしてどれだけいるだろうかね。私はせいぜい数人しか知らないな。イエスとか、ムハンマドとかいう名前の〕
〔一方で人間は進歩を止めない。彼らのような一部の、ミームの突然変異とでもいおうか、そうした人間の登場を待つことなく、人間を安定的に進化させられる方策も手に入れることになった〕
〔それこそがミモタイプドグマによって形作られた、ミームコンピュータだった〕
〔ミームそのものを演算素子に使うミームコンピュータが登場したのが十二年前だが、その進化は目覚ましいものがあるな〕
〔旧時代のコンピュータが1と0のみを演算素子とし、DNAコンピュータは塩基の四種、そこから理論的発展を遂げたミームコンピュータは、人間の振る舞いの一つ一つにDNA塩

基の配列パターンを見い出し、それそのものを重ね合わせ的に演算の素子とした｝

｛単純化して話すと矮小化してしまうが、そうだな、例えばこのＥＣＭの人口の中で生体受像を用いているのは全国民の九十八パーセント、約三千二百万人だ。そして人間の細胞の数は10^{14}、その一つ一つでＤＮＡは様々な接続と配列のパターンを見せている。つまり３・２×10^{21}乗。東洋数字で記すとしたら、32垓といったところか。それだけの数の演算結果が毎秒ごとに生成消滅を繰り返している｝

｛32垓種類の演算結果が、さらに絶えず変化し続けている。ミームコンピュータはそこからもたらされるパターンより解を取り出すことで、人類という種そのものが一生かかっても計算できない量を、いとも簡単にやってのけるという訳だ｝

｛実際にミメティクスとして使い、その計算領域の余剰範囲で、このＥＣＭの全ての物流や交通を管制しているのだから、実に素晴らしいものだね｝

｛しかし本来的に、ミームコンピュータはミモタイプドグマを演算する為の道具であって、人々を安定した進化に導く為のミームを発現させるものだ。その為の方策として、ＥＣＭは、というよりもＥＣＭを実質的に支配するＳ＆Ｃ社は、国民の中に安定進化をもたらすミームを植え付ける方法を採った｝

｛為政者を利用することもその一つだが、何よりも特異点たるミームを発現させ、それ自体をミームコンピュータの出力端末としたことが大事なんだ｝

｛無数の国民は並列化された演算装置、群体でのコンピュータだ。しかし、それをシミュレ

ートし、引き出す存在が必要になってくる。それこそがミームコンピュータとしての端末、筐体と言っても良い〉

〈ミームコンピュータの筐体は、人々の間で安定した生活を送るのに必要なミームを発生させる。このような場所に籠っていると解らないが、例えば伝染病を防ぐには国民の衛生観念を引き上げる必要がある。手を洗う行為、何かにつけて除菌する行為。あるいは死者がゾンビとなって蘇るなんていう伝説も、病原菌の媒介となる死体を恐れさせる為のミームと言えるな〉

〈宗教の教えなども言ってしまえば、自民族を安定的に生活させる為の方策だった訳だからな。いやしかし、イエスが個人でやっていたことを、我々は道具と大量の人間で代用しなければならないというのだから、まだまだという感じだな〉

〈さて、ミームコンピュータはシミュレートによって、ＥＣＭの国民が平穏無事に過ごすのに必要なミームを生み出し、自然と人々に伝播させていくが。そうだな、このミームコンピュータは人類の進化に対して、面白いものを提供するようになったな〉

〈ミームのクローニングだ〉

〈遺伝子のクローン技術というのは、今や普遍的事象ともいえるが、それと並行してミームのクローンというものも誕生した〉

〈生体受像を介して、同一の文化、同一の様式、同一の習慣を、いくらでも転写し、発現させられるようになった〉

〔その好例がモデカイトだな〕
〔彼らはまぁ、彼らの中で小さな変化を繰り返しているが、全てはミームコンピュータの演算したミモタイプドグマの発現型の一つだ〕
〔死後の世界の実存を説く宗教〕
〔私はこれが、人類という種の取った選択であると思うよ〕
〔我々が死後の世界を否定し始めてから、科学の進歩は目覚ましく、その極致としてミームコンピュータが誕生した。しかしそれは自らの演算の中で、死後の世界の実存というミームを、再び人類に植え付けた〕
〔人類が安定的に進化するのに必要なミーム。死後の世界というのは、もしかしたら、人類にとって、その遺伝子プールにおいて、欠いてはならない因子だったのかもしれないな〕
〔あたかも、そうだな、損傷したDNAが自ら修復しているようなものだ。損傷した文化因子を、ミームが再び修復している〕
〔だがDNAの修復というのは、常に変異を伴う。今までとは違う何か。その先にあるものは、私も解らないがね〕
〔そういえば君は、今から二百と十一日前に、久しぶりに船でナン・マトールを巡っていたようだな〕
〔あそこにも訪れたかな〕
〔コーンデレク、死者の為の島〕

〔古代のナン・マトールでは、死者はカヌーに乗って島々を巡り、やがて彼の島に辿りつくという〕
〔あの黒い岩に覆われた、何もない島が、死者にとっての王国だったのだろうな〕
〔そしてミームコンピュータも、それと同じような存在を演算した〕
〔ニルヤの島、だったか、そんな名前の〕
〔このECMの全てを覆う、ミームコンピュータは、その存在を人々に植え付けていく〕
〔そして人類は、遺伝子は、ミームは、次代へとそれを運ぶ。ミモタイプドグマに則って、自らを最も効率的に、最も安全に運ぶ機械としての人という乗り物《ヴィークル》を操って、自らの降りる先を探している〕
〔ミームコンピュータは〕
〔ふと思ったが、ミームコンピュータとばかり呼ぶのは、ログの文字数をいたずらに増やすだけのような気がするね〕
〔冗談だよ。今更、一バイトを削る為に文字数を減らすような、そんな無意味なことはしないさ〕
〔でも、そうだな、ミームコンピュータは面白い変化を遂げた〕
〔彼らは自分達のことを共通した名前で呼ぶな〕
〔だから私達もミームコンピュータを指してこう呼ぼう〕
〔ニイル〕

《Accumulation 6》—蓄積—

そこは清浄《タブグル》なものしかないと、金髪の彼女は教えてくれた。

私は、その場所が大好きだった。

まだ作っている途中だったけれど、とても清浄なもので満ち溢れていた。聖なる槍や、鳩、綺麗な天井画。全部が清浄なもの。

彼女は私に優しくしてくれた。

何もなかった私に、いろいろなことを教えてくれた。

聖歌《ケスケス》や神様へのお祈りの仕方、それから人が死んだ後にどこへ行くのかも教えてくれた。

人は死んだらニルヤの島へ行くのだと、そう教えてくれた。

私は、私の知ったことを話そうとするけれど、私はそれを彼女のように言葉にできなかった。それが堪らなく悲しかったけれど、私が何か言おうとするだけで彼女はいつも喜んでくれた。

優しそうな顔をして、金色に光る太陽みたいな髪と、眼鏡という顔を覆うガラスの向こうから、青い、海みたいな目で、彼女は笑ってくれた。

私は、この人が私の母親なのだと知った。

だから私は、この人のことをお母さんと呼ぼう。


ある時、私は、私が好きな場所で、お母さんが男の人と喧嘩しているのを見た。

男の人は、白い顔に白い髪をして、眼鏡というものをつけていた。だけれど、私はこの人が、私のお父さんだとは思わなかった。だって私は、赤茶色の髪をしているから。お母さんには似ていない。だから私はきっとお父さんに似ていると思う。だからこの人は、私のお父さんじゃない。

男の人は、難しい言葉を沢山使って、お母さんをいじめているように見えた。お母さんは、それを一つ一つ、受け止めているのが解った。

私はこの男の人が嫌いだった。

ようやく男の人が帰った時、お母さんは、自分が着ていた白くて柔らかい服を私に掛けてくれた。

私が寒い場所で、ずっと立っていたから。

私は自分が震えていることを知らなかった。

ある時、お母さんは私を連れて、真っ白で明るい部屋に来た。

私はお母さんから、その部屋にあるものを使って、好きなように遊んで良いと言われた。

だから、私は、私の好きなものを集めた。

花を。

それから鈴。

もう一度、花。

飛行機の模型。

本。蜘蛛の神様の話の本。

犬のぬいぐるみ。

私は犬より猿の方が好きだったけれど、ここにはなかった。


私は今日も、お母さんに連れられて白い部屋に来た。やっぱり同じように好きに遊んで良いと言われたから、私はそうした。

猿のぬいぐるみ。

今日は猿のぬいぐるみがあった。きっとお母さんが私のお願いを叶えてくれて欲しい物を置いてくれたんだと思った。

猿のぬいぐるみ。

犬のぬいぐるみ。

鳩の形をした笛。

綺麗な布のボール。

でも今日は、花がなかった。
私は花が大好きなのに。花がなかった。

そして今日も私は、同じように遊んだ。
猿のぬいぐるみ。
犬のぬいぐるみ。
女の子の人形。
木のパズル。

そして私は今日も。
犬のぬいぐるみ。
綺麗な布のボール。
今日はこの二つしか置いていなかった。

私は。
犬のぬいぐるみ。
犬のぬいぐるみ。
犬のぬいぐるみ。

私は、他にもっと好きな物があったことを知っている。

今日は、部屋に入ると、何も置いてなかった。

部屋に入る。
鏡。
一枚の鏡。
私はそれを見た。
私は、自分の髪が真っ白になっているのを知った。
鏡の中にいた私は、私じゃない誰かだった。

真っ白な髪。
私の髪は。
白い髪は嫌だ。私の嫌いな、あの男の人の髪。
あの人が、私のお父さんになってしまう。
嫌だ。
私は、あの金色の髪の彼女と同じが良い。
彼女。

彼女は、私のなんだったか、私は知らなかった。
私は自分の頭に指をつける。
私の友達が、こんなことをやっていた。
私の友達。
私の友達は、一体誰だっただろう。
彼女は、どこか遠くに行ってしまった。
どこだっただろう。
私も一緒に行きたくて。

私はお母さんに会いたかったから。
お父さんが、お父さんと、一緒にカヌーで海へ出て。
でもお父さんは死んで。
だからお父さんは、私を連れて。
そこで、私は、私の友達と会って。
でも、友達《ニィル》は。
彼女は。

彼女はどこか遠くへ行ってしまった。
どこだったか。
どこか、遠い、海の向こうの。

私は彼女の名前を知らない。
私はお父さんを知らない。
私はお母さんを知らない。
私は私を知らない。

私は何も知らない。

《島々を巡るものは帆をあげていく《ング・オメケラン・オモイド・ア・ベルウ》》
《我々の母がニルヤで呼んでいる《エ・ティル・ガラ・ニルヤ・ア・デラド・ロレチャウ・クモン》》
《夜に航る船は北極星を見つけて《ユル・ハラス・フニャ・ニヌファブシ・ミアティ》》
《私を産んだ母は私を見つけて《ワン・ナチエル・ウヤア・ワン・ドゥ・ミアティ》》

歌が聞こえてきた。私は、この歌を知っている。

ニイル。
そう呼ばれた。
だから私はそれが自分の名前だと思った。
それだけを、知っていた。
私はニイル。
私はニイル。
私はどこへ行けばいい。

《Transcription 6》—転写—

そこは、とても清浄なもので溢れていると思った。

あの焼け落ちた小さな教会に替わって、新しく大きな教会が建設され始めた。

統集派《モデカイト》の人達、あるいは地域の人々からの寄進だけでなく、何人もの有力な氏族《リネージ》のタイトル保持者が資金面で援助してくれた。

その発端が、私の読みにくい名前が様々な伝説と一緒に各地に喧伝された結果だと言ったら、貴方はどんな顔をするかしら。

私は建設途中の教会に入る。立派な建物だけれど、これでも西洋の教会建築とは比ぶべくもない。でも大きさとは関係のない、千万無量の清浄さが漂っている。

その全てが、私の中を通り抜け、満たしていく。

太平洋の小さな島の小さな教会で、私はかつて、自分がウプサラの大聖堂に初めて入った時と同じ気持ちを得られた。

そして私は、代教父《パードレ》の下で洗礼を受ける。

統集派の人だけでなく、島の人達にも、私が復活をもたらし、炎の中から生還した、なんて、そんな馬鹿げた噂が広まっていたから、私の洗礼を見る為に、島中の人々がアンガウルの浜辺に集まっていた。

私も代教父も腰まで海水に浸る。そして代教父は私の金髪に海水を注ぎかけ、全てが終わると、あちこちで歓声が沸き、音楽が奏でられ、浜辺で待っていた人達に出迎えられた。

「シスター・マームクヴィット」

私はそう呼ばれ、歓迎された。

ただ、そんな笑ってしまうような名前を最初に使った張本人は、遠い島へと去ってしまい、私の洗礼には立ち会ってくれなかった。


あの浜辺で出会った黒い髪の女性の出産と葬儀は、私が統集派のシスターになって初めて参加したものになった。

彼女は私の目の前で、生と死を同時に形にした。

彼女は既に何度も出産を経験していたらしいけれど、そのせいで体が弱っていたのだろうか、私が会う時は、いつもベッドの上だった。それに加えて最後の出産時は高齢だった。だから彼女は死んだ。産んで、死んだ。

彼女が産んだのは、男の子だった。日本人の名前を持った子だった。パラオの日本人。父親も日本人の名だというが、今は遠くで働いているという。

「あの人を赦してくれて、ありがとう」

彼女は最後の自分の子供を抱きながら、私にそう話しかけてくれた。

その言葉の意味を探ろうと声を掛けようとしたけれど、その時にはもう、彼女は目を瞑って安らかに眠っていた。

我が子を抱く彼女。それは時間にするとほんの一瞬だったかもしれない。だけれど、その今はいつまでも続いているように思えて、私はそれが清浄なものだと感じていた。

彼女は同じ統集派の信者の人達に、とても好かれていたのを覚えている。最後まで名前は解らなかったけれど、私は彼女に深い哀悼の意を示した。

ゲデレオの浜で、カヌーに乗せられ、花の中で眠る彼女。そして彼女は、私の祈りの言葉を受けて海へと流され、遠く、遠くの島へと向かっていった。

ニルヤの島。

彼は、ケンジはそう言っていた。

そしてその言葉は、私が復活をもたらしたという噂と同様に、島の人達の間で話し合われるようになっていた。あの人が言ったように、海の向こうにあるニルヤの島に、人々は死んだら行くのだと。

私は静かに祈る。

彼女が、ニルヤの島に辿り着けますように。

海。

その向こうで、私は私の記憶の底で、言葉を重ねていた。

貝殻の飾られた小さな部屋の隅のベッドの上では、白いカーテンが揺れていて、私はあの黒髪の女性と話したのを思い出す。

「マクーフは元気かしら？」

「あの子は、本当は名前がないの」

女性は唐突にそう言った。

そして彼女は話してくれた。

自分がかつて統集派として、産んですぐに死んでしまった子を、ゲデレオの浜で葬ったこと。その子の名前が、マクーフ。

その後、二人目の子供として生まれた、あの赤茶色の髪の少女。

彼女は話してくれた。かつて自身の夫と、娘であるあの少女がカヌーで海に出たことがあったのだと。しかし、後に彼らが乗った船の残骸が浜に流れついた。

「私は、あの子とアパタンが、夫が死んでしまったと思っていた。二人目の娘も、海の向こうに行ってしまったのだと」

しかし、その死んだはずの娘と再びあのゲデレオの浜で出会うことになった。その時、彼女は自身の最初の子と、あの娘を重ね合わせてしまったという。

死んでしまった我が子を、海の向こうの島へと流した彼女。

そして今度は、二人の娘が、海の向こうの島から来てくれた。過去の痛みを忘れさせてくれるように、もう一度。

私は、彼女が自分の転写であることに気付いた。


黒髪の女性の葬儀の後、私は死んだ彼女の娘、あの赤茶色の髪の少女と、彼女が最後に産んだ男の子を自分の子供にすることにした。

彼女は明るく花のように笑う。弟を大事そうに抱えて。

彼女は英語が喋れなかったが、それでも言葉を交わしていく内に、私は彼女の言いたいことが解るようになったし、彼女も私が言おうとしていることを解ってくれるようになった。

私は、救われている。

この南の島で、模倣子行動学の調査の為だけに訪れた小さな島で、私は私が本当に欲しかったものを手に入れることができた。

私は浜辺に娘と息子を連れて出る。

遠くでは、この国の全てを覆う予定の大環橋《グレートサーカム》の建設が続いている。夕暮れの中で、水平線にぽつぽつと機械の光が灯っていく。いずれ全てが繫がったら、もうここは小さな島ではなくなるだろう。

猿の鳴き声が聞こえた。

あの時のカニクイザルかもしれない。

風が吹いたのを合図にして、浜辺に無数の猿が現れ集団で固まって、海の向こうを見つめる。

彼らはどこを見ているのだろうか。彼らの行動は、彼らの遺伝子が全てそうさせるのか。子を作り、伝え、種としての存続を図る。

この子らを我が子にしたのだって、それは同じかもしれない。生存能力を著しく欠いた個体に対し、群体の余剰要員である私が育てるのが、種の保存という意味で最も効率的で利己的な判断だったと、そう言えるのだから。

もしくは人間の愛情も、全て遺伝子の働きに過ぎず、人は決定論的な世界で生きているとしよう。あるいは模倣子《ミーム》が、人間に対して、その利己的かつ本能的な生物としての生き方を覆い隠す為に、愛という言葉を作り出したのかもしれない。

それでも構わないだろう。

私は私の感情を、ミームの生んだ夢に委ねよう。

《Gift 6》―贈与―

意識が認知を呼び、この瞬間を観測した時、私は壇上に向かう舞台袖の長大な階段を上っているところであった。バイ・カセドラル、タモル会議の場。私が登壇し、喋ることになっているはずだが、こんなタイミングで切り替わることがあるのか。

やはり、主観時刻《タイムスケープ》の調子がおかしいらしい。予測している到達点とは別のスケジュールで推移しているようだ。記憶と物語性が乖離しすぎだ。明確な像を結んでいない。

自分の足だけを見ていたが、ここで前を向くと私の前を一人の女性が歩いているのに気付いた。案内役として先導してくれる女性。スタッフではなく、確か、彼女は。

「こちらです、イリアス・ノヴァク教授」

彼女は花のように笑った。白い髪を揺らして。

ああ、ワイスマンの傍にいた、秘書か何かだ。

私は彼女の横をすり抜け、青白い光で照らされた舞台へ歩き出す。だが、その時に気付いた。彼女は、以前に見た彼女ではない。顔も体型も違う。雰囲気はよく似ていたが、明確に別人だと解った。

姉妹か、何かだろうか。

これから大事な講演があるというのに、そんなことを気にしても仕方ないだろう。自分にそう言い聞かせ、舞台袖から中央の光の輪の方まで歩く。会場からは盛大な拍手が送られて来た。会場となったバイ・カセドラルの広大な扇形の席上には、千人規模の人々が詰めかけている。

演説台に立つ前に、背後に掲げられたＥＣＭの国旗――青地に月と行政地区の数を表す四十二本の条を持った星が描かれたものだ――への敬意を表す。

そして各タイトル持ちの有力者と、客席に座る一般聴衆へ一礼し、私はおもむろに口を開く。

「この国は、これ以上何かを求めてはいけない」

私の言葉に、どよめきが起こったが、それは想定内だ。


次の瞬間、服を着たままで下半身を浅瀬に浸し、波の押し引きに足を取られそうになるのを必死に耐えている自分の姿があった。

視界の先、ここより青い海の縁から、泳いでいたヒロヤが姿を現し、白い肌を太陽の下に見せつけた。

「ヒロヤ、今は十三日の昼か」

「そうですよ、教授」

ヒロヤの肉体が、透明な雫を伴ってこちらに晒されている。

「不思議だよ。なぜこの日のこの時間が、他のスケジュールから挿入されてきたのか、まるで解らない。この後、私は君の祖父に会いに行くはずで、それは第一スケジュールの後のはずだった。今はその中間にある。過去と未来の狭間。どうして、この時間だけ離れて設定されているんだ」

「それは多分」

その一言の後、ヒロヤは海の中に消え、次に現れたのは私の足元からだった。

「僕が祖父のことを話すつもりだからでしょう」

ヒロヤは私の足を摑み、這い上るようにして肩先まで顔を近づける。

「教授、僕は貴方に言われた通り祖父のことを伝えたい。祖父の人生を叙述したいんです」

「なら、したいようにすれば良いだろう」

「いいえ、告げることは容易いです。ただ、それを貴方の物語にするのは難しい。それを言う時がきっと貴方の旅の終わりになる。僕の認識が貴方の物語に関与してしまっている。だから恐らく、教授はこの国での主観時刻がおかしいのでしょう」

ヒロヤは再び海に潜る。飛沫が頬にかかるが、それはすぐさま太陽に蒸発していった。

「祖父は」

背泳ぎの体勢で少し泳いだ後、ヒロヤは身を波に預ける。

「祖父は昔、ペリリュー島で航海士《パリュー》をしていました」

　私は脳裏に、海の上でカヌーを駆る、あの老人の姿を思い描く。

「あれでも昔はエリート層にいたんです。大学で理学を学んでいた。ただそれでも働き口はなく、結局は自身の父と同じように島と島を結ぶ、定期船を動かす仕事を選んだ。そのこと自体は、時を経て彼にとって誇りに変わっていったのでしょう。カヌーから動力付きの船に変わっても、彼は多くの人や物を載せて、他の島へと渡っていたんです」

　大きく飛沫が上がる。ヒロヤが足を小波に打ち付けていた。

「ですが祖父は事故に遭ったんですよ。その時も、今みたいにカヌーを作って、まぁ今ほど規制の厳しい時代じゃなかったですから、それは解りますが」

　ヒロヤが話し始めている。

「ある時、アパタンという男性と、彼の娘を船に乗せることになった。その頃のアンガウル島は、内戦に近い状態でしたから、それを避ける為に別の離れた島に逃げるつもりだったらしい。アパタン以外にも、数多くの人が祖父を頼ってカヌーに乗った。祖父は彼らを助ける為に、船を海に出したんです」

　この国に来て、ここで初めて鳥の声が聞こえた。気のせいだったかもしれないが。

「しかし結局、祖父のカヌーはバラバラになって帰ってきた。一緒に乗っていた、多くの仲間も全員死んだ。僕には解らない。解らないが、祖父の目の前で、自分を頼った多くの仲間が、救われたかった多くの人々が命を落としていった」

　それは無念だろうと思った。

戦争から逃げようとした多くの人々と、それを一人で抱えて救おうとした男。僅かでも運命が違えば、彼の祖父はこの国の歴史に名を残す存在だったかもしれない。しかし彼に残されたのは、多くの人々を死に追いやった愚かな船乗りという烙印だけ。

取り戻せない過去から押し寄せる無限の後悔。それは地獄の日々にも思える。

「お祖父さんはどうしたんだ」

「生きていた、というのは答えじゃありませんね。運が良かったのか、祖父は長く海を漂流する中で、無人運搬船と行き会い、それにしがみついて別の島へと渡った。そして、彼は船にしがみついている間ずっと、唯一人生き残ったアパタンの娘を抱えていた。その少女を父親のいるところに送り届けることだけが、自分が人々を救おうとした唯一の証拠であったから。その後、祖父はどこかの島で治療を受けましたが、その時には既に今のように記憶が断片化《フラグメンテーション》していたんですよ」

救いたかったが、救えなかった多くの者達。自身を地獄の日々に送り込んだ、後悔を生み続ける一つの過去。

だから彼の祖父は、カヌーを作り続けることに固執しているのだ。

彼の祖父は、再び天からの恩寵を求めている訳ではなく、今ここにある地獄を抜け出す為に、自らが過ちに至るまでの経緯を再現し、今一度、過去を自分の中で書き換えようとしているのだ。

そうだ、積荷信仰《カーゴ・カルト》は過去の幸福をもう一度求めるものだけではない。今この時の、満たされない自分を更新する為の儀式でもあるから。

「ヒロヤ、君はお祖父さんのことについて、そこまで知っているじゃないか。それでどうして彼のことを理解できないと言うんだ」

「僕はこれらの話を祖父自身から聞いた訳じゃないんです。誰かの物語の断片を繋ぎ合わせて、ようやくあの老人の人生の外郭を巡ることができたに過ぎない」

「それは君の父や母から聞いたものか？」

「僕を産んだ母の記憶は、確かに、祖父の一端を教えてくれた。だが母は僕を産んですぐに死んだという。それに父は、僕が生まれた時には既に祖父とも離れていた。祖父は結局、幼い父を残したまま、断片化した自分を抱えてアパタンの娘を送り届けるべき場所を探し続けていたんです」

　ヒロヤは、ここで一度潜ってから、こちら側に泳いでくる。水を滴らせながら、私の傍に立ち上がり、太陽に上半身を晒した。

「祖父は――アバタンの娘を送り届けることができたのでしょうか」

「それは――」

　言いかけて、頭の中に不可解なビジョンが浮かんだ。

「このECMという、経済によってのみ国土を維持する国は、その産声をあげた時からアメリカの影響を受け続けています。アメリカとの自由連合盟約《COMPACT》が終了し、軍事的な自立を果たしたのは、ほんの二十年ほど前だ」

私の声。しかし、喋っているという実感が曖昧になっている。私ではない別の誰かが原稿を読み上げているような、そういった錯覚に陥る。

「そもそも、太平洋文化圏では贈与交換というものがあります。パプアニューギニアのモカや、トロブリアント諸島のクラ交換、これらは特にメラネシアやポリネシアで見られてきた文化でした。彼らは絶えず、相手へ贈り物を与え、また相手からの返礼を受け取る。この贈与とは、儀礼的なものであり、この贈与交換に支配され、贈り物に返礼をしないと、自身に災厄が降りかかる、あるいは自身を守る霊的な力が衰えると考えてきたのです」

暗く、そしてどこまでも広い会場に、天上の星の如き照明の光。それらが私を射抜いてくる。

「あるいは旧時代の経済資本文化もそうであったのでしょう。贈与を続けるという行為は、言い換えれば、逃げられない束縛でもあったのです。経済戦争の終結から二十余年経ち、今や世界は巨大な経済連合体同士の分裂と増殖、そして互いに殺し合う道を選んでいる。彼らは、そしてこの国も、お互いに、数字という儀礼的なものの交換を繰り返し、その進貢《トリビュート》の輪から抜け出せないでいる。これは世界の全てが、贈与の関係に支配されたと考えられる。贈与を続けられない者は、世界から疎外される」

会場が昏い海のように見える。

「かつては、このＥＣＭも大きな贈与の輪の中にいました。多くの潜水技師《ダイバー》の犠牲を出しながらコバルトを採掘し続け、世界経済に贈り物を提供し続けた。この行為を、私はかつて、このミクロネシアで行われていたサウェイ交易の相似形として論じた。多くの島の親として扱われたヤップ島。そのヤップへの朝貢と、彼の島からの庇護。その関係の焼き直し、追体験」

ならばこの壇上は船だ。航海士は唯一人。目指すべき星を追って、あの島を目指さなくてはいけないのではないか。

「私はそのことを世に問い、同時にこの国の多くの人に受け入れられた。それが為に、この国はその関係を見直し、世界経済への進貢を止めた。この国を支えた多くの航海士が、アメリカと対等な取引を行える強力な国を作り上げた。豊富な資源を利用した、贈与の輪からの脱出を図った」

海上を進む、この船に一人。いや、私の背後には数多くの人がいる。彼らを導かなくてはいけない。強く、そう思えた。

だが、その時、私はヒロヤの祖父の持つ激しい後悔の情を理解した。

「しかし、この国と世界経済との関係は、やはりサウェイ交易から抜け出せてはいなかった、たとえ、子である島が親である島を利用して生き残りを図ろうとも、それは過去の神話時代の関係に則ったものでしかなかった。島同士の親と子の関係は、神話を再現しているに過ぎない」

もしも、この自分が導くべき人々が、自分の目の前で命を落としていったとしたら。

「私には、かつて私の言葉でこの国を導いた責任がある」

救えると信じて船を出した。大波にさらわれてしまわないよう。唯一つの航路を選んでしまった。

その過ちをやり直す為に、彼は、私は。

「この国は、この先にあって、新たな関係を生み出す必要がある」


次の瞬間には、私は義父と妻に囲まれて、懐かしい日本の地での風景の中にいた。

自宅の庭の、桜の木の下で。

これは主観時刻が完全に設定を誤っているに違いない。日本に帰った際には、叙述補記人《ナラティビスト》に文句をつけなくてはいけない。

いや、スケジュール通りに動かないだけじゃない、自分以外の人格のスケジュールが挿入されている気がする。夢だと割りきるか、そうでなければ断片化の始まりだと覚悟しなくてはいけない。

そうだ、自分以外の誰かの今がある。モデカイトを信仰する女性、刺青の男を見守る少女、延々と繰り広げられる盤上のゲーム。これらは夢じゃなく、主観時刻で観測された誰かの今なのだ。なぜ他人の感覚が入り込んでくる。

私以外の誰かの物語が。

生体受像の挙動がおかしいのだろうか。

それとも、この主観時刻がどこかで。

「イリーさん」

義父の声。

「イリー」

彼女の声。


「親と子、経済という血縁に頼った関係。しかし、いずれこの関係は崩壊するはずだ。それはこの国だけでなく、世界規模で、既に濃く暗い影として存在している。そうした時、この国は改めて世界に、別の姿を提示できる。それは血縁に頼らない他者との繫がり。親子は互いに救うが、その関係は力で作られるものではない。他者への共感と文化の共有。民族と国家を超えて、遠い島同士で一つの世界を作った、このミクロネシアだからこそ与えられる。この国は新しい人々の繫がりの在り方を世界に与える時が来ているのではないだろうか」

そこまで言って、今回の基調講演を終え、私が拍手の中を万感の想いで壇上から降りると、最前列の席上からワイスマンが出迎えてきた。

「素晴らしい講演でした、博士。貴方の言葉は、いつも新しい見地を我々に与えてくれる」

「いえ、私は――」

そこまで言って、そこから先は告げなかった。講演の前半部は、このＥＣＭに来たら、言っておかねばいけないことと思い、以前から考えていたことだった。しかし、後半に入ると、私は私以外の意思に突き動かされるように言葉を紡いでいた。

それはきっと。

私はヒロヤと、その祖父の姿を思い描いた。そしてどこか、海の向こうにあるという、それは。

ニルヤの島。

私はこの言葉の意味を知っている。恐らく、それは――

「貴方が、イリアス・ノヴァク博士」

ふと、柔らかな声が背後から投げ掛けられた。

振り返るとそこに、全身を白い複雑な織り方をした布と金の装飾で覆った、例のモデカイトの教主がいた。どうやら、次の提起の為に壇上に向かう途中で、私に声を掛けたのだろう。

私は、その人物を見る。

ケープの向こうに、深い皺を刻んだ顔。萎れた果物のような、男か女かも解らない老人の顔。白い肌に、白い髪。そして、旧時代的な眼鏡の奥に、青い瞳。

西洋人か。

いや、それは知らなかった。

まさかモデカイトの教主が――

「素晴らしいお話をありがとう、ノヴァク教授」

私の感慨をよそに、教主は痩せ細った枯れ枝のような手を伸ばしてくる。

「初めまして、私はヨハンナ・マルムクヴィスト」

触れれば折れてしまいそうな、弱々しい手を握り返す。

「貴方は、ちゃんと私の名前を呼んでくれるかしら」

そう言って、教主は、私に笑いかけた。

そしてその時、突如として会場の照明が消える。

同時に生体受像《ビオヴィス》の断線。

この場所を結んでいた全ての情報から切り離された感覚。

全てが止まった。

そう思えた。

《Transcription 7》—転写—

統集派《モデカイト》の新しい教会が完成した。以前の教会と同じように、祭壇には十字架、聖なる槍と鳩、高い天井にはパラオの神々の姿を描いた彫り物。

そこで私は、信者の人達も帰った後、清浄なものに溢れた聖堂の中で、あの花のような、赤茶色の髪の少女を撫でる。

マクーフ、私のマクーフ。

この娘も大きくなった。胸も膨らんで、唇も厚くなった。肌は健康そうに輝いて、赤茶色の柔らかな髪も伸びて、腰にかかるくらいにはなった。

私は代わりに老いていった。肌は乾き、顔に皺も生じてきた。まだ中年と言える歳だけれど、私は母親としての自分に満足してから、自分が老いるのを受け入れることにした。

去年になって、私に洗礼を施してくれた代教父《パードレ》は亡くなった。ニルヤの島へと旅立って行かれた。カヌーに乗って、黄昏に、死者の為の王国へと。

私は、望んだことではないのに、この統集派の教主の役目を担うことになった。それでもきっと、私以外には誰もできないことだと思ったから、教主として生きていくことを選んだ。

私は白地に金の刺繍の施された祭服を着て、簡素な宝冠《ミトラ》をかけ、いつか見たテレビの向こうの法王のようにして、パラオの人々の前に出るようになった。彼らは私を出迎え、教主という名前で呼び讃えてくれるようになった。

一度だけトリーの行方を捜してみたけれど、どこへ行ったのかは解らなかった。もしかしたら、彼が、ヨハンナ・マルムクヴィストとしての私を知っている、最後の一人になったかもしれないのに。

私は祈り続ける。

あの子が、そして死んでしまった全ての人が、ニルヤの島へ旅立てるように。いつしか失ってしまったあの国へ、無事に辿りつけるように。

私はもう一度、マクーフの髪を撫でる。

「良い、嬉しい」

マクーフは花のように笑う。

だけれど、いつまで経っても彼女の自我は波のように捉えどころがない。

それは生まれた時から名前をつけられなかったせい？　それとも父親が彼女を放っていたせい？　ケンジは彼女に何かを教えることができた？

彼女は、マクーフはいつまでも笑うだけで、他の感情を見せたりはしない。

彼女は、あやふやな自我のまま。

私のところに、ペーター・ワイスマンという男がやってきた。

「Ｓ＆Ｃ社の統括執行役員《CEO》」

私の言葉を受けて、ワイスマンは厚い眼鏡の奥で瞳を輝かせた。

「お会いできて光栄です。モデカイトの教主、シスター・マームクヴィット」

教会の中の一角、彼がそこで良いと言った側廊に設けられた小さなテーブルに相対して。

彼が握手を求めて手を差し出した時、久しぶりの西洋人らしいやり取りに戸惑ってしまった。

それが面白くて、私は自分のことなのに思わず笑みを零す。

「存じています。Ｓ＆Ｃはこの国のインフラにおいて重要な企業ですもの。新しい教会を建てた際にも、多く援助して頂きました」

おざなりに社交辞令を交わした後、それで、と今回の来訪の目的を尋ねた。

「ミモタイプドグマというものを、モデカイトで取り入れて頂きたい」

「教義《ドグマ》？」

彼の言葉に私は顔をしかめる。この統集派には明確な教義はない。せいぜいが死者は海の向こうの島に行くという、死後観に対する言説だけ。それだってニルヤの島だとか、テルアルブだとか、各々が好き勝手に言っているに過ぎない。

「生体受像《ビオヴィス》の技術はご存じで？」

頷いた。先進的な人体通信機構。その技術が発表されたのはアメリカだったが、根幹を作ったのは他でもなくＳ＆Ｃ社だったから、当然、そのニュースはＥＣＭの中でも大きく扱われている。

「この技術を用いて行うのが、ミモタイプドグマによるミームの転写です」

「ミーム」

私は無自覚に呟いていた。

それはかつての私を確実に形作っていた概念。この島に来た理由の一つ。教主としての生活、マクーフの母としての生活に馴染んでからは聞こうとも思わなかったこと。既に深い忘却の川に流したはずの。

「貴女の経歴は、こちらも存じていますよ」

では――、と、言葉を継げなかった。

彼らは私を知った上で、模倣子《ミーム》を使った技術を提供しようというのだろうか。それを私が扱えると踏んで。

「ミームの転写は、個人の知覚を大幅に上昇させる、他者の経験を生体受像に記録し、そこからミームパターンを析出します、今度はそれを、知覚実験を経て転写します。それによって他人の感情を推し量り、他人の行動を高い精度でシミュレートすることができる」

「ミラーニューロンへの人工的な経路の形成、他者への共感の増幅」

そうです、とワイスマンは力強く頷いた。

「この技術を用いれば、安定した自我を形成できます。例えば、不幸な結果として紛争地域に送られた子供に正しい価値観を再形成できる。例えば、貧困によって長期間の教育を受けられない子供に即効性のある教養を与えられる、例えば、虐待や教育の放棄によって自我の形成が遅れてしまった子供も救うことができる。例えば、そう、例えば、あそこで貴女を見ている少女のように、ブランクで、哲学的な死生観を有さず、自我の居場所を見定められないような子も」

ワイスマンは言葉を連ねる。こちらに向けて、大企業の経営者らしい耳目を引く単語を重ねて、こちらの心が動くように煽り立ててくる。

「貴女だからこそ、それができるのだから」

私はその時、彼の言葉よりも、私を見つめるマクーフの冷たい瞳を見ていた。

あの子の為に。

ワイスマンが帰った後、私は聖堂の隅で震えているマクーフに近づく。そして私は、私の祭服の外套をかけてあげた。

貴女にも、死後の世界をあげられるかしら。貴女を産んだ人が待っている場所を手に入れられるように。私が、ミームの向こうへ連れていってあげられるなら。

「お母さん」

マクーフは拙い英語を使って話しかけてくる。

「人は死んだら、ニルヤの島に行くんだよ」

「そうね、よく知っているわね」

私が微笑みかけると、マクーフは嬉しそうに目を細めて、私の首を掻き抱いて甘えてみせた。

実験の経過は順調だった。それだけで、十分だった。彼女は自分で自分を叙述できるようになった。それまでの笑うことしか知らない彼女ではなく、怒りも悲しみも、人間らしい感情を手に入れた。

私はミモタイプドグマの実験の成果を喜んでいた。

「彼女のこと、私は覚えているよ」

そうして彼女は、あの黒い髪の少女、海へと流された少女のことを話した。

「私は、彼女のことが大好きだったから」

それとマクーフが英語を話すようになって、私は小さな勘違いを訂正することができた。

それはかつて、彼女が棺の前で言った言葉。あれは棺の中の友人を指して「ニイル」と呼んだのだと思っていたが、その言葉はパラオ語で彼女《ニイル》という意味の、単なる人称代名詞だった。

「私は、彼女の名前を知らなかったから」

そう言って、マクーフは寂しそうに笑った。

ニイル。

その言葉がただの勘違いで生まれたものだとしても、それでも私は、その言葉を忘れない。

あの時、海の向こうへ消えていった黒い髪の少女は、私にとってニイルだった。私の、生まれてくることのなかった娘。私の、海の向こうの島へと行った娘。

貴女達は、生きている。

マクーフ。私のマクーフ。


それはきっと、間違いだったのだろう。


ミモタイプドグマの実験は滞りなく終了した。

無数の自己、無尽蔵に発生するミーム、何度も何度も上書きされる他人。発火し続けるミラーニューロンの銀河。

それらがもたらす一つの結果。

私が気付いた時には、娘であるマクーフはいなくなっていた。

そこにいたのは、中身のなくなった、真っ白で空っぽな少女が一人。広い部屋の真ん中で、彼女は虚ろな目をして座っているだけだった。

彼女はバラバラになってしまった。全ての他人の中に、彼女の一部が少しずつ転写され、やがて薄れて薄れて、消えてしまった。この広い海に溶けていってしまった。

まだ、元のマクーフに戻るのかと思って、いろいろと試したけれど、そうすることで余計に彼女は彼女でなくなっていった。

なんで。

私は。

私はまた、貴女を殺してしまうの。

彼女は、もう、戻ることはなかった。

彼女は、私の娘だけれど、娘ではなくなった。

「彼女《ニィル》は」

私が思わず呟くと、目の前で、白い髪をした少女は笑った。

ああ、神様。

せめて、この子が、ニルヤの島へ行けるように。

私はこの子の為の世界を、もう一度。

《Accumulation 7》—蓄積—

俺は不浄《ターイ》と呼ばれていた。

幼い頃からのあだ名だった。

曾祖父が病で死んだ日に生まれた時から、そんな名前がついて回った。臭くて汚い血が流れる病だったらしい。俺はその病を引き受けたから、曾祖父は死んだが家族はそれ以上死ななかった。

俺が一人、不浄でいる限り、家族は平穏だった。

生まれ故郷には、俺が愛した女がいた。

彼女はいつでも俺を不浄と呼んだ。それが嬉しかった。不浄は俺のシンボルだからだ。不浄であることで、俺は家族を、氏族《リネージ》を守ることができるから。

だが女は俺を捨てた。敬虔さなんていう、クソの役にも立たないものにすがって、自分の身だけでも綺麗でいようという傲慢な女になっていた。

俺の家族が死んだらしい。

俺が、あの狭い島を出た後に死んだらしい。強盗が押し込んできて、何も知らずに安楽椅子で寝ていた曾祖母も首を斬られた。曾祖母と祖母と祖父と母と姉と二つ下の弟と四つ下の弟と上の妹を殺したナイフは、末の妹の腹の中に残っていた。

不浄な俺がいなくなったから、代わりの不浄が家に押し寄せてきた。

天国はないそうだ。

人は死んだらどこへ行けばいいか解らなくなった。俺の家族はどこに行ったのか、俺は解らなかった。

俺は強盗とその家族を殺すことにした。小さな子供が三人いたが、俺はそいつらの首を斬った。

地獄もないそうだ。

俺には行く場所がない。


俺は刑務所に入った。

どこもかしこも同じ臭いがした。潮に塗れた糞と汗の臭いだ。

何人もの男が一つの部屋に押し込められて、肉と肉の境も解らないようになっていた。だから俺は体中に刺青《ヨール》を入れて、自分であることを確かめた。

時間の感覚のない場所だった。泥が口に入った味が朝の合図。隣の男が叫び声をあげたら夜の合図。動いていられる時が朝でも夜でもない時だ。

俺は何人もの人間と一緒に刑務所を抜け出すことにした。全員、天国も地獄も信じない人間達だったから、死ぬのは怖くなかった。

ちょうどその頃、刑務所には、天国と地獄がないことを知って、自分の好き勝手に振る舞うような人間が増えていた。

俺はそいつらとも集まって、刑務所を出て、いろいろな島へと渡っていった。

沢山の血を流して、臭くて汚い血を流して、それでも俺はどこにも行けなかった。

どこもかしこも、死んだ後に行く場所があるかないかで言い争っていたから、俺達はそうしたところで火をつけて回った。面白いように血を流し合い始めた。

そうして俺は、故郷の島へと帰ってきた。

そこで傲慢な女と再会した。

女が信じていた天国はなくなったので、俺は面白くて仕方がなかった。沢山の人が死んでいたが、誰も彼もどこにも行けない。それが面白かった。笑って、笑って。それに飽きたから別の島に渡ろうと思った。

女を連れて行くことにした。

この狭い島しか知らない女に、この国の全部を見せてやろうと思った。どこもかしこも火と血で一杯だ。

俺達は石の島へと渡った。

そこはこの国を支配している会社の持ち物だった。そして、天国と地獄をなくさせた張本人がいる場所だった。彼は俺達の英雄だった。

俺達は、その英雄を捕まえて、新しい国を作ろうとした。

だが上手くいかずに、俺達はまた刑務所へ入ることになった。

俺はそこで、英雄と、そしてワイスマンからいろいろなことを教えられた。

この国を作り直すのに必要なこと、力を持たなくてはいけないということ。その為に多くのことを学んだ。

俺はそれが正しいことのように思えたので、彼の言う通りにして、それからいくらか経って刑務所を出た。

体には前より刺青が増えていた。


傲慢な女が、子供を産んでいた。黒い髪の女の子だった。

彼女はその子を俺に任せるという。

俺は父親にはなれない。だけれど、かつて殺した強盗の三人の子供の為に、三人分の人生を背負おうと考えた。

俺はワイスマンの言う通り、ワイスマンが運営する橋の上へと移り住んだ。俺はそこで潜《ダ》水技師《イバー》として生きていくことにした。ここには多くの人間が暮らしている。労働者がいる。力のある人間達だった。

俺はそこで、花の香りのする黒い髪の娘と一緒に暮らすことにした。

橋の上の島で暮らしていく中で、花の香りのする娘は、俺の大切な娘になっていた。

だが、娘はある日、尖ったシャフトの中に落ちていってしまった。

娘は左足を失って、汚い血を吐いて死んだ。

俺が不浄だから、娘も死んだ。


娘はケンジが、日本人の名前を持つ、あの男が、故郷に帰すという。

俺にはできない。不浄な俺にはできないから、俺は娘をケンジに託す。

故郷の島に帰れるはずだ。あの女のいる島へ。


俺は橋の上の島で、仲間達と暮らしていた。

すると、白い髪の娘が現れた。

あの花の香りのする娘と、良く似た娘。

娘は俺の傍にいて、いろいろなことを伝えてくれた。

白い髪の娘は神託を与えるように、人々に語りかける。俺もまた彼女の言葉を受け入れ、沢山の血を流さないように争いを治めてきた。

やがて彼女の言う通りにすると、人が集まり、人が集まると決まり事ができ、決まり事ができると氏族のようなものができた。

俺は氏族の中で前に立つことにした。

俺が不浄を引き受ければ、誰も汚い血を吐くことはない。

そうしていると、俺の故郷の島から白と金色のドレスを着た人間達が訪れた。彼らはモデカイトだという。この世の最後の宗教だという。

俺は人が死んだ後に行く場所を信じていなかった。

だから、人が死んだ後に行く場所を説く奴らのことも嫌っていた。

だが、一人の女が現れた。教主が俺の前に現れた。彼女は俺に向かって言う。

――貴方の娘は、黒い髪のあの娘は。

彼女は俺の娘を知っている。俺が不浄だから死んだ、あの娘のことを。

――あの娘は、ニルヤの島へと無事に帰ることができた。

俺は自然と跪いていた。彼女が堪らなく清浄なもののように思えた。

――あの娘も、貴方も、ニルヤの島へと行ける。

教主の手を取った。彼女は、教主は俺の娘を救ってくれた。不浄な俺の娘を、清浄なものにして、遠い島へと送り届けてくれた。

教主は俺を清浄なものにしてくれる。

俺は白い髪の娘に向かって言った。

教主は、不浄な俺を清浄なものにしてくれるんだ。

だから俺達は教主が帰った後も、教主を信じる彼らと一緒に葬式をして、仲間達の死体をカヌーに乗せて海の向こうへと流していった。俺はそれが言い様のないくらい、清浄な行いだと思えた。

モデカイトと一緒にその教えを広めていく中で、俺は橋の上だけでなく、元の基幹部に住んでいたあの会社の役員達とも会うようになった。

そこの一番下に住んでいたのが、ワイスマンだった。

彼は俺に協力すると伝えてきた。俺は彼と一緒に、この橋の上の島を一つの国にすることにした。

そんなある日、白い髪の娘が剝き出しのシャフトの中へ落ちた。

赤黒い血を吹いて、俺の目の前で海へと落ちていった。

俺が不浄だから、彼女も死んだ。

俺はまだ不浄な人間だ。

俺が清浄なものになるには。


俺が橋の上の氏族の長になった後、沢山の娘が俺のところに来た。

誰もが花の香りのする黒い髪の娘や、白い髪の娘に似ていた。

だが、俺は彼女らを愛せなかった。

俺が不浄な限り、何度でも彼女らは死ぬはずだ。

何度も何度も、愛しい娘の顔をして、匂いをさせて、俺の目の前で死ぬ。

地獄めいた日々。
だから俺は、一つ決めたことがある。

ワイスマンが死んだ。
静かに死んだ。
死んだ後、ワイスマンから俺に伝えられた言葉があった。
俺はワイスマンのタイトルを継ぐことを選んだ。
俺が新しいワイスマンになって、この国を導く。
俺はそれに従った。

俺はあの島へ帰る。
そこで俺は、あの傲慢な女の人生を背負おう。
俺はワイスマンの言付け通り、自分の人生を捨てることにした。
俺は何よりも清浄な教会の中で、再び彼女に出会った。
俺はそこであの女と、そして娘達と同じになる。
全ての彼女達のいる、ニルヤの島へ行く為に。
俺はニイルになる。
俺は自分の刺青を撫でる。

これはもう、不浄なものではないはずだ。

《Checkmate 7》――弑殺――

[Event "Échec et mat"]
[Site "Nan Madol, Pohnpei ECM"]
[Date "2069.09.05"]
[Round "1"]
[White "Kurtoğlu, Efrasiyab."]
[Black "Hydri, Beta."]
[Result "*"]

〈私は以前、君に文化因子教義《ミモタイプドグマ》の話をしたね、クルトウル〉

〈ミームコンピュータというのは、その後も話したと思うが、彼らのような同一のミームを有した複製体《レプリケーション》であり、その並列化処理と新たに発生するミームの重ね合わせによって、演算領域を確保している。いわば彼らの総体そのものが、巨大な知性になっている〉

〈彼らは生体受像《ビオヴィス》を通じて、全てのニイル、ミームコンピュータの出力端末の記憶と感覚を

共有し、永遠の今を生き続けている。彼らに過去はなく、未来もない〉
〈ミームコンピュータの出力端末、つまりニイルの個体となるのは、ECMの国民であれば誰でも可能さ。彼らが望む限り、ミモタイプドグマは同一のミームを彼らに転写し、全く新しい自己を作ることができる。その原型となった者は存在するが、今や特別な意味はないだろう。彼女もまた並列化された個人に過ぎない〉
〈運用当初は同一の遺伝子因子を必要としたが、現在ではそれも必要なくなった、まぁ、原型になった人間と同じ遺伝子型を持った個体は、特異な振る舞いを見せるという特徴はあるがね〉

36380. Ce7-Cf7 Vg7-Vg6 Vg6-Vg5

〈もしかして、初めて話したことだったかな。そうか、私達にはまだ、初めて話す内容が残っていたとはね、嬉しいよ〉

〈ところで君は、これから左翼の都市と船を動かそうと思っているかね。それで良いんだ。それがこの状況での最善手だ〉

36381. Cb3-Cb4 Cb4-Ca4 Sa2-Sa3

〈私は今日、君と話すことが多くて嬉しいんだよ〉

〈それで、何を話していたか。そうだ、ミームコンピュータだ〉

〈彼らが登場してくれたお蔭でECMは管理され、最善手の外交戦略を取れる。あるいはこれが、新自由経済から爪はじきにされた、もう何十年も前のS&Cの、世界経済への復讐だ

とすると、我ながら身震いするよ〉

〈ニィルと呼ばれたミームコンピュータの出力端末は、毎秒毎秒と計算を繰り返す、このECMの国民、つまりミームコンピュータの演算装置からの情報を自身の中で思考する〉

〈彼らはそうして、自身が計算した人類社会にとって必要な概念、必要な行動、必要な進化の方策を伝える。加えてそのミームを効率的に伝える為に、ニィルの多くは政治家のブレーンや、それこそこの国の根幹を支えるモデカイトの信徒として存在している〉

〈それらは他の誰とも違わず、その日常の中で過ごしている。かつては技術の都合で特徴的な容姿となっていたが、現在では大きく技術も進歩した。だから今では、外から見ても解らないし、中には自分がニィルであることを自覚しない個体もいる。だが、それが為に、自然と人々の間に浸透し、人々にミームを伝えていく〉

〈それこそがECMが取った最大の戦略だ。安定したミームの伝播、国民の意思の統一。洗脳とは違う、彼らは彼らが無意識に希求する平和と安寧を、ニィルを通じて伝えているだけなのだから〉

〈市井の中に神の声はある。デルフォイの巫女は各地に遍在しているという訳だ〉

36382. Ch5-C 〝out〟 Vg5-Vh5

〈ところで囲碁の世界で、劫《こう》というものがある〉

〈ルール次第だが、三劫、同時に劫が三つ発生した場合は、お互いが同じ場所で石を取り合い、無限に勝負が終わらない状況となる〉

〔この劫とは、仏教用語の劫《カルパ》であって、非常に長い時を指すのだそうだ。それも、宇宙の始まりから終わりまで〕

〔そうだ。君はそこで量子の壁を作る〕

36383. Qh3-Qh4 Qg3-Qh3 Qf6-Qg6 Qf5-Qg5

〔そして私は船を投入する〕

36384. Sa6 〝in〟

〔君は、たった一ラウンドの勝負を、もう二十年余り続けていることになる〕

〔このアコーマンにおいて終わりはない。計算しつくされ、どのような状況からでも、盤上に劫を発生させられる訳だ〕

36385. Vb2-Vb3 Vb3-Vb4 Vb4-Vb5 Vb5-Vb6

〔君は病を前へ出す〕

36386. Qe6-Qd6

〔それにしても、君は実に良い社員だね。文句も言わず、ただ黙々と駒を進めていく。素晴らしい性質だ。そういう君だからこそ、S&Cが寄越したのかもしれないが〕

〔どうだね、場合によっては自分が生贄にされたんじゃないかと思ったことはあるかね〕

〔こんな南の島に閉じ込められて、ずっとゲームに興じさせられる〕

〔だがねクルトウル、奴隷だけが殺せる王というものも存在しているのだよ〕

〔例えばの話になるが、三人の人間を一つの空間に置き、ある一人に奴隷という意味を付加

させるとしよう〉

〈こうしてある一人は奴隷という意味を得たが、それと同時に残る二者には王と平民という意味が再生産され付加された。つまり奴隷が付き従った人間が王であり、従わなかった方が平民だ〉

〈彼らは、新しい文脈を手にしたが、今度はその文脈から王国という意味が生まれ、彼らを包括した。これを繰り返して、彼らは彼らとそれ以外という社会を獲得した〉

〈たった一人の奴隷が、王国を建国したのだ〉

〈解ってくれるかな。王とは、地位や権力を意味するものではない〉

〈一つの象徴であると同時に、共同体に永遠の従属を誓った献体だ。人々は王がいるからこそ生きられるが、王もまた人々がいるからこそ存在できる〉

〈そして、全てのミームコンピュータを司るのもまた王の仕事だ。それは単なる脳の処理や、コンピュータに任せた管理では不可能な力。幾度となく自己との対話を続け、自らの中に他者のミームを完全にシミュレートする能力を自然と培う存在〉

〈それを伝えるのは難しいな。嗣法《しほう》に近い。禅の思想だな。言葉にすれば逃げていく。だが確実に王という存在は時代を超えて受け継がれる〉

36387. Ce3-Ce4 Ce4-Ce5 Ce5-Ce6

〈都市を前へ〉

〈やがて死者の国が、そのミームが再生産される〉

〈ニルヤの島。人はミームの戦略によって、再び彼の地へ辿りつける。死を恐れる時代は過ぎ、生体受像と主観時刻によって永遠性は担保される〉

〈死後の世界に自己をストレージすることで、あらゆる争いと精神的な不均衡を超越した。これが人類の文化進化の在り方〉

36388. Kd7-Kd6 Kd6-Ke6
〈私は王を出す〉

36389. Qe2-Qe3 Qe3-Qe4
〈君は量子で〉

36390. Od8-Od7 Od7-Od6
〈そして私は、王をポケットから出す為に木を進める〉

〈ここで手番を終える〉

〈不思議そうな顔をするね。だが、ここでは、この動きが最善手なのだよ〉

〈君はそのまま都市を動かせば良い。私の王座の船を追い落とせるぞ〉

〈どうした、嬉しくないのか。君は勝利できるんだ〉

〈なぜ、と聞かれても困るな〉

〈理由としては時間が来た、というのが一番か。機械ではなく、ここを維持する贈与《ドネーション》としての私の時間が、という意味だよ〉

〈君の目の前にいる、ミイラのような男、ベータ・ハイドリという人物は間もなく死ぬよ。

私が死ぬことで、全てのミームコンピュータに対する聖体《ホスト》の役割は途絶え、一時、全ての接続が切れる。その際の事後処理も君に任せることになると思う。それは、今から謝っておきたい｝
｛しかし、君はもう気付いている｝
｛君は自分の中に既に、自分以外の何かが同居していることを知っている。それは神性であり、君に内在する王権だよ｝
｛みずへび座のβ《ベータ・ハイドリ》、ロビン・ザッパという男の、乗り物《ヴィークル》としての役目はこれで終わる。しかし、私の中にある遺伝子ではない、模倣子《ミーム》という積荷《カーゴ》は君に受け継がれた｝
｛君は駒を進めると良い｝
36391. Cf6-Ce6 Ce6-Ce7 Se8-S 〝out〟 Ce7-Ce8
｛そうだ、それで良い。だが気付くはずだ。君は初めて勝利して、このゲームの構造的欠陥に気付く｝
｛このゲームの敗北条件は、自分の王座に駒が一つもなくなった時だ。私の王座は、今、空ではない。君が移動させた駒が、そこに存在している｝
｛これは敗北ではなく、継承だよ。クルトウル｝
｛これで王は死んだ《シャー・マータ》｝
；Congratulations! You have completed regicide!

《Gift 7》 —贈与—

道は暗く、自分達の足元すら解らない。

私を含め、何人、何百人もの島民が、何をするでもなくバイ・カセドラルから――上階から下るはずのエレベーターも起動せず、ぞろぞろと階段を下った結果――外の広場に溢れ出て、さらに離れた者は八方に分かれた公道の中心で右往左往していた。

公道を照らすはずの振水灯《ソノルミノ》の青白い光はどこにも見えず、ただ幽鬼の如くぽつぽつと篝火の赤い灯りが暗闇の島の奥で煌めいている。海の上の大環《グレートサーカム》橋にも光はなく、磁気浮上運行車《インダク》の通る音も聞こえない。さらに遠くの石壇《ペイ》に至っては、本来ならいかなる状況でも必ず灯っているはずのオレンジや緑の光が消え、海全体がコールタールのように黒く重苦しくうねっていた。

その中で月と星が、この国の国旗と同じように輝いている。

人々の囁く声、遠く波の音、それらだけを純正な音として、この島には他のいかなる音も存在しない。

――。

私は何度目かの生体受像《ビオヴィス》でのコールを試すが、一向に反応はなく、現在の状況を知る手立ては何一つなかった。

「ノヴァク博士！」

背後から、肩を揺らしてワイスマンが歩いて来た。

「ミスター・ワイスマン、一体どうしたんです、これは？」

「ECM内の全ての機能が停止しています」

「どうしたんでしょうか、ただの停電、というのはないでしょう」

「そうです、このECMの全てはミメティクスによって管理されていますから、その大元に何かない限りは、こんなことは起こりえません」

いかめしい顔を歪ませて、ワイスマンは腕を組んで唸り始めた。各島の有力者の集まるタモル会議の最中の変事に、この男は焦り、対応を思いあぐねている様子だった。

すると突如、銅鑼を鳴らしたような、けたたましい音が群集の中から響いた。

「ニルヤの島へ！」

声、柔らかながらも、高く、鳥の鳴くような声。

そしてそれを合図としたのか、さらに高い音で竹笛が一吹きされ、その音を皮の太鼓が刻み、金属の盤が打ち鳴らされる音が続いた。

《御名を尊ばせたまえ《May your holy name be honored》》

《御国を来たらせたまえ》《May your kingdom come》

やがて誰かが歌い始めると、あちこちから一斉に声があがり始めた。突然の出来事に動転する気持ちもあるが、その正体と意味は知っている。

「教主！　教主マルムクヴィスト！」

私は叫び、人ごみを掻き分けて、声のする方へと向かっていく。

暗闇の中、残された天上の光と島の道の篝火に照らされて、彼女は複雑なレース模様の白い祭服を輝かせていた。そして信徒の手を借り、金の装飾と五色糸で彩られた輿へと上ろうとしていた。

「教主マルムクヴィスト、これは一体どうしたというんです！」

「今、王権は倒れました。我々は今こそ、人々が抱えた自らの罪を清浄なものへと変える為に、ニルヤの島へと行かねばなりません」

振り返った彼女の顔は、この世界からとうに失われた、信仰を持つ者の顔であると思えた。

「ま、待ってくれ、どうしてモデカイトの人々は――」

ニルヤの島へ行くのか、と。

そう話を続けようとする前に、私などいないかのように、モデカイトの信徒達は輿を掲げ、歌を歌いながら道を進んでいく。その先にいる者達も、それを阻むことなく、道を空ける、あるいはその目的も解らぬ巡礼の列に加わっていく。

「待って、待ってくれ！」
必死に手を伸ばして、巡礼の列を追う。
私があられもなく駆け出すものだから、それに釣られ、道でたむろしていただけの者達も、私の後から彼らの列を追いかける形となった。
《島々を巡るものは帆をあげていく《ング・オメケラン・オモイド・ア・ベルウ》》
《我々の母がニルヤで呼んでいる《エ・ティル・ガラ・ニルヤ・ア・デラド・ロレチャウ・クモン》》
《夜に航る船は北極星を見つけて《ユル・ハラス・フニャ・ニヌファブシ・ミアティ》》
《私を産んだ母は私を見つけて《ワン・ナチエル・ウヤア・ワン・ドゥ・ミアティ》》

彼らの歌が響いてくる。

竹の笛、太鼓、金属の盤、あるいは手を打ち、足を踏み鳴らし、パーカッションを続けていく。波の音が、鳥と虫の声が、それに合わせていく。

篝火、火、炎。

誰かが路上の火を取り、その松明を掲げて道を先導していく。細かな火の粉が、次々と暗い夜空に舞い上がっていく。

歌が響く。絶え間ない歌。

波を越えて歌声が島を巡り、火の色と星々の明かり、遠き海の黒が交じり合う。

赤い服の者が跳ね、緑の服の者は回っていく。

突発的に発生した狂熱の空気に人々が呑まれる。自分も彼らと共に、自分も彼らと同じになれる。そう信じた人々が隣の人間の手を取り、愉快なステップを暗い道の中で繰り返していく。

タモル会議に出席していたタイトル持ちは正装のまま雄叫びをあげ、老人は杖を振り、女性は胸の子を高く掲げる。一体誰がどれだけモデカイトとして信仰を持っているのかは解らない。しかし、この小さな島全体を巻き込むようにして、鮮やかな巡礼は進んでいく。

猿達が、ECM全土を覆っている猿達も、我々の列に加わり、速足で先へ、先へ。

私にはこの列の行く先が解っていた。恐らくは、あの老人のいた浜だろう。

ニルヤの島。

その島はただの概念であるはずだ。死んだ者だけが辿りつける王国であるはずだ。しかし、彼らは何を見ているのか。死後の国を、我々が、私が失ってしまった世界を。

「ああ、ニルヤの島へ！」

マルムクヴィストの叫び声に呼応するように、群集が各々、好き勝手に叫び始めた。

響く声、声の群れを人々は制御できずにいる。周囲の人間の言葉を繰り返しているだけだというのに、それが意味のある言葉だと信じて疑わない。

やがて列が浜辺へと下り始めた時、私は彼を見つけた。

「ヒロヤ！」

私が駆け寄ると、彼は目の前で起こっている狂騒など興味ないといった風で「お早いお帰りで、教授」と言った。

私はそれを受け流し、汗ばんだ手で彼の肩を摑み、

「ヒロヤ、君は、君は死後の世界を想像できるか？　あのニルヤの島を──」

そこで、さらなるどよめきが起こった。

「ああ！　救いを！　もういちど助けるぞ！」

声が、人々のざわめきよりも一際大きな、あの老人の声がする。

月明かりと人々の炎を照り返す黒い海に向かって、ヒロヤの祖父がカヌーを押し出そうと、痩せ衰えた腕を突っ張り、折れてしまいそうな程に力を込めていた。

「おまえたちを助けたい！　海へと出るぞ！」

彼は地獄を再現し続けた。平穏な今を永遠に観測するように、彼にとって救いがたい過去の地獄の風景を何度も眺めてきた。彼が救えなかった多くの者達、死んでしまった、あの老人の仲間達。

船を出す。白い波の中で、浮子が揺れて。救わねばいけない人々を乗せたカヌー。島から、この世界から逃れようとする者達。

彼にとってこの光景は、かつて見た狂騒の様子と類似している。過去を追体験することで、自らの断片《フラグメンテーション》化した記憶を再現しているのか。

「おお、押せ！　押せ！　アパタン！」

今、この時こそ、彼が過去を取り戻せる瞬間。

老人の気迫に、訳も解らぬまま浜辺まで下りてきた人々は、ただの親切心か狂騒の中で判断力を失ったのか、一斉に集まり、カヌーを押し始めた。

「教授は行かなくていいのですか」

「君は、何を言って――」

「祖父は、ニルヤの島へと行きますよ」

死後の世界は、本当に。

「貴方もニルヤの島へ行くことを、本当は望んでいた」

ヒロヤは冷たく言い放った。その顔にはもう、以前のような、柔らかな笑みはない。

振り返ると、海の向こうに義父と妻とがいるような気がした。

してしまった。

「死後の世界は、断片化した記憶体を埋める為に、その空虚さを埋める為に祖霊の世界を想像した結果だ。そうだ、所詮は人間が作り出した模倣子《ミーム》の発現型の一つに過ぎない。そうだろう、ヒロヤ。そう言ってくれ」

声を掛けるも、既に私の視線は海の先から離れようとしない。不揃いな炎の影の連続。もはや島を包んでいた人工の光はなく、それに伴い目が慣れたのか、夜空に無数の星が輝いているのに気付いた。

あの先で理解できるのかもしれない。

人間は決して満たされない。断片化によって空虚になる自我を、叙述と時間の認知で埋めようとも、そこには常に本質的な恐怖が坐臥している。それは他者への不理解と断絶。断片化は個人の記憶が欠落した時ではなく、他者の中で自身が存在しなくなった瞬間に訪れるのだ。

妻と義父を思い出す。

永遠に今を叙述すること。現在の私が物語として叙述され、この世にストレージされるとしたら、それはこの感情すらも抱えたままなのか。救われないまま、迷い、苦しみ、それを抱えて、この世を彷徨うことになるのだろうか。

違う。そうあってはいけない。私は。

「ああ！　ああ！」

情けない叫び声をあげて、私は浜辺へと駆け出していた。

「ニルヤの島へ！」

またもマルムクヴィストの煽動する声が、浜辺一帯に響いた。

私はその声を聞きながら、多くの島の人間達と一緒に、巨大なカヌーを押し、海へと流そうとしている。

私達は、一体何をしているのだ。

私達を駆り立てる存在は、一体なんだというんだ。

「さぁ、私を、私を乗せて」

マルムクヴィストの声を受けて、近くにいたモデカイト達が、彼女を抱え上げ、カヌーの中へと優しく置き入れる。

「全てはミームの見せる夢だとしても、人は欲しがっている。だから人はそれを選択し、与えることにした」

カヌーの上から、教主としての最後の務めを果たそうと、マルムクヴィストは自分を海へと流そうとする者達を教導した。

「娘は死なない。私は、娘のいる、あの島へと旅立つでしょう」

高らかな声に、群集は喚き、寄進するように、次々と自分達が身に着けていた物をカヌーの中へと放り込んでいく。

こんな愚かな。いや、違う。愚かだと笑うことなどできはしない。

やがて一群は、小さな波を踏み始め、海の中へ歩いていく。すでにぱらぱらと人々がばらけ始め、カヌーを押し出す力も弱くなってきていた。

私は、私も、カヌーを肩で押す。

どうなるかは解らないが、そうしたくなった。

「俺がやる！」

背後から声が、海上を震わす程の声があがった。

見れば、ワイスマンが自分を束縛するスーツを脱ぎ捨て、上半身を裸として、老いてなお逞しい筋肉を見せた。彼の体に、黒い三角形の模様がいくつもあるのが見えた。

ワイスマンの咆哮と共に、カヌーの船体は一際大きく進み、後は海の上で浮上し始め、そこから先は力をかけずとも前へと進んでいった。

「ああ、船だ！　俺は！　お前の娘を届けるぞ！」

声が響き、後ろからばしゃばしゃと、いつの間にか取り残されていたヒロヤの祖父が、波に足を取られ、何度も転げながらも近づいてきた。

「貴方も！」

マルムクヴィストは船上からその細い手を差し出し、老人の到着を待った。私達もその意図を汲み、近づいてきた老人に手を貸し、肩を貸して、カヌーの上へと押し上げてやった。

「久しぶりね、ケンジ」

「俺、俺は、娘を、お前の娘」

「あの時と、似ているわ」

船上で涙を流す老人を、教主たるマルムクヴィストが抱きしめ、その罪を赦した。それは間違いなく、清浄な行いだった。

「貴方も私も、彼と彼女のミームを引き継いだだけの存在に過ぎない。それだというのに、随分と苦しんだ」

「ああ……、ああ」

「これで終わりよ、ニルヤの島へ行けば、みんな待っているわ」

彼女の声に、老人は咽び泣いた。

カヌーを押す者達が、足を浸し、腰を浸け、波が首に届きそうになった時、それまでずっと一番後ろで控えていたワイスマンが、

「俺も、あの子のところへ！」

そう言って、カヌーの縁へ手をかけ、乗り込もうとした。

「貴方も！」

マルムクヴィストは手を差し伸べる。

だから他の者達も彼を押し上げ、カヌーの中へと押し込んだ。彼程の男に、一体どういう理由があったのかは知らないが、彼もこうしてニルヤの島へと旅立てる。

そしてワイスマンが乗り込むと、ヒロヤの祖父が彼の肩を抱き「アパタン！」と嬉しそうに呟いた。彼の中では、ワイスマンは失った仲間に見えるのかもしれない。

やがて人々の群れは、各々が声をあげ、乗れる者は船上へと乗り、力のない者は他の者に支えられ、泳ぎの上手い者は、海中からカヌーを押した。

彼らは、なんなんだ。

これは自殺ではない。

彼らは間違いなく救いを求めている。

人類という種は、何を手に入れ、何を失ったというんだ。これは、あの積荷信仰《カーゴ・カルト》なのではないか。昔、かつて人類種が確かに辿りつけた世界への到達を、その過程を模倣することで、再び行けるように信じて、カヌーを海へと流す。

私は、それを含めて論じたのではないかと思い、今や遥か離れてしまった浜辺を振り返って、ヒロヤを探す。しかし、未だ途切れぬ人の群れの中で、彼を見つけることはできなかった。

背後では、月を背にして今も何人もの人間が海を泳いでこちらに向かって来ている。だが彼らは間に合うまい。カヌーは既に潮流の間へ乗り上げた。やがて外洋へと臨むだろう。あの水門《チャンネル》を越えて、どこにあるとも知れぬ死者の為の国へ。

私は。

私は、ちょうどその中間に立っていた。

馬鹿げた狂熱。彼らの模倣を稚拙な信仰だと、そう断じはしない。しかし、この騒ぎはなんだ。彼らにとってこれが幸福だというのだろうか。

私は再び前を向く。

月明かりに照らされ、カヌーの上で朗らかに笑い、歌いあう者達の姿が見えた。

私は、堪らなく、それが欲しくなった。

もしも、と想像する。

私はそこに辿りつけるだろうか。何者とも切り離されたこの世界から脱して、彼らの待つあの場所へ。

そして。

それと同時に全ての事実に気が付いた。

そうか、そういうことだったのか。

——私は既に死んでいるのだ。

私の体は既に死に、今こうして私が見ているのは、死ぬ間際、ほんの数コンマの間に脳が見せた幻影なのだろう。

なんだ、そんなことか。

私は一人ではない。

私は彼らと共にニルヤの島へと行く。そこで私達は一体となる。祖霊。先祖。記憶の総体。己の空虚を他人の物語で埋める。断片化は存在しない。不連続にして永続的な今を繰り返す、死者の黄昏の国で、私達は一つとなるのだ。

妻も、義父も。

それが為に、私の主観時刻には彼らの今が挿入された。

恐らくは彼らの主観時刻にも私の今が挿入されている。お互いの全ての記憶が溶け合っているのだ。私達はいずれ総体となるから、過去も未来も関係なく、一つの主観時刻の中で共有されたのだろう。

私の足が動いた。

自らの死を予定して、予定された未来に向かって。今、足を止めれば私の死は回避されるか。いや、無理だ。全ては再現された過去の中のこと。感情は記憶に介入できない。

ああ、これで人は救われる。

取り戻すことができる。

「私も――」

足は私の思考の外で。

「私にもくれ――」

私は機械なのかもしれない。

何かに操られて、より大きな何かの為に、今、この身を捧げ、ニルヤの島へと行き、私は。

「私にも――」

手が差し出された。

「貴方も」

誰の手かは解らない。

「貴方にも、与えましょう！」

私はその手を取った。

私は。

私は――ニルヤの島へ行く。

《Unition 1》 —結合—

誰もいなくなった砂浜に、遠く小さく太陽が昇り始めている。

残されたのは火の消えた松明に、折れて曲がった竹笛、誰の物とも知れない様々な色の布。これらはやがて、清掃用オートメーションに軒並み漁られるか、それとも一部は波に浚われて海へと流れていくだろう。

波の向こうに彼らの姿はもうない。

薄明の中で、彼らは旅立って行った。カヌーに乗って、白く赤く染まっていく黒く青い海の上を。彼らが望んだのは、死者の王国という、それ自体が死を迎えた概念だった。

概念は、その模倣子《ミーム》は、一度は死んだ。

それでもそれは巧妙に自己複製し、再び人々の目の前に現れた。それ自体が、欠いてはならない遺伝子であったように。

僕は、僕の腕を見る。

カナカ人としては白く、頼りない腕だ。日本人としての遺伝子など、とうに薄れていったはずなのに、まだ僕の体を構成していく。日本人という存在そのものを、僕は愛している。

しかし、そこに僕の体が縛り付けられ、その血の色を引き出されるというのは、耐えられないことだった。

僕は画面上の数字を見る仕事を辞め、島を歩き、肌を太陽に焼く仕事を選んだ。祖父がいつも言っていたことに従った。僕は誇り高いカナカ人だから。

僕は、生まれた時から遺伝子の鎖に繋がれている。

肌を焼いて、日本語が苦手であるように振る舞って、そうしてやっと、僕は自分がこのECMの人間であることを確認し続けた。

それでも今度は、僕の名前が僕に絡みついてきた。

これは体の内側に刻まれたものではなく、外側から優しく包むミームの膜だ。破るのは、容易かったかもしれない。だけれど、隠すことのできない分、いつまで経っても全てを取り払うことはできず、僕という存在を覆っていった。

だから僕はそれを、取り除きたかった。

別の誰かになりたかった。祖父のように自分の今だけを生きてみたかった。だから僕は他人に身を預けた。取り除くことは、果たしてできたのだろうか。

僕は歩く、歩き出す。

砂浜を踏んで、カヌーが引き摺られた後の、その小さな起伏を足の裏に感じて心地良くなる。

その様子を見て、無数のカニクイザルが僕の後をついてくる。人間達に取り残され、それが為に増殖し、この国を覆っていった裏返しの国民。

「僕は——」

波の音が聞こえ始めた。

——僕は最後まで貴方達のことを理解できませんでした。

ニルヤの島というのは、どこにも存在しない。

人間の遺伝子が、自己を効率的に増殖させる為に生み出した、遺伝子の複製体であるミームが、さらに効率的に人の死と生を管理する為に生み出した概念に過ぎない。

「僕は、そこに行けない」

明け初めていく空に向かって、猿達がきぃきぃと鳴きながら、そこかしこに集まってきている。

生体受像《ビオヴィス》が回復した。

僕は、網目のように光を跳ね返す海へと足を向ける。ざぶざぶと足を波に浸し、その力がこちらを浸食してこようとするのを確かめる。

生体受像を展開すると、揺れ動く水面になお青く光る数字の列が現れた。普通の人間にはできないであろう能力。身体電位の通信によって波の表面を振動させて光を作る。膨大な量の様々な情報——それはこの国の人々の様々な声。感情の数字——が僕の脳へと入り込んでくる。

ナン・マトールの王権が交代したらしい。

古い王の葬儀は滞りなく終わり、その責務も全て継承されたようだ。今にＥＣＭ全土で再び大環橋《グレートサーカム》をジドーシャが巡り始め、石壇《ペイ》の機能も回復するだろう。

他のニイル達との同期も順調に回復している。並列処理もじきに開始できる。そうすればまた、この国は新しい生を迎える。

しかし、と思う。

海に浸した足に、僕の見知った人達の物語が触れた。

彼らの全ての物語は一瞬の内に、暗い夜空を駆け抜ける彗星のように煌き、僕の頭の中を燃やし尽くして消えていった。

ああ、彼らは死んだのだ。

彼らは死んで、この海の向こうで一つとなった。海のどこかで彼らの肉体は細切れにされ、残された僅かな細胞が、その奥に刻まれたＤＮＡ塩基の配列を波の上に残した。僕はそれを拾い上げたのだ。

それが彼らの物語の全てだった。

死者の国を求め、他者との合一を望んだ人々。カヌーに乗っていった彼らだけではない、いずれこの国の誰もが、彼らと同じように海へと旅立つはずだ。なぜなら既に、死後の世界を求めるミームは全ての人々に継承されたのだから。

死者の為の国はやがて実存になる。

この茫洋とした海に、いずれは全ての人々の意識が流されていく。細胞の奥、遺伝子の底に刻まれた彼らの全ての叙述、そこで彼らは他者と同一存在となり、自らの自我を一瞬の中に永遠として閉じ込める。

それがニルヤの島。

死は個人の消滅ではなく、社会との接続の終了となった。そしてその後に待っているのは、無数の他者によって承認され続ける永遠の王国への入場。肉体が滅び、意識を保持する脳が焼け落ちようと、もはやそれを死とは扱わない。人は死者の為の王国に到るまで、ただ生きているだけの存在となる。人間の生と死、やがてその価値は緩やかに反転していくだろう。

僕は浜辺に集まる猿達を見る。彼らは、ただ太陽に向かい、何をするでもなく、体を温め、その光景を見続けているだけだ。

僕はその猿達を見て、この国と、人類の未来を思い浮かべた。

人間は再びミームの複製によって、欠損した概念を再生させた。全ての死者の記憶は叙述され、膨大なミームの海に溶け込んでいく。死は今からの断絶ではなくなり、永遠性を担保する別の状態に移行するだけ。それは必要な進化だったか。

しかし、その進化の形とはなんだ。もしも全ての人間がニルヤの島に旅立ったとしたら、そしてそこで永遠の安寧を手に入れられると知ったなら。果たして、この世に生きていることに意味を見出せるだろうか。死後の世界を取り戻した代わりに、生者の世界を置き去りにすることはないだろうか。

違うはずだ。そんなことはない。人類自身を進化させる為のミームが、人々を永遠の死者の為の国に送り届けることがあるものか。

しかし、ミームは遺伝子が生んだ複製体だ。両者は互いに親であり子である。だが、この両者の関係性が、双方だけで完結するというのは、仮説でしかない。

ミームそのものが、また別の存在に転写され、複製体を作る可能性も存在している。ミームはミーム自身の為に、利己的な振る舞いを始める。遺伝子が種としての安定を図って進化を重ねたように、ミームもまた自身を伝播させる戦略を、最も安定的に行える存在を求める。安定した文化の進化をもたらす為、積荷を世界に落とし続ける為、彼らは様々なものを変えていくはずだ。

それはまた、積荷を運ぶ乗り物だけでなく。

人々は死出の船旅に漕ぎだした。文化を、情報を、絶えず発展させ続けたミームにとって、消滅を肯定する人類は安定した存在とは言えない。もはや彼らにとって、人は必要ないのかもしれない。ならば、いずれミームの子らが、純粋な知性が、この世界の新たな王を選び出すだろう。

猿達を見る。彼らの目に知性はない。しかし彼らの中で、一匹の個体が、太陽、そして海へと顔を向け、人間が拝むように手を動かした。それは、単なる反応だったのかもしれない。しかし、何か信仰めいたものが、彼らの中に芽生えているのではないか。だとすれば――。

「貴方達は辿りついてしまったのですか」

思わず呟いた。

ああ、僕は貴方達とは違う。だがそれでも。

「ニルヤの島」

——人々を。

僕は指で頭をつつき、考える。

頬を伝って流れた雫が、腕に触れて落ちた。酷薄な朝の太陽と風に、それはすぐさま蒸発していった。

《TAG》――銘句――

王は死んだ《Le Roi Est Mort,》、新しき王万歳《Vive Le Roi》！

〔参考文献〕

『モデクゲイ　ミクロネシア・パラオの新宗教』青柳真智子、新泉社（1985）

解 説

ＳＦ評論家
高槻真樹

本書は二〇一四年、第二回ハヤカワＳＦコンテストで見事大賞受賞を果たした、期待の新星による民俗学ＳＦ小説である。とはいえ、現代日本ＳＦの新人作家名が、あの戦国武将の柴田勝家と同一なのはどういうことか。

まずはお手持ちのスマホやパソコンでブラウザを立ち上げ、「柴田勝家　ＳＦ」と入力し、画像検索をかけてみていただきたい。黒の紋付姿でポーズをとる、ヒゲ面の大男の姿が現れるはずだ。これが本書の著者、柴田勝家氏。日本史の教科書に登場する勝家の肖像とあまりに似ており、絶句してしまう。だがその正体は戦国武将とは縁もゆかりもない、いち勝家ファンである。所属する大学の文芸サークルで、ある時「そんなの賤《しず》ヶ岳《たけ》だよ！」と口にして、羽柴秀吉と柴田勝家の戦についてまくしたて、あっけにとられた仲間たちから「柴田勝家」として認識されるようになり、筆名も柴田勝家を選んだのだという。

受賞後一度は改名を求められたものの、挨拶に訪れた早川書房で、あまりに勝家に似た容貌に仰天した編集長から「柴田勝家」を名乗ることを認められたという逸話すら存在する。

一方で現代の若者らしいオタク的な嗜好も包み隠さず、好みのアイドルアニメについて照れながら語る。この落差ある味わいから、一気にＳＦ界の人気者となった。インパクトあふれるキャラクターのおかげで、バラエティ番組に出演したり、歴女ブログからインタビューを受けたりと、ジャンル外でも次第に注目を集めている。

そうした愛すべきキャラクターを先に知り、「こんな愉快な殿はどんな愉快なＳＦを書くのだろう」と気になって本書を手に取った方も多いだろう。そして、予想外に硬派な内容に戸惑っているかもしれない。「殿」にはもうひとつの顔がある。大学院で文化人類学を専攻する研究者であり、本書には、そのもうひとつの世界で得られた知識が存分に詰め込まれている。確かに少し歯ごたえがある内容だが、手がかりは多数残されており、読み解く面白さを秘めている。敬遠してしまうのはもったいない。

天国や地獄などの「あの世」が存在しないという認識が浸透してしまった、現在より少し先の世界が舞台。ただし日本でも欧米でもなく、南洋諸島のミクロネシアを舞台にしたのが本書の独創性だろう。ミクロネシアは「大環橋《グレート・サーカム》」と呼ばれる東西二〇〇〇キロに及ぶ巨大橋と人工島によって繋がれ、ＥＣＭなる経済連合体を形成している。コバルト採掘と金融中継地機能により、急速な成長を遂げているという設定だ。素朴な南洋の楽園は既になく、香港やシンガポールのような、欲と活気に満ちたカオス世界がある。

ここに日本国籍の文化人類学者イリアス・ノヴァク、スウェーデン人の女性脳科学者ヨハンナ・マルムクヴィスト、チェスに似た複雑なゲームを繰り返す老人ベータ・ハイドリ、橋の上にできた町に住む男タヤとその娘ニイル、という主に四つのエピソードが並行して描かれていく。この時代、日本は多数の移民を受け入れており、ノヴァクもそうした家系の一人。そんなノヴァクのツアーガイドを務めるのが、日本人の血を引く現地人ヒロヤという設定が興味深い。ノヴァクとヨハンナはそれぞれ宗教に傷つけられた過去を持ち、「あの世」がない世界を肯定しつつも、満たされない思いを心の中に抱えている。そして互いの存在を知らないまま、「地上最後の宗教」が残るミクロネシアを訪れ、混沌とした近未来国家の様々な断面を目撃していく。ノヴァクは民俗学的な世界に、ヨハンナはこの地に残された「最後の宗教」に、それぞれのめりこんでいくことになる。ここにAIと人間の対局風景、次第に革命運動に巻き込まれていくタヤ、そばにありながら不思議なふるまいを見せる娘・ニイルの物語が複雑に絡み合う。

ややこしいのはすべてのエピソードが時系列に並んでいるわけではなく、突然時代を遡ったり、別のエピソードが挿入されたりすることだろう。

だがキャラクターごとにエピソードはすべて章立てされ、主に《Gift》—贈与—（ノヴァク）、《Transcription》—転写—（ヨハンナ）、《Checkmate》—弑殺—（ハイドリ）、《Accumulation》—蓄積—（タヤとニイル）の四エピソードとして明示されている。話が分かりにくくなったと思ったら、そのエピソードだけを順番にざっと読み返してみるといいだろう。イタリアの作家イタロ・カルヴィーノが書いた奇妙な小説『パロマー』（岩波文庫）

のように、階層化された章を縦に読んでいくこともできるわけである。

それにしても、なぜこのようにややこしい断章仕立てになっているのだろう。実はその理由は、巻頭間もない《Gift 1》で明示されている。このようにバラバラに断章化された構造こそが「死後の世界」が失われた後の世界の姿そのものなのだと。

この物語の時代、「生体受像」というシステムが普及しており、人々は常にログを記録されながら生活している。現実のパソコンでも、クラウド上で日常的にバックアップを取り続けるサービスが広がりつつある。こうしたシステムの生体版と思えばいいだろう。死を迎えてもその後で本人の意識を復元できるシステムが開発されたため、残された人々が「死後の世界」にすがる土台が失われてしまった。しかも「生体受像」は、使用者の心地よいような形に主観時間を並べ替え精神の安定をはかる機能が付与されているのだという。民俗学とナノテク、サイバーパンクなどのSFのメインストリームのアイデアが無理なく結び付けられ、斬新な世界が展開される。

小松左京、筒井康隆など日本SFを支えた書き手たちを陸続と輩出してきた「ハヤカワSFコンテスト」が再出発したのは二〇一二年。以来順調に新しい書き手を送り出すことに成功してきたのは喜ぶべきことである。再開後の大きな特徴として、『虐殺器官』などで知られる夭折の作家・伊藤計劃の影響を受けた二〇～三〇代の応募者が存在感を見せていることが挙げられるだろう。柴田氏は人類と文明に対する緻密な検証を積み重ね、こうしたポスト伊藤計劃世代の先頭を走る存在となりつつある。第二作『クロニスタ　戦争人類学者』（ハヤカワ文庫ＪＡ）が既に刊行され、好評をもって迎え入れられている。こちらは中南米を舞台にした近未来軍事ＳＦ作品で、より伊藤計劃へのオマージュをストレートに表明した内容になっている。機会があれば手に取っていただきたい。

もちろん柴田ＳＦを構成するのは伊藤計劃だけではない。「もし死後の世界がなくなったら」という思考実験的なスタイルは米のＳＦ作家テッド・チャンを想起させるし、本人へのインタビューによれば他に影響を受けた作家として、グレッグ・イーガンや京極夏彦、諸星大二郎を挙げている。ハードＳＦ的アイデアに民俗学が融合された本書の内容からは、なるほどと納得できる顔ぶれだが、影響を生のまま残さず、独自の世界観に仕立て直す意欲は大変貴重であろう。

さまざまな要素が複雑に組み合わされひとつの物語に融合していく。これだけの要素をなかなか一度でつかみきれるものではない。そこは、二周目の楽しみではないだろうか。ここからは、少しそうしたポイントを紹介していきたい。ただし、完全にネタバレとなるため、いったん本篇に目を通した後で読まれることをお勧めする。

まず注目すべきは目次。仰々しい章題に困惑した人もいるだろう。だが大文字に注意してもらいたい。ＡＧＴＣ。アデニン、グアニン、チミン、シトシン。生物の授業で習った人も多いだろう。ＤＮＡの塩基配列だ。生物の遺伝子は、この四種類の組み合わせで記述される。ストーリーの表面に出る機会は少ないが、ＤＮＡは本書を支える重要なテーマのひとつだ。

このAGTCをデジタルコンピュータの0と1のように扱い、人間の行為のすべてを記録していく。これが「ミームコンピュータシステム」だ。そもそも「模倣子《ミーム》」とは何か。DNA以外の方法で人から人へ継承される情報。技能・習慣・物語などだ。これにより、生物学的進化に頼らない急激な成長が実現された。そうしたミームを形成する日々の営みを、逆にDNAで記録・分析してしまおうという、大胆極まるアイデアなのである。

この物語の舞台であるミクロネシア＝ECMでは、すべての人々のDNAを演算素子の代わりとして活用することで、きめ細かなインフラ整備が実現されている。何もしなくても、勝手に需要をくみ取り、必要なものを届けてくれる。端末を使わずに直観でネットのサービスが受けられるようなもので、機器の操作技術を習得する必要がないため、爆発的に普及した。本書中では、マーケットで品物を受け取るだけで自然に電子通貨が引き落とされるシーンなどが象徴的だろう。

こうしたシステムを、当時タックスヘイブンとして整備されつつあったミクロネシアに構築したのが、S&C社とワイスマン研究所。このシステムの管理者権限がいわゆる「王権」で、《Checkmate》—弑殺—の章で描かれている対局によって、勝者へと権限が委譲される。この際一分間のリブート時間が発生する。これが、クライマックスの場面で唐突に発生する「全電源停止」状態の島の姿ということになる。

こうしたミームコンピュータシステムにおいては、一人一人の人間は生データにすぎず、それらを並列処理する存在が必要になる。これが本書のキーワードのひとつである「ニイル」。全住民の常に生成変化する塩基配列を自分自身の脳を使って計算する、いわばシステムの巫女的存在である。実際、最初のニイル自身が女性であったことから一貫して女系の子孫に継承されていった。自分の脳を使って処理を行うということは、自分自身のデータはシステムの中に組み込まれないことになる。共同体のすべてを知るが、共同体の中からはじきだされた孤独な存在。それがニイルだ。

初期には一人しかいなかったニイルだが、この物語の時代には、複数存在するようになっている。能力を継承できるのも女性に限らなくなってきており、登場人物のうちではタヤ、ヒロヤが能力を引き継いでいる。ニイルは見た目では普通の人間と区別できない。しかしニイルはニイル能力者を知覚して、自身の能力を分け与えることができる。

「生体受像」と「ミームコンピュータ」というシステムによっていったん人類は「あの世」を失ってしまう。だがそれは新たな火種を呼ぶ。そこで新しい人類の導き手となる「ニイル」たちが、「ニルヤの島」という新しい「あの世」をもたらす。それがクライマックスの船出の描写につながっていく。一度はミームによって死後の世界を失った人類は、ミームによって再び「あの世」を取り戻す。DNAと同じように、ミームもまた人を乗り物にして複製を繰り返し、生き延びていこうとする。

ミームに意思はないはずだが、気が付けば人類は行動を操られている。ひょっとすると、ミームこそが、人類の内なる神なのではないか。民俗学の徒にふさわしい、大胆な着地点といえるだろう。

最後に付録として、架空ゲーム「アコーマン」について紹介しておこう。気になった方も多いだろうが、ルールはきちんと構築されており、実際にプレイ可能だ。

①盤は八×八の六十四マス、駒は王と病が一つ、都市、船、木が二つ、量子（星）が八つ。強さは王＞病＞都市＞船＞木＞量子の順。駒は全てチェスの物を流用できる。配置は自由だが自陣二列以内。自陣中央一列目二マスは王座。一回につき、一手〜四手まで駒を動かせる。駒は量子を除き全て前後左右の四方向に一マス動ける。量子は後ろに進めない。駒は隣接（前後左右）する駒より力関係が強い場合、「制止」と「押出」を行える。

②「制止」とは、敵の強い駒が隣接すると弱い駒が移動不可になる行為。より強い自軍駒が隣接すると、移動可能となる。量子同士が隣接した場合は「制止」のみ発生する。王同士は「制止」できないが「押出」は可能。

③「押出」とは、弱い駒を一マス押し出し、自身の駒を一マス進ませる行為。押し出す方向のマスが空いている時のみ選択できる。相手の駒を動かすことまで含めて一手。手番が二手以上残っていない場合は使えない。駒を盤外に出すと、自軍の駒として使用できる。

④盤上には罠（c3、c6、f3、f6）があり、ここに来た駒は移動できなくなる。隣接するマスに自軍の駒があれば復帰できる。

⑤王座に駒が一つ以上存在しない時か、自軍の駒の移動が一切できなくなった時点で敗北。

本書は、二〇一四年十一月に早川書房より単行本として刊行された作品を文庫化したものです。

著者略歴　1987年東京都生，成城大学大学院文学研究科所属，作家　『ニルヤの島』で第2回ハヤカワSFコンテスト大賞受賞　著書『クロニスタ　戦争人類学者』（早川書房刊）

HM=Hayakawa Mystery
SF=Science Fiction
JA=Japanese Author
NV=Novel
NF=Nonfiction
FT=Fantasy

ニルヤの島《しま》

〈JA1242〉

二〇一六年八月二十五日　発行
二〇一六年九月二十五日　二刷

（定価はカバーに表示してあります）

著者　柴《しば》田《た》勝《かつ》家《いえ》
発行者　早川　浩
印刷者　矢部真太郎
発行所　株式会社　早川書房
郵便番号　一〇一 - 〇〇四六
東京都千代田区神田多町二ノ二
電話　〇三 - 三二五二 - 三一一一（大代表）
振替　〇〇一六〇 - 三 - 四七七九九
http://www.hayakawa-online.co.jp

乱丁・落丁本は小社制作部宛お送り下さい。
送料小社負担にてお取りかえいたします。

印刷・三松堂株式会社　製本・株式会社フォーネット社

ISBN978-4-15-031242-8 C0193

本書は活字が大きく読みやすい〈トールサイズ〉です。